小学館文庫

今読みたい太宰治私小説集

太宰 治

小学館

目次

思い出 005
富嶽百景 061
帰去来 091
故郷 123
津軽 147
【解説】桜桃忌が来る――鈴木るりか 361

思い出

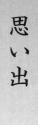

一章

黄昏《たそがれ》のころ私は叔母と並んで門口に立っていた。叔母は誰かをおんぶしているらしく、ねんねこを着て居た。その時の、ほのぐらい街路の静けさを私は忘れずにいる。叔母は、てんしさまがお隠れになったのだ、と私に教えて、生き神様《いきがみさま》、と言い添えた。いきがみさま、と私も興深げに呟《つぶや》いたような気がする。それから、私は何か不敬なことを言ったらしい。叔母は、そんなことを言うものでない、お隠れになったと言え、と私をたしなめた。どこへお隠れになったのだろう、と私は知っていながら、わざとそう尋ねて叔母を笑わせたのを思い出す。

私は明治四十二年の夏の生れであるから、此《こ》の大帝崩御のときは数えどしの四つをすこし越えていた。多分おなじ頃の事であったろうと思うが、私は叔母とふたりで私の村から二里ほどはなれた或《あ》る村の親類の家へ行き、そこで見た滝を忘れない。滝は村にちかい山の中にあった。青々と苔《こけ》の生えた崖から幅の広い滝がしろく落ちていた。知らない男の人の肩車に乗って私はそれを眺めた。何かの社《やしろ》が傍にあって、その男の人が私にそこのさまざまな絵馬を見せたが私は段々とさびしくなって、がちゃ、がちゃ、と泣いた。私は叔母をがちゃと呼んでいたのである。叔母は親類のひとたちと遠くの窪地《くぼち》に毛氈《もうせん》を敷いて騒いでいたが、私の泣き声を聞いて、いそいで立ち上った。そのとき毛氈が足にひっかかったらしく、お辞儀でもするようにからだを深くよろめかした。他のひとたちはそれを見て、酔った、酔ったと叔母をはやしたてた。私は遥かはなれてこれを見おろし、口惜《くや》しくて口惜しくて、いよいよ大声を立てて泣き喚《わめ》いた。またある夜、叔母が私を捨てて家を出て行く夢を見た。叔母の胸は玄関のくぐり戸いっぱいにふさがっていた。その赤くふくれた大きい胸から、つぶつぶの汗がしたたっていた。叔母は、お前がいやになった、とあらあらしく呟くのである。私は叔母のその乳房に頬をよせて、そうしないでけんせ、と願いつつしきりに涙を流した。叔母が私を揺り起した時は、私は床の中で叔母の胸に顔を押しつけて泣いていた。眼《め》が覚めてからも、私はまだ悲しくて永いことすすり泣いた。けれども、その夢のことは叔母にも誰にも話さなかった。

叔母についての追憶はいろいろとあるが、その頃の父母の思い出は生憎《あいにく》と一つも持ち合せない。曾祖母、祖母、父、母、兄三人、姉四人、弟一人、それに叔母と叔母の娘四人の大家族だった筈《はず》であるが、叔母を除いて他のひとたちの事は私も五六歳になるまでは殆《ほとん》ど知らずにいたと言ってよい。広い裏庭に、むかし林檎《りんご》の大木が五六本あったようで、どんよりと曇った日、それらの木に女の子が多人数で昇って行った有様や、そのおなじ庭の一隅に菊畑があって、雨の降っていたとき、私はやはり大勢の女の子らと傘さし合って菊の花の咲きそろっているのを眺めたことなど、幽《かす》かに覚えて居るけれど、あの女の子らが私の姉や従姉《いとこ》たちだったかも知れない。

六つ七つになると思い出もはっきりしている。私がたけという女中から本を読むことを教えられ二人で様々の本を読み合った。たけは私の教育に夢中であった。私は病身だったので、寝ながらたくさん本を読んだ。読む本がなくなればたけは村の日曜学校などから子供の本をどしどし借りて来て私に読ませた。私は黙読することを覚えていたので、いくら本を読んでも疲れないのだ。たけは又、私に道徳を教えた。お寺へ屢々《しばしば》連れて行って、地獄極楽の御絵掛地《おえかけじ》を見せて説明した。火を放《つ》けた人は赤い火のめらめら燃えている籠《かご》を背負わされ、めかけ持った人は二つの首のある青い蛇にからだを巻かれて、せつながっていた。血の池や、針の山や、無間奈落《むけんならく》という白い煙のたちこめた底知れぬ深い穴や、到るところで、蒼白《あおじろ》く痩せたひとたちが口を小さくあけて泣き叫んでいた。嘘《うそ》を吐《つ》けば地獄へ行ってこのように鬼のために舌を抜かれるのだ、と聞かされたときには恐ろしくて泣き出した。

そのお寺の裏は小高い墓地になっていて、山吹《やまぶき》かなにかの生垣に沿うてたくさんの卒堵婆《そとば》が林のように立っていた。卒堵婆には、満月ほどの大きさで車のような黒い鉄の輪のついているのがあって、その輪をからから廻《まわ》して、やがて、そのまま止ってじっと動かないならその廻した人は極楽へ行き、一旦とまりそうになってから、又からんと逆に廻れば地獄へ落ちる、とたけは言った。たけが廻すと、いい音をたててひとしきり廻って、かならずひっそりと止るのだけれど、私が廻すと後戻りすることがたまたまあるのだ。秋のころと記憶するが、私がひとりでお寺へ行ってその金輪のどれを廻して見ても皆言い合せたようにからんからんと逆廻りした日があったのである。私は破れかけるかんしゃくだまを抑えつつ何十回となく執拗《しつよう》に廻しつづけた。日が暮れかけて来たので、私は絶望してその墓地から立ち去った。

父母はその頃東京にすまっていたらしく、私は叔母に連れられて上京した。私は余程ながく東京に居たのだそうであるが、あまり記憶に残っていない。その東京の別宅へ、ときどき訪れる婆のことを覚えているだけである。私は此の婆がきらいで、婆の来る度毎《ごと》に泣いた。婆は私に赤い郵便自動車の玩具をひとつ呉《く》れたが、ちっとも面白くなかったのである。

やがて私は故郷の小学校へ入ったが、追憶もそれと共に一変する。たけは、いつの間にかいなくなっていた。或《ある》漁村へ嫁に行ったのであるが、私がそのあとを追うだろうという懸念からか、私には何も言わずに突然いなくなった。その翌年だかのお盆のとき、たけは私のうちへ遊びに来たが、なんだかよそよそしくしていた。私に学校の成績を聞いた。私は答えなかった。ほかの誰かが代って知らせたようだ。たけは、油断大敵でせえ、と言っただけで格別ほめもしなかった。

同じ頃、叔母とも別れなければならぬ事情が起った。それまでに叔母の次女は嫁ぎ、三女は死に、長女は歯医者の養子をとっていた。叔母はその長女夫婦と末娘とを連れて、遠くのまちへ分家したのである。私もついて行った。それは冬のことで、私は叔母と一緒に橇《そり》の隅へうずくまっていると、橇の動きだす前に私のすぐ上の兄が、婿《むこ》、婿《むこ》と私を罵って橇の幌《ほろ》の外から私の尻を何辺もつついた。私は歯を食いしばって此の屈辱にこらえた。私は叔母に貰《もら》われたのだと思っていたが、学校にはいるようになったら、また故郷へ返されたのである。

学校に入ってからの私は、もう子供でなかった。裏の空屋敷には色んな雑草がのんのんと繁《しげ》っていたが、夏の或る天気のいい日に私はその草原の上で弟の子守から息苦しいことを教えられた。私が八つぐらいで、子守もそのころは十四五を越えていまいと思う。苜蓿《うまごやし》を私の田舎では「ぼくさ」と呼んでいるが、その子守は私と三つちがう弟に、ぼくさの四つ葉を捜して来い、と言いつけて追いやり私を抱いてころころと転げ廻った。それからも私たちは蔵の中だの押入の中だのに隠れて遊んだ。弟がひどく邪魔であった。押入のそとにひとり残された弟が、しくしく泣き出した為《ため》、私のすぐの兄に私たちのことを見つけられてしまった時もある。兄が弟から聞いて、その押入の戸をあけたのだ。子守は、押入へ銭《ぜに》を落したのだ、と平気で言っていた。

嘘は私もしじゅう吐いていた。小学二年か三年の雛祭《ひなまつ》りのとき学校の先生に、うちの人が今日は雛さまを飾るのだから早く帰れと言っている、と嘘を吐いて授業を一時間も受けずに帰宅し、家の人には、きょうは桃の節句だから学校は休みです、と言って雛を箱から出すのに要らぬ手伝いをしたことがある。また私は小鳥の卵を愛した。雀《すずめ》の卵は蔵の屋根瓦をはぐと、いつでもたくさん手にいれられたが、さくらどりの卵やからすの卵などは私の屋根に転ってなかったのだ。その燃えるような緑の卵や可笑《おか》しい斑点のある卵を、私は学校の生徒たちから貰った。その代り私はその生徒たちに私の蔵書を五冊十冊とまとめて与えるのである。集めた卵は綿でくるんで机の引き出しに一杯しまって置いた。すぐの兄は、私のその秘密の取引に感づいたらしく、ある晩、私に西洋の童話集ともう一冊なんの本だか忘れたが、その二つを貸して呉れと言った。私は兄の意地悪さを憎んだ。私はその両方の本とも卵に投資して了《しま》ってないのであった。兄は私がないと言えばその本の行先を追及するつもりなのだ。私は、きっとあった筈だから捜して見る、と答えた。私は、私の部屋は勿論《もちろん》、家中いっぱいランプをさげて捜して歩いた。兄は私についてあるきながら、ないのだろう、と言って笑っていた。私は、ある、と頑強に言い張った。台所の戸棚の上によじのぼってまで捜した。兄はしまいに、もういい、と言った。

学校で作る私の綴方《つづりかた》も、ことごとく出鱈目《でたらめ》であったと言ってよい。私は私自身を神妙ないい子にして綴るよう努力した。そうすれば、いつも皆にかっさいされるのである。剽窃《ひょうせつ》さえした。当時傑作として先生たちに言いはやされた「弟の影絵」というのは、なにか少年雑誌の一等当選作だったのを私がそっくり盗んだものである。先生は私にそれを毛筆で清書させ、展覧会に出させた。あとで本好きのひとりの生徒にそれを発見され、私はその生徒の死ぬことを祈った。やはりそのころ「秋の夜」というのも皆の先生にほめられたが、それは、私が勉強して頭が痛くなったから縁側へ出て庭を見渡した、月のいい夜で池には鯉《こい》や金魚がたくさん遊んでいた、私はその庭の静かな景色を夢中で眺めていたが、隣部屋から母たちの笑い声がどっと起ったので、はっと気がついたら私の頭痛がなおって居た、という小品文であった。此の中には真実がひとつもないのだ。庭の描写は、たしか姉たちの作文帳から抜き取ったものであったし、だいいち私は頭のいたくなるほど勉強した覚えなどさっぱりないのである。私は学校が嫌いで、したがって学校の本など勉強したことは一回もなかった。娯楽本ばかり読んでいたのである。うちの人は私が本さえ読んで居れば、それを勉強だと思っていた。

しかし私が綴方へ真実を書き込むと必ずよくない結果が起ったのである。父母が私を愛して呉れないという不平を書き綴ったときには、受持訓導《くんどう》に教員室へ呼ばれて叱られた。「もし戦争が起ったなら。」という題を与えられて、地震雷火事親爺《おやじ》、それ以上に怖い戦争が起ったなら先《ま》ず山の中へでも逃げ込もう、逃げるついでに先生をも誘おう、先生も人間、僕も人間、いくさの怖いのは同じであろう、と書いた。此の時には校長と次席訓導とが二人がかりで私を調べた。どういう気持で之《これ》を書いたか、と聞かれたので、私はただ面白半分に書きました、といい加減なごまかしを言った。次席訓導は手帖《てちょう》へ、「好奇心」と書き込んだ。それから私と次席訓導とが少し議論を始めた。先生も人間、僕も人間、と書いてあるが人間というものは皆おなじものか、と彼は尋ねた。そう思う、と私はもじもじしながら答えた。私はいったいに口が重い方であった。それでは僕と此の校長先生とは同じ人間でありながら、どうして給料が違うのだ、と彼に問われて私は暫《しば》く考えた。そして、それは仕事がちがうからでないか、と答えた。鉄縁の眼鏡をかけ、顔の細い次席訓導は私のその言葉をすぐ手帖に書きとった。私はかねてから此の先生に好意を持っていた。それから彼は私にこんな質問をした。君のお父さんと僕たちとは同じ人間か。私は困って何とも答えなかった。

私の父は非常に忙しい人で、うちにいることがあまりなかった。うちにいても子供らと一緒には居《お》らなかった。私は此の父を恐れていた。父の万年筆をほしがっていながらそれを言い出せないで、ひとり色々と思い悩んだ末、或る晩に床の中で眼をつぶったまま寝言《ねごと》のふりして、まんねんひつ、まんねんひつ、と隣部屋で客と対談中の父へ低く呼びかけた事があったけれど、勿論それは父の耳にも心にもはいらなかったらしい。私と弟とが米俵のぎっしり積まれたひろい米蔵に入って面白く遊んでいると、父が入口に立ちはだかって、坊主、出ろ、出ろ、と叱った。光を背から受けているので父の大きい姿がまっくろに見えた。私は、あの時の恐怖を惟《おも》うと今でもいやな気がする。

母に対しても私は親しめなかった。乳母の乳で育って叔母の懐《ふところ》で大きくなった私は、小学校の二三年のときまで母を知らなかったのである。下男がふたりかかって私にそれを教えたのだが、ある夜、傍に寝ていた母が私の蒲団《ふとん》の動くのを不審がって、なにをしているのか、と私に尋ねた。私はひどく当惑して、腰が痛いからあんまやっているのだ、と返事した。母は、そんなら揉《も》んだらいい、たたいて許《ばか》りいたって、と眠そうに言った。私は黙ってしばらく腰を撫《な》でさすった。母への追憶はわびしいものが多い。私が蔵から兄の洋服を出し、それを着て裏庭の花壇の間をぶらぶら歩きながら、私の即興的に作曲する哀調のこもった歌を口ずさんでは涙ぐんでいた。私はその身装《みなり》で帳場の書生と遊びたく思い、女中を呼びにやったが、書生は仲々来なかった。私は裏庭の竹垣を靴先でからからと撫でたりしながら彼を待っていたのであるが、とうとうしびれを切らして、ズボンのポケットに両手をつっ込んだまま泣き出した。私の泣いているのを見つけた母は、どうした訳か、その洋服をはぎ取って了って私の尻をぴしゃぴしゃとぶったのである。私は身を切られるような恥辱を感じた。

私は早くから服装に関心を持っていたのである。シャツの袖口にはボタンが附《つ》いていないと承知できなかった。白いフランネルのシャツを好んだ。襦袢《じゆばん》の襟も白くなければいけなかった。えりもとからその白襟を一分《いちぶ》か二分《にぶ》のぞかせるように注意した。十五夜のときには、村の生徒たちはみんな晴衣《はれぎ》を着て学校へ出て来るが、私も毎年きまって茶色の太い縞《しま》のある本ネルの着物を着て行って、学校の狭い廊下を女のようになよなよと小走りにはしって見たりするのであった。私はそのようなおしゃれを、人に感附かれぬようひそかにやった。うちの人たちは私の容貌を兄弟中で一番わるいわるい、と言っていたし、そのような悪いおとこが、こんなおしゃれをすると知られたら皆に笑われるだろう、と考えたからである。私は、かえって服装に無関心であるように振舞い、しかもそれは或る程度まで成功したように思う。誰の眼にも私は鈍重で野暮《やぼ》臭く見えたにちがいないのだ。私が兄弟たちとお膳のまえに坐《すわ》っているときなど、祖母や母がよく私の顔のわるい事を真面目に言ったものだが、私にはやはりくやしかった。私は自分をいいおとこだと信じていたので、女中部屋なんかへ行って、兄弟中で誰が一番いいおとこだろう、とそれとなく聞くことがあった。女中たちは、長兄が一番で、その次が治ちゃだ、と大抵そう言った。私は顔を赤くして、それでも少し不満だった。長兄よりもいいおとこだと言って欲しかったのである。

私は容貌のことだけでなく、不器用だという点で祖母たちの気にいらなかった。箸の持ちかたが下手で食事の度毎に祖母から注意されたし、私のおじぎは尻があがって見苦しいとも言われた。私は祖母の前にきちんと坐らされ、何回も何回もおじぎをさせられたけれど、いくらやって見ても祖母は上手だと言って呉れないのである。

祖母も私にとって苦手であったのだ。村の芝居小屋の舞台開きに東京の雀三郎一座というのがかかったとき、私はその興行中いちにちも欠かさず見物に行った。その小屋は私の父が建てたのだから、私はいつでもただでいい席に坐れたのである。学校から帰るとすぐ、私は柔い着物と着換え、端に小さい鉛筆をむすびつけた細い銀鎖を帯に吊《つ》りさげて芝居小屋へ走った。生れて始めて歌舞伎というものを知ったのであるし、私は興奮して、狂言を見ている間も幾度となく涙を流した。その興行が済んでから、私は弟や親類の子らを集めて一座を作り自分で芝居をやって見た。私は前からこんな催物が好きで、下男や女中たちを集めては、昔話を聞かせたり、幻燈《げんとう》や活動写真を映して見せたりしたものである。そのときには、「山中鹿之助」と「鳩《はと》の家」と「かっぽれ」と三つの狂言を並べた。山中鹿之助が谷河の岸の或る茶店で、早川鮎之助《あゆのすけ》という家来を得る条《くだり》を或る少年雑誌から抜き取って、それを私が脚色した。拙者は山中鹿之助と申すものであるが、――という長い言葉を歌舞伎の七五調に直すのに苦心をした。「鳩の家」は私がなんべんも繰り返して読んでも必ず涙の出た長篇《ちょうへん》小説で、その中でも殊に哀れな所を二幕に仕上げたものであった。「かっぽれ」は雀三郎一座がおしまいの幕の時、いつも楽屋総出でそれを踊ったものだから、私もそれを踊ることにしたのである。五六にち稽古して愈々《いよいよ》その日、文《ぶん》庫蔵《こぐら》のまえの広い廊下を舞台にして、小さい引幕などをこしらえた。昼のうちからそんな準備をしていたのだが、その引幕の針金に祖母が顎《あご》をひっかけて了った。祖母は、此の針金でわたしを殺すつもりか、河原乞食《かわらこじき》の真似糞《まねくそ》はやめろ、と言って私たちをののしった。それでもその晩はやはり下男や女中たちを十人ほど集めてその芝居をやってみせたが、祖母の言葉を考えると私の胸は重くふさがった。私は山中鹿之助や「鳩の家」の男の子の役をつとめ、かっぽれも踊ったけれど少しも気乗りがせずたまらなく淋《さび》しかった。そののちも私はときどき「牛盗人《うしぬすびと》」や「皿屋敷」や「俊徳丸《しゅんとくまる》」などの芝居をやったが、祖母はその都度にがにがしげにしていた。

私は祖母を好いてはいなかったが、私の眠られない夜には祖母を有難く思うことがあった。私は小学三四年のころから不眠症にかかって、夜の二時になっても三時になっても眠れないで、よく寝床のなかで泣いた。寝る前に砂糖をなめればいいとか、時計のかちかちを数えろとか、水で両足を冷せとか、ねむのきの葉を枕のしたに敷いて寝るといいとか、さまざまの眠る工夫をうちの人たちから教えられたが、あまり効目《ききめ》がなかったようである。私は苦労性であって、いろんなことをほじくり返して気にするものだから、尚《なお》のこと眠れなかったのであろう。父の鼻眼鏡をこっそりいじくって、ぽきっとその硝子《ガラス》を割ってしまったときには、幾夜もつづけて寝苦しい思いをした。一軒置いて隣りの小間物屋では書物類もわずか売っていて、ある日私は、そこで婦人雑誌の口絵などを見ていたが、そのうちの一枚で黄色い人魚の水彩画が欲しくてならず、盗もうと考えて静かに雑誌から切り離していたら、この若主人に、治《おさ》こ、治《おさ》こ、と見とがめられ、その雑誌を音高く店の畳に投げつけて家まで飛んではしって来たことがあったけれど、そういうやりそこないもまた私をひどく眠らせなかった。私は又、寝床の中で火事の恐怖に理由なく苦しめられた。此の家が焼けたら、と思うと眠るどころではなかったのである。いつかの夜、私が寝しなに厠《かわや》へ行ったら、その厠と廊下ひとつ隔てた真暗い帳場の部屋で、書生がひとりして活動写真をうつしていた。白熊の、氷の崖から海へ飛び込む有様が、部屋の襖《ふすま》へマッチ箱ほどの大きさでちらちら映っていたのである。私はそれを覗《のぞ》いて見て、書生のそういう心持が堪《たま》らなく悲しく思われた。床に就いてからも、その活動写真のことを考えると胸がどきどきしてならぬのだ。書生の身の上を思ったり、また、その映写機のフィルムから発火して大事になったらどうしようとそのことが心配で心配で、その夜はあけがた近くになる迄《まで》まどろむ事が出来なかったのである。祖母を有難く思うのはこんな夜であった。

まず、晩の八時ごろ女中が私を寝かして呉れて、私の眠るまではその女中も私の傍に寝ながら附いていなければならなかったのだが、私は女中を気の毒に思い、床につくとすぐ眠ったふりをするのである。女中がこっそり私の床から脱《ぬ》け出るのを覚えつつ、私は睡眠できるようひたすら念じるのである。十時頃まで床のなかで転《てん》輾《てん》してから、私はめそめそ泣き出して起き上る。その時分になると、うちの人は皆寝てしまっていて、祖母だけが起きているのだ。祖母は夜番の爺と、台所の大きい囲《い》炉《ろ》裏を挟んで話をしている。私はたんぜんを着たままその間にはいって、むっつりしながら彼等の話を聞いているのである。彼等はきまって村の人々の噂話《うわさばなし》をしていた。或る秋の夜更に、私は彼等のぼそぼそと語り合う話に耳傾けていると、遠くから虫おくり祭の太鼓の音がどんどんと響いて来たが、それを聞いて、ああ、まだ起きている人がたくさんあるのだ、とずいぶん気強く思ったことだけは忘れずにいる。

音に就いて思い出す。私の長兄は、そのころ東京の大学にいたが、暑中休暇になって帰郷する度毎に、音楽や文学などのあたらしい趣味を田舎へひろめた。長兄は劇を勉強していた。或る郷土の雑誌に発表した「奪い合い」という一幕物は、村の若い人たちの間で評判だった。それを仕上げたとき、長兄は数多くの弟や妹たちにも読んで聞かせた。皆、判《わか》らない判らない、と言って聞いていたが、私には判った。幕切の、くらい晩だなあ、という一言に含まれた詩をさえ理解できた。私はそれに「奪い合い」でなく「あざみ草」と言う題をつけるべきだと考えたので、あとで、兄の書き損じた原稿用紙の隅へ、その私の意見を小さく書いて置いた。兄は多分それに気が附かなかったのであろう、題名をかえることなくその儘《まま》発表して了った。レコオドもかなり集めていた。私の父は、うちで何かの饗応《きようおう》があると必ず、遠い大きなまちからはるばる芸者を呼んで、私も五つ六つの頃から、そんな芸者たちに抱かれたりした記憶があって、「むかしむかしそのむかし」だの「あれは紀のくにみかんぶね」だのの唄や踊りを覚えているのである。そういうことから、私は兄のレコオドの洋楽よりも邦楽の方に早くなじんだ。ある夜、私が寝ていると、兄の部屋からいい音《ね》が漏れて来たので、枕から頭をもたげて耳をすました。あくる日、私は朝早く起き兄の部屋へ行って手当り次第あれこれとレコオドを掛けて見た。そしてとうとう私は見つけた。前夜、私を眠らせぬほど興奮させたそのレコオドは、蘭《らん》蝶《ちよう》だった。

私はけれども長兄より次兄に多く親しんだ。次兄は東京の商業学校を優等で出て、そのまま帰郷し、うちの銀行に勤めていたのである。次兄も亦《また》うちの人たちに冷く取扱われていた。私は、母や祖母が、いちばん悪いおとこは私で、そのつぎに悪いのは次兄だ、と言っているのを聞いた事があるので、次兄の不人気もその容貌がもとであろうと思っていた。なんにも要らない、おとこ振りばかりでもよく生れたかった、なあ治、と半分は私をからかうように呟いた次兄の冗談口を私は記憶している。しかし私は次兄の顔をよくないと本心から感じたことが一度もないのだ。あたまも兄弟のうちではいい方だと信じている。次兄は毎日のように酒を呑《の》んで祖母と喧嘩《けんか》した。私はそのたんびひそかに祖母を憎んだ。

末の兄と私とはお互いに反目していた。私は色々な秘密を此の兄に握られていたので、いつもけむったかった。それに、末の兄と私の弟とは、顔のつくりが似て皆から美しいとほめられていたし、私は此のふたりに上下から圧迫されるような気がしてたまらなかったのである。その兄が東京の中学に行って、私はようやくほっとした。弟は、末子で優しい顔をしていたから父にも母にも愛された。私は絶えず弟を嫉妬していて、ときどきなぐっては母に叱られ、母をうらんだ。私が十《とお》か十一のころのことと思う。私のシャツや襦袢の縫目へ胡麻《ごま》をふり撒いたようにしらみがたかった時など、弟がそれを鳥渡《ちよつと》笑ったというので、文字通り弟を殴り倒した。けれども私は矢張り心配になって、弟の頭に出来たいくつかの瘤《こぶ》へ不可飲《ふかいん》という薬をつけてやった。

私は姉たちには可愛《かわい》がられた。いちばん上の姉は死に、次の姉は嫁ぎ、あとの二人の姉はそれぞれ違うまちの女学校へ行っていた。私の村には汽車がなかったので、三里ほど離れた汽車のあるまちと往き来するのに、夏は馬車、冬は橇、春の雪解けの頃や秋のみぞれの頃は歩くより他なかったのである。姉たちは橇に酔うので、冬やすみの時も歩いて帰った。私はそのつどつど村端《はず》れの材木が積まれてあるところまで迎えに出たのである。日がとっぷり暮れても道は雪あかりで明るいのだ。やがて隣村の森のかげから姉たちの提燈《ちょうちん》がちらちら現れると、私は、おう、と大声あげて両手を振った。

上の姉の学校は下の姉の学校よりも小さいまちにあったので、お土産も下の姉のそれに較《くら》べていつも貧しげだった。いつか上の姉が、なにもなくてえ、と顔を赤くして言いつつ線香花火を五束《いったば》六束《むたば》バスケットから出して私に与えたが、私はそのとき胸をしめつけられる思いがした。此の姉も亦きりょうがわるいとうちの人たちからいわれいわれしていたのである。

この姉は女学校へはいるまでは、曾祖母とふたりで離座敷に寝起きしていたものだから、曾祖母の娘だとばかり私は思っていたほどであった。曾祖母は私が小学校を卒業する頃なくなったが、白い着物を着せられ小さくかじかんだ曾祖母の姿を納棺の際ちらと見た私は、この姿がこののちながく私の眼にこびりついたらどうしようと心配した。

私は程なく小学校を卒業したが、からだが弱いからと言うので、うちの人たちは私を高等小学校に一年間だけ通わせることにした。からだが丈夫になったら中学へいれてやる、それも兄たちのように東京の学校では健康に悪いから、もっと田舎の中学へいれてやる、と父が言っていた。私は中学校へなどそれほど入りたくなかったのだけれどそれでも、からだが弱くて残念に思う、と綴方へ書いて先生たちの同情を強いたりしていた。

この時分には、私の村にも町制が敷かれていたが、その高等小学校は私の町と附近の五六ヵ村と共同で出資して作られたものであって、まちから半里も離れた松林の中に在った。私は病気のためにしじゅう学校をやすんでいたのだけれどその小学校の代表者だったので、他村からの優等生がたくさん集る高等小学校でも一番になるよう努めなければいけなかったのである。しかし私はそこでも相変らず勉強をしなかった。いまに中学生に成るのだ、という私の自矜《じきょう》が、その高等小学校を汚く不愉快に感じさせていたのだ。私は授業中おもに連続の漫画をかいた。休憩時間になると、声色《こわいろ》をつかってそれを生徒たちへ説明してやった。そんな漫画をかいた手帖が四五冊もたまった。机に頬杖《ほおづえ》ついて教室の外の景色をぼんやり眺めて一時間を過すこともあった。私は硝子窓の傍に座席をもっていたが、その窓の硝子板には蠅《はえ》がいっぴき押しつぶされてながいことねばりついたままでいて、それが私の視野の片隅にぼんやりと大きくはいって来ると、私には雉《きじ》か山鳩かのように思われ、幾たびとなく驚かされたものであった。私を愛している五六人の生徒たちと一緒に授業を逃げて、松林の裏にある沼の岸辺に寝ころびつつ、女生徒の話をしたり、皆で着物をまくってそこにうっすり生えそめた毛を較べ合ったりして遊んだのである。

その学校は男と女の共学であったが、それでも私は自分から女生徒に近づいたことなどなかった。私は欲情がはげしいから、懸命にそれをおさえ、女にもたいへん臆病になっていた。私はそれまで、二人三人の女の子から思われたが、いつでも知らない振りをして来たのだった。帝展の入選画帳を父の本棚から持ち出しては、その中にひそめられた白い画に頰をほてらせて眺めいったり、私の飼っていたひとつがいの兎《うさぎ》にしばしば交尾させ、その雄兎の背中をこんもりと丸くする容姿に胸をときめかせたり、そんなことで私はこらえていた。私は見え坊であったから、あの、あんまをさえ誰にも打ちあけなかった。その害を本で読んで、それをやめようとさまざまな苦心をしたが、駄目であった。そのうちに私はそんな遠い学校へ毎日あるいてかよったお陰で、からだも太って来た。額の辺にあわつぶのような小さい吹出物がでてきた。之も恥かしく思った。私はそれへ宝丹膏《ほうたんこう》という薬を真赤に塗った。

長兄はそのとし結婚して、祝言の晩に私と弟とはその新しい嫂《あによめ》の部屋へ忍んで行ったが、嫂は部屋の入口を背にして坐って髪を結わせていた。私は鏡に映った花嫁のほのじろい笑顔をちらと見るなり、弟をひきずって逃げ帰った。そして私は、たいしたもんでねえでば！　と力こめて強がりを言った。薬で赤い私の額のためによけい気もひけて、尚のことこんな反撥《はんぱつ》をしたのであった。

冬ちかくなって、私も中学校への受験勉強を始めなければいけなくなった。私は雑誌の広告を見て、東京へ色々の参考書を注文した。けれども、それを本箱に並べただけで、ちっとも読まなかった。私の受験することになっていた中学校は、県でだいいちのまちに在って、志願者も二三倍は必ずあったのである。私はときどき落第の懸念に襲われた。そんな時には私も勉強をした。そして一週間もつづけて勉強すると、すぐ及第の確信がついて来るのだ。勉強するとなると、夜十二時ちかくまで床につかないで、朝はたいてい四時に起きた。勉強中は、たみという女中を傍に置いて、火をおこさせたり茶をわかさせたりした。たみは、どんなにおそくまで宵っぱりしても翌《あく》る朝は、四時になると必ず私を起しに来た。私が算術の鼠《ねずみ》が子を産む応用問題などに困らされている傍で、たみはおとなしく小説本を読んでいた。あとになって、たみの代りに年とった肥えた女中が私へつくようになったが、それが母のさしがねである事を知った私は、母のその底意を考えて顔をしかめた。

その翌春、雪のまだ深く積っていた頃、私の父は東京の病院で血を吐いて死んだ。ちかくの新聞社は父の訃《ふ》を号外で報じた。私は父の死よりも、こういうセンセイションの方に興奮を感じた。遺族の名にまじって私の名も新聞に出ていた。父の死骸は大きい寝棺に横たわり橇に乗って故郷へ帰って来た。私は大勢のまちの人たちと一緒に隣村近くまで迎えに行った。やがて森の蔭《かげ》から幾台となく続いた橇の幌が月光を受けつつ滑って出て来たのを眺めて私は美しいと思った。

つぎの日、私のうちの人たちは父の寝棺の置かれてある仏間に集った。棺《ひつぎ》の蓋が取りはらわれるとみんな声をたてて泣いた。父は眠っているようであった。高い鼻筋がすっと青白くなっていた。私は皆の泣声を聞き、さそわれて涙を流した。

私の家はそのひとつきもの間、火事のような騒ぎであった。私はその混雑にまぎれて、受験勉強を全く怠ったのである。高等小学校の学年試験にも殆ど出鱈目な答案を作って出した。私の成績は全体の三番かそれくらいであったが、これは明らかに受持訓導の私のうちに対する遠慮からであった。私はそのころ既に記憶力の減退を感じていて、したしらべでもして行かないと試験には何も書けなかったのである。私にとってそんな経験は始めてであった。

いい成績ではなかったが、私はその春、中学校へ受験して合格をした。私は、新しい袴《はかま》と黒い沓下《くつした》とあみあげの靴をはき、いままでの毛布をよして羅紗《ラシャ》のマントを洒落者《しゃれもの》らしくボタンをかけずに前をあけたまま羽織って、その海のある小都会へ出た。そして私のうちと遠い親戚にあたるそのまちの呉服店で旅装を解いた。入口にちぎれた古いのれんをさげてあるその家へ、私はずっと世話になることになっていたのである。

二章

私は何ごとにも有頂天になり易《やす》い性質を持っているが、入学当時は銭湯へ行くのにも学校の制帽を被《かぶ》り、袴をつけた。そんな私の姿が往来の窓硝子《ガラス》にでも映ると、私は笑いながらそれへ軽く会釈をしたものである。

それなのに、学校はちっとも面白くなかった。校舎は、まちの端《はず》れにあって、しろいペンキで塗られ、すぐ裏は海峡に面したひらたい公園で、浪《なみ》の音や松のざわめきが授業中でも聞えて来て、廊下も広く教室の天井も高くて、私はすべてにいい感じを受けたのだが、そこにいる教師たちは私をひどく迫害したのである。

私は入学式の日から、或《あ》る体操の教師にぶたれた。私が生意気だというのであった。この教師は入学試験のとき私の口答試問の係りであったが、お父さんがなくなってよく勉強もできなかったろう、と私に情ふかい言葉をかけて呉《く》れ、私もうなだれて見せたその人であっただけに、私のこころはいっそう傷つけられた。そののちも私は色んな教師にぶたれた。にやにやしているとか、あくびをしたとか、さまざまな理由から罰せられた。授業中の私のあくびが大きいので職員室で評判である、とも言われた。私はそんな莫迦《ばか》げたことを話し合っている職員室を、おかしく思った。

私と同じ町から来ている一人の生徒が、或る日、私を校庭の砂山の陰に呼んで、君の態度はじっさい生意気そうに見える、あんなに殴られてばかりいると落第するにちがいない、と忠告して呉れた。私は愕然《がくぜん》とした。その日の放課後、私は海岸づたいにひとり家路を急いだ。靴底を浪になめられつつ溜息《ためいき》ついて歩いた。洋服の袖で額《ひたい》の汗を拭いていたら、鼠色《ねずみいろ》のびっくりするほど大きい帆がすぐ眼《め》の前をよろよろとおって行った。

私は散りかけている花弁であった。すこしの風にもふるえおののいた。人からどんな些細《ささい》なさげすみを受けても死なん哉《かな》と悶《もだ》えた。私は、自分を今にきっとえらくなるものと思っていたし、英雄としての名誉をまもって、たとい大人の侮りにでも容赦できなかったのであるから、この落第という不名誉も、それだけ致命的であったのである。その後の私は兢兢《きょうきょう》として授業を受けた。授業を受けながらも、この教室のなかには眼に見えぬ百人の敵がいるのだと考えて、少しも油断をしなかった。

朝、学校へ出掛けしなには、私の机の上へトランプを並べて、その日いちにちの運命を占った。ハアトは大吉であった。ダイヤは半吉、クラブは半凶、スペエドは大凶であった。そしてその頃は、来る日も来る日もスペエドばかり出たのである。

それから間もなく試験が来たけれど、私は博物でも地理でも修身でも、教科書の一字一句をそのまま暗記して了《しま》うように努めた。これは私のいちかばちかの潔癖から来ているのであろうが、この勉強法は私の為《ため》によくない結果を呼んだ。私は勉強が窮屈でならなかったし、試験の際も、融通がきかなくて、殆《ほとん》ど完璧に近いよい答案を作ることもあれば、つまらぬ一字一句につまずいて、思索が乱れ、ただ意味もなしに答案用紙を汚している場合もあったのである。

しかし私の第一学期の成績はクラスの三番であった。操行も甲であった。落第の懸念に苦しまされていた私は、その通告簿を片手に握って、もう一方の手で靴を吊《つ》り下げたまま、裏の海岸まではだしで走った。嬉《うれ》しかったのである。

一学期をおえて、はじめての帰郷のときは、私は故郷の弟たちに私の中学生生活の短い経験を出来るだけ輝かしく説明したく思って、私がその三四ヵ月間身につけたすべてのもの、座蒲団《ざぶとん》のはてまで行李《こうり》につめた。

馬車にゆられながら隣村の森を抜けると、幾里四方もの青田の海が展開して、その青田の果てるあたりに私のうちの赤い大屋根が聳《そび》えていた。私はそれを眺めて十年も見ない気がした。

私はその休暇のひとつきほど得意な気持でいたことがない。私は弟たちへ中学校のことを誇張して夢のように物語った。その小都会の有様をも、つとめて幻妖《げんよう》に物語ったのである。

私は風景をスケッチしたり昆虫の採集をしたりして、野原や谷川をはしり廻《まわ》った。水彩画を五枚えがくのと珍らしい昆虫の標本を十種あつめるのとが、教師に課された休暇中の宿題であった。私は捕虫網を肩にかついで、弟にはピンセットだの毒壺《どくつぼ》だののはいった採集鞄《かばん》を持たせ、もんしろ蝶《ちょう》やばったを追いながら一日を夏の野原で過した。夜は庭園で焚火《たきび》をめらめらと燃やして、飛んで来るたくさんの虫を網や箒《ほうき》で片っぱしからたたき落した。末の兄は美術学校の塑像科へ入っていたが、まいにち中庭の大きい栗《くり》の木の下で粘土をいじくっていた。もう女学校を卒《お》えていた私のすぐの姉の胸像を作っていたのである。私も亦《また》その傍で、姉の顔を幾枚もスケッチして、兄とお互いの出来上り案配をけなし合った。姉は真面目に私たちのモデルになっていたが、そんな場合おもに私の水彩画の方の肩を持った。この兄は若いときはみんな天才だ、などと言って、私のあらゆる才能を莫迦にしていた。私の文章をさえ、小学生の綴方《つづりかた》、と言って嘲《あざけ》っていた。私もその当時は、兄の芸術的な力をあからさまに軽蔑していたのである。

ある晩、その兄が私の寝ているところへ来て、治、珍動物だよ、と声を低くして言いながら、しゃがんで蚊帳《かや》の下から鼻紙に軽く包んだものをそっと入れて寄こした。兄は、私が珍らしい昆虫を集めているのを知っていたのだ。包の中では、かさかさと虫のもがく足音がしていた。私は、そのかすかな音に、肉親の情を知らされた。私が手暴《てあら》くその小さい紙包をほどくと、兄は、逃げるぜえ、そら、そら、と息をつめるようにして言った。見ると普通のくわがたむしであった。私はその鞘翅類《しようしるい》をも私の採集した珍昆虫十種のうちにいれて教師へ出した。

休暇が終りになると私は悲しくなった。故郷をあとにし、その小都会へ来て、呉服商の二階で独りして行李をあけた時には、私はもう少しで泣くところであった。私は、そんな淋《さび》しい場合には、本屋へ行くことにしていた。そのときも私は近くの本屋へ走った。そこに並べられたかずかずの刊行物の背を見ただけでも、私の憂愁は不思議に消えるのだ。その本屋の隅の書棚には、私の欲しくても買えない本が五六冊あって、私はときどき、その前へ何気なさそうに立ち止っては膝《ひざ》をふるわせながらその本の頁《ページ》を盗み見たものだけれど、しかし私が本屋へ行くのは、なにもそんな医学じみた記事を読むためばかりではなかったのである。その当時私にとって、どんな本でも休養と慰安であったからである。

学校の勉強はいよいよ面白くなかった。白地図に山脈や港湾や河川を水絵具で記入する宿題などは、なによりも呪わしかった。私は物事に凝るほうであったから、この地図の彩色には三四時間も費やした。歴史なんかも、教師はわざわざノオトを作らせてそれへ講義の要点を書き込めと言いつけたが、教師の講義は教科書を読むようなものであったから、自然とそのノオトへも教科書の文章をそのまま書き写すよりほかなかったのである。私はそれでも成績にみれんがあったので、そんな宿題を毎日せい出してやったのである。秋になると、そのまちの中等学校どうしの色色なスポオツの試合が始った。田舎から出て来た私は、野球の試合など見たことさえなかった。小説本で、満塁《フルベエス》とか、アタックショオトとか、中堅《センタア》とか、そんな用語を覚えていただけであって、やがて其《そ》の試合の観方《みかた》をおぼえたけれど余り熱狂できなかった。野球ばかりでなく、庭球でも、柔道でも、なにか他校と試合のある度に私も応援団の一人として、選手たちに声援を与えなければならなかったのであるが、そのことが尚《なお》さら中学生生活をいやなものにして了った。応援団長というのがあって、わざと汚い恰好《かっこう》で日の丸の扇子などを持ち、校庭の隅の小高い岡にのぼって演説をすれば、生徒たちはその団長の姿を、むさい、むさい、と言って喜ぶのである。試合のときは、ひとゲエムのあいまあいまに団長が扇子をひらひらさせて、オオル・スタンド・アップと叫んだ。私たちは立ち上って、紫の小さい三角旗を一斉にゆらゆら振りながら、よい敵よい敵けなげなれども、という応援歌をうたうのである。そのことは私にとって恥しかった。私は、すきを見ては、その応援から逃げて家へ帰った。

しかし、私にもスポオツの経験がない訳ではなかったのである。私の顔が蒼黒《あおぐろ》くて、私はそれを例のあんまの故であると信じていたので、人から私の顔色を言われると、私のその秘密を指摘されたようにどぎまぎした。私は、どんなにかして血色をよくしたく思い、スポオツをはじめたのである。

私はよほど前からこの血色を苦にしていたものであった。小学校四五年のころ、末の兄からデモクラシイという思想を聞き、母までデモクラシイのため税金がめっきり高くなって作米の殆どみんなを税金に取られる、と客たちにこぼしているのを耳にして、私はその思想に心弱くうろたえた。そして、夏は下男たちの庭の草刈に手つだいしたり、冬は屋根の雪おろしに手を貸したりなどしながら、下男たちにデモクラシイの思想を教えた。そうして、下男たちは私の手助けを余りよろこばなかったのをやがて知った。私の刈った草などは後からまた彼等が刈り直さなければいけなかったらしいのである。私は下男たちを助ける名の陰で、私の顔色をよくする事をも計っていたのであったが、それほど労働してさえ私の顔色はよくならなかったのである。

中学校にはいるようになってから、私はスポオツに依《よ》っていい顔色を得ようと思いたって、暑いじぶんには、学校の帰りしなに必ず海へはいって泳いだ。私は胸泳といって雨蛙《あまがえる》のように両脚をひらいて泳ぐ方法を好んだ。頭を水から真直《まっすぐ》に出して泳ぐのだから、波の起伏のこまかい縞目《しまめ》も、岸の青葉も、流れる雲も、みんな泳ぎながらに眺められるのだ。私は亀のように頭をすっとできるだけ高くのばして泳いだ。すこしでも顔を太陽に近寄せて、早く日焼がしたいからであった。

また、私のいたうちの裏がひろい墓地だったので、私はそこへ百米《メートル》の直線コオスを作り、ひとりでまじめに走った。その墓地はたかいポプラの繁《しげ》みで囲まれていて、はしり疲れると私はそこの卒堵婆《そとば》の文字などを読み読みしながらぶらついた。

月穿潭底とか、三界唯一心とかの句をいまでも忘れずにいる。ある日私は、銭苔《ぜにごけ》のいっぱい生えている黒くしめった墓石に、寂性清寥居士という名前を見つけてかなり心を騒がせ、その墓のまえに新しく飾られてあった紙の蓮華《れんげ》の白い葉に、おれはいま土のしたで蛆虫《うじむし》とあそんでいる、と或る仏蘭西《フランス》の詩人から暗示された言葉を、泥を含ませた私の人指ゆびでもって、さも幽霊が記したかのようにほそぼそとなすり書いて置いた。そのあくる日の夕方、私は運動にとりかかる前に、先《ま》ずきのうの墓標へお参りしたら、朝の驟雨《しゅうう》で亡魂の文字はその近親の誰をも泣かせぬうちに跡かたもなく洗いさらわれて、蓮華の白い葉もところどころ破れていた。

私はそんな事をして遊んでいたのであったが、走る事も大変巧《うま》くなったのである。両脚の筋肉もくりくりと丸くふくれて来た。けれども顔色は、やっぱりよくならなかったのだ。黒い表皮の底には、濁った蒼い色が気持悪くよどんでいた。

私は顔に興味を持っていたのである。読書にあきると手鏡をとり出し、微笑《ほほえ》んだり眉をひそめたり頬杖《ほおづえ》ついて思案にくれたりして、その表情をあかず眺めた。私は必ずひとを笑わせることの出来る表情を会得した。目を細くして鼻を皺《しわ》め、口を小さく尖《とが》らすと、児熊《こぐま》のようで可愛《かわい》かったのである。私は不満なときや当惑したときにその顔をした。私のすぐの姉はそのじぶん、まちの県立病院の内科へ入院していたが、私は姉を見舞いに行ってその顔をして見せると、姉は腹をおさえて寝台の上をころげ廻った。姉はうちから連れて来た中年の女中とふたりきりで病院に暮していたものだから、ずいぶん淋しがって、病院の長い廊下をのしのし歩いて来る私の足音を聞くと、もうはしゃいでいた。私の足音は並はずれて高いのだ。私が若《も》し一週間でも姉のところを訪れないと、姉は女中を使って私を迎いによこした。私が行かないと、姉の熱は不思議にあがって容態がよくない、とその女中が真顔で言っていた。

その頃はもう私も十五六になっていたし、手の甲には静脈の青い血管がうっすりと透いて見えて、からだも異様におもおもしく感じられていた。私は同じクラスのいろの黒い小さな生徒とひそかに愛し合った。学校からの帰りにはきっと二人してならんで歩いた。お互いの小指がすれあってさえも、私たちは顔を赤くした。いつぞや、二人で学校の裏道の方を歩いて帰ったら、芹《せり》やはこべの青々と伸びている田《た》溝《みぞ》の中にいもりがいっぴき浮いているのをその生徒が見つけ、黙ってそれを掬《すく》って私に呉れた。私は、いもりは嫌いであったけれど、嬉しそうにはしゃぎながらそれを手巾《ハンケチ》へくるんだ。うちへ持って帰って、中庭の小さな池に放した。いもりは短い首をふりふり泳ぎ廻っていたが、次の朝みたら逃げて了っていなかった。

私はたかい自矜《じきょう》の心を持っていたから、私の思いを相手に打ち明けるなど考えもつかぬことであった。その生徒へは普段から口もあんまり利かなかったし、また同じころ隣の家の痩せた女学生をも私は意識していたのだが、此《こ》の女学生とは道で逢《あ》っても、ほとんどその人を莫迦にしているようにぐっと顔をそむけてやるのである。秋のじぶん、夜中に火事があって、私も起きて外へ出て見たら、つい近くの社《やしろ》の陰あたりが火の粉をちらして燃えていた。社の杉林がその焔《ほむら》を囲うようにまっくろく立って、そのうえを小鳥がたくさん落葉のように狂い飛んでいた。私は、隣のうちの門口から白い寝巻の女の子が私の方を見ているのを、ちゃんと知っていながら、横顔だけをそっちにむけてじっと火事を眺めた。焔の赤い光を浴びた私の横顔は、きっときらきら美しく見えるだろうと思っていたのである。こんな案配であったから、私はまえの生徒とでも、また此の女学生とでも、もっと進んだ交渉を持つことができなかった。けれどもひとりでいるときには、私はもっと大胆だった筈《はず》である。鏡の私の顔へ、片眼をつぶって笑いかけたり、机の上に小刀で薄い唇をほりつけて、それへ私の唇をのせたりした。この唇には、あとで赤いインクを塗ってみたが、妙にどすぐろくなっていやな感じがして来たから、私は小刀ですっかり削りとって了った。

私が三年生になって、春のあるあさ、登校の道すがらに朱で染めた橋のまるい欄干へもたれかかって、私はしばらくぼんやりしていた。橋の下には隅田川《すみだがわ》に似た広い川がゆるゆると流れていた。全くぼんやりしている経験など、それまでの私にはなかったのである。うしろで誰か見ているような気がして、私はいつでも何かの態度をつくっていたのである。私のいちいちのこまかい仕草にも、彼は当惑して掌《て》を眺めた、彼は耳の裏を掻《か》きながら呟《つぶや》いた、などと傍から傍から説明句をつけていたのであるから、私にとって、ふと、とか、われしらず、とかいう動作はあり得なかったのである。橋の上での放心から覚めたのち、私は寂しさにわくわくした。そんな気持のときには、私もまた、自分の来しかた行末を考えた。橋をかたかた渡りながら、いろんな事を思い出し、また夢想した。そして、おしまいに溜息ついてこう考えた。えらくなれるかしら。その前後から、私はこころのあせりをはじめていたのである。私は、すべてに就いて満足し切れなかったから、いつも空虚なあがきをしていた。私には十重二十重《とえはたえ》の仮面がへばりついていたので、どれがどんなに悲しいのか、見極めをつけることができなかったのである。そしてとうとう私は或るわびしいはけ口を見つけたのだ。創作であった。ここにはたくさんの同類がいて、みんな私と同じように此のわけのわからぬおののきを見つめているように思われたのである。作家になろう、作家になろう、と私はひそかに願望した。弟もそのとし中学校へはいって、私とひとつ部屋に寝起していたが、私は弟と相談して、初夏のころに五六人の友人たちを集め同人雑誌をつくった。私の居るうちの筋向いに大きい印刷所があったから、そこへ頼んだのである。表紙も石版でうつくしく刷らせた。クラスの人たちへその雑誌を配ってやった。私はそれへ毎月ひとつずつ創作を発表したのである。はじめは道徳に就いての哲学者めいた小説を書いた。一行か二行の断片的な随筆をも得意としていた。この雑誌はそれから一年ほど続けたが、私はそのことで長兄と気まずいことを起してしまった。

長兄は私の文学に熱狂しているらしいのを心配して、郷里から長い手紙をよこしたのである。化学には方程式あり幾何《きか》には定理があって、それを解する完全な鍵が与えられているが、文学にはそれがないのです、ゆるされた年齢、環境に達しなければ文学を正当に摑《つか》むことが不可能と存じます、と物堅い調子で書いてあった。私もそうだと思った。しかも私は、自分をその許された人間であると信じた。私はすぐ長兄へ返事した。兄上の言うことは本当だと思う、立派な兄を持つことは幸福である、しかし、私は文学のために勉強を怠ることがない、その故にこそいっそう勉強しているほどである、と誇張した感情をさえところどころにまぜて長兄へ告げてやったのである。

なにはさてお前は衆にすぐれていなければいけないのだ、という脅迫めいた考えからであったが、じじつ私は勉強していたのである。三年生になってからは、いつもクラスの首席であった。てんとりむしと言われずに首席になることは困難であったが、私はそのような嘲りを受けなかった許り《ばか》か、級友を手ならす術《すべ》まで心得ていた。蛸《たこ》というあだなの柔道の主将さえ私には従順であった。教室の隅に紙屑入《かみくずいれ》の大きな壺があって、私はときたまそれを指さして、蛸もつぼへはいらないかと言えば、蛸はその壺へ頭をいれて笑うのだ。笑い声が壺に響いて異様な音をたてた。クラスの美少年たちもたいてい私になついていた。私が顔の吹出物へ、三角形や六角形や花の形に切った絆創膏《ばんそうこう》をてんてんと貼り散らしても誰も可笑《おか》しがらなかった程なのである。

私はこの吹出物には心をなやまされた。そのじぶんにはいよいよ数も殖えて、毎朝、眼をさますたびに掌で顔を撫《な》でまわしてその有様をしらべた。いろいろな薬を買ってつけたが、ききめがないのである。私はそれを薬屋へ買いに行くときには、紙きれへその薬の名を書いて、こんな薬がありますかって、と他人から頼まれたふうにして言わなければいけなかったのである。私はその吹出物を欲情の象徴と考えて眼の先が暗くなるほど恥しかった。いっそ死んでやったらと思うことさえあった。

私の顔に就いてのうちの人たちの不評判も絶頂に達していた。他家へとついでいた私のいちばん上の姉は、治のところへは嫁に来るひとがあるまい、とまで言っていたそうである。私はせっせと薬をつけた。

弟も私の吹出物を心配して、なんべんとなく私の代りに薬を買いに行って呉れた。私と弟とは子供のときから仲がわるくて、弟が中学へ受験する折にも、私は彼の失敗を願っていたほどであったけれど、こうしてふたりで故郷から離れて見ると、私にも弟のよい気質がだんだん判《わか》って来たのである。弟は大きくなるにつれて無口で内気になっていた。私たちの同人雑誌にもときどき小品文を出していたが、みんな気の弱々した文章であった。私にくらべて学校の成績がよくないのを絶えず苦にしていて、私がなぐさめでもするとかえって不気嫌になった。また、自分の額の生えぎわが富士のかたちに三角になって女みたいなのをいまいましがっていた。額がせまいから頭がこんなに悪いのだと固く信じていたのである。私はこの弟にだけはなにもかも許した。私はその頃、人と対するときには、みんな押し隠して了うか、みんなさらけ出して了うか、どちらかであったのである。私たちはなんでも打ち明けて話した。

秋のはじめの或る月のない夜に、私たちは港の桟橋へ出て、海峡を渡ってくるいい風にはたはたと吹かれながら赤い糸について話合った。それはいつか学校の国語の教師が授業中に生徒へ語って聞かせたことであって、私たちの右足の小指に眼に見えぬ赤い糸がむすばれていて、それがするすると長く伸びて一方の端がきっと或る女の子のおなじ足指にむすびつけられているのである、ふたりがどんなに離れていてもその糸は切れない、どんなに近づいても、たとい往来で逢っても、その糸はこんぐらかることがない、そうして私たちはその女の子を嫁にもらうことにきまっているのである。私はこの話をはじめて聞いたときには、かなり興奮して、うちへ帰ってからもすぐ弟に物語ってやったほどであった。私たちはその夜も、波の音や、かもめの声に耳傾けつつ、その話をした。お前のワイフは今ごろどうしてるべなあ、と弟に聞いたら、弟は桟橋のらんかんを二三度両手でゆりうごかしてから、庭あるいてる、ときまり悪げに言った。大きい庭下駄《にわげた》をはいて、団扇《うちわ》をもって、月見草を眺めている少女は、いかにも弟と似つかわしく思われた。私のを語る番であったが、私は真暗い海に眼をやったまま、赤い帯しめての、とだけ言って口を噤《つぐ》んだ。海峡を渡って来る連絡船が、大きい宿屋みたいにたくさんの部屋部屋へ黄色いあかりをともして、ゆらゆらと水平線から浮んで出た。

これだけは弟にもかくしていた。私がそのとしの夏休みに故郷へ帰ったら、浴衣に赤い帯をしめたあたらしい小柄な小間使が、乱暴な動作で私の洋服を脱がせて呉れたのだ。みよと言った。

私は寝しなに煙草《たばこ》を一本こっそりふかして、小説の書き出しなどを考える癖があったが、みよはいつの間にかそれを知って了って、ある晩私の床をのべてから枕元へ、きちんと煙草盆を置いたのである。私はその次の朝、部屋を掃除しに来たみよへ、煙草はかくれてのんでいるのだから煙草盆なんか置いてはいけない、と言いつけた。みよは、はあ、と言ってふくれたようにしていた。同じ休暇中のことだったが、まちに浪花節《なにわぶし》の興行物が来たとき、私のうちでは、使っている人たち全部を芝居小屋へ聞きにやった。私と弟も行けと言われたが、私たちは田舎の興行物を莫迦にして、わざと蛍《ほたる》をとりに田圃《たんぼ》へ出かけたのである。隣村の森ちかくまで行ったが、あんまり夜露がひどかったので、二十そこそこを、籠《かご》にためただけでうちへ帰った。浪花節へ行っていた人たちもそろそろ帰って来た。みよに床をひかせ、蚊帳をつらせてから、私たちは電燈《でんとう》を消してその蛍を蚊帳のなかへ放した。蛍は蚊帳のあちこちをすっすっと飛んだ。みよも暫《しばら》く蚊帳のそとに佇《たたず》んで蛍を見ていた。私は弟と並んで寝ころびながら、蛍の青い火よりもみよのほのじろい姿をよけいに感じていた。浪花節は面白かったろうか、と私はすこし堅くなって聞いた。私はそれまで、女中には用事以外の口を決してきかなかったのである。みよは静かな口調で、いいえ、と言った。私はふきだした。弟は、蚊帳の裾に吸いついている一匹の蛍を団扇でばさばさ追いたてながら黙っていた。私はなにやら工合《ぐあい》がわるかった。

そのころから私はみよを意識しだした。赤い糸と言えば、みよのすがたが胸に浮んだ。

三　章

四年生になってから、私の部屋へは毎日のようにふたりの生徒が遊びに来た。私は葡萄酒《ぶどうしゅ》と鯣《するめ》をふるまった。そうして彼等に多くの出鱈目《でたらめ》を教えたのである。炭《すみ》のおこしかたに就いて一冊の書物が出ているとか、「けだものの機械」という或《あ》る新進作家の著書に私がべたべたと機械油を塗って置いて、こうして発売されているのだが、珍らしい装幀《そうてい》でないかとか、「美貌の友」という飜訳本のところどころカットされて、そのブランクになっている箇所へ、私のこしらえたひどい文章を、知っている印刷屋へ秘密にたのんで刷りいれてもらって、これは奇書だとか、そんなことを言って友人たちを驚かせたものであった。

みよの思い出も次第にうすれていたし、そのうえに私は、ひとつうちに居る者どうしが思ったり思われたりすることを変にうしろめたく感じていたし、ふだんから女の悪口ばかり言って来ている手前もあったし、みよに就いて譬《たと》えほのかにでも心を乱したのが腹立しく思われるときさえあったほどで、弟にはもちろん、これらの友人たちにもみよの事だけは言わずに置いたのである。

ところが、そのあたり私は、ある露西亜《ロシヤ》の作家の名だかい長編小説を読んで、また考え直して了《しま》った。それは、ひとりの女囚人の経歴から書き出されていたが、その女のいけなくなる第一歩は、彼女の主人の甥《おい》にあたる貴族の大学生に誘惑されたことからはじまっていた。私はその小説のもっと大きなあじわいを忘れて、そのふたりが咲き乱れたライラックの花の下で最初の接吻《せっぷん》を交したペエジに私の枯葉の枝折《しおり》をはさんでおいたのだ。私もまた、すぐれた小説をよそごとのようにして読むことができなかったのである。私には、そのふたりがみよと私とに似ているような気分がしてならなかった。私がいま少しすべてにあつかましかったら、いよいよ此《こ》の貴族とそっくりになれるのだ、と思った。そう思うと私の臆病さがはかなく感じられもするのである。こんな気のせせこましさが私の過去をあまりに平坦にしてしまったのだと考えた。私自身で人生のかがやかしい受難者になりたく思われたのである。

私は此のことをまず弟へ打ち明けた。晩に寝てから打ち明けた。私は厳粛な態度で話すつもりであったが、そう意識してこしらえた姿勢が逆に邪魔をして来て、結局うわついた。私は、頸筋《くびすじ》をさすったり両手をもみ合せたりして、気品のない話かたをした。そうしなければかなわぬ私の習性を私は悲しく思った。弟は、うすい下唇をちろちろ舐《な》めながら、寝がえりもせず聞いていたが、けっこんするのか、と言いにくそうにして尋ねた。私はなぜだかぎょっとした。できるかどうか、とわざとしおれて答えた。弟は、恐らくできないのではないかという意味のことを案外なおとなびた口調でまわりくどく言った。それを聞いて、私は自分のほんとうの態度をはっきり見つけた。私はむっとして、たけりたけったのである。蒲団《ふとん》から半身を出して、だからたたかうのだ、たたかうのだ、と声をひそめて強く言い張った。弟は更紗染《さらさぞ》めの蒲団の下でからだをくねくねさせて何か言おうとしているらしかったが、私の方を盗むようにして見て、そっと微笑《ほほえ》んだ。私も笑い出した。そして、門出だから、と言いつつ弟の方へ手を差し出した。弟も恥しそうに蒲団から右手を出した。私は低く声を立てて笑いながら、二三度弟の力ない指をゆすぶった。

しかし、友人たちに私の決意を承認させるときには、こんな苦心をしなくてよかった。友人たちは私の話を聞きながら、あれこれと思案をめぐらしているような恰《かっ》好《こう》をして見せたが、それは、私の話がすんでからそれへの同意に効果を添えようためのものでしかないのを、私は知っていた。じじつその通りだったのである。

四年生のときの夏やすみには、私はこの友人たちふたりをつれて故郷へ帰った。うわべは、三人で高等学校への受験勉強を始めるためであったが、みよを見せたい心も私にあって、むりやりに友をつれて来たのである。私は、私の友がうちの人たちに不評判でないように祈った。私の兄たちの友人は、みんな地方でも名のある家庭の青年ばかりだったから、私の友のように金釦《きんボタン》のふたつしかない上着などを着てはいなかったのである。

裏の空屋敷には、そのじぶん大きな鶏舎が建てられていて、私たちはその傍の番小屋で午前中だけ勉強した。番小屋の外側は白と緑のペンキでいろどられて、なかは二坪ほどの板の間で、まだ新しいワニス塗の卓子や椅子がきちんとならべられていた。ひろい扉が東側と北側に二つもついていたし、南側にも洋ふうの開窓《ひらきまど》があって、それを皆いっぱいに明け放すと、風がどんどんはいって来て書物のペエジがいつもぱらぱらとそよいでいるのだ。まわりには雑草がむかしのままに生えしげっていて、黄いろい雛《ひな》が何十羽となくその草の間に見えかくれしつつ遊んでいた。

私たち三人はひるめしどきを楽しみにしていた。その番小屋へ、どの女中が、めしを知らせに来るかが問題であったのである。みよでない女中が来れば、私たちは卓をぱたぱた叩《たた》いたり舌打したりして大騒ぎをした。みよが来ると、みんなしんとなった。そして、みよが立ち去るといっせいに吹き出したものであった。或る晴れた日、弟も私たちと一緒にそこで勉強をしていたが、ひるになって、きょうは誰が来るだろう、といつものように皆で語り合った。弟だけは話からはずれて、窓ぎわをぶらぶら歩きながら英語の単語を暗記していた。私たちは色んな冗談を言って、書物を投げつけ合ったり足踏して床を鳴らしていたが、そのうちに私は少しふざけ過ぎて了った。私は弟をも仲間にいれたく思って、お前はさっきから黙っているが、さては、と唇を軽くかんで弟をにらんでやったのである。すると弟は、いや、と短く叫んで右手を大きく振った。持っていた単語のカアドが二三枚ぱっと飛び散った。私はびっくりして視線をかえた。そのとっさの間に私は気まずい断定を下した。みよの事はきょう限りよそうと思った。それからすぐ、なにごともなかったように笑い崩れた。

その日めしを知らせに来たのは、仕合せと、みよでなかった。母屋へ通る豆畑のあいだの狭い道を、てんてんと一列につらなって歩いて行く皆のうしろへついて、私は陽気にはしゃぎながら豆の丸い葉を幾枚も幾枚もむしりとった。

犠牲などということは始めから考えてなかった。ただいやだったのだ。ライラックの白い茂みが泥を浴びせられた。殊にその悪戯者《いたずらもの》が肉親であるのがいっそういやであった。

それからの二三日は、さまざまに思いなやんだ。みよだって庭を歩くことがあるでないか。彼は私の握手にほとんど当惑した。要するに私はめでたいのではないだろうか。私にとって、めでたいという事ほどひどい恥辱はなかったのである。

おなじころ、よくないことが続いて起った。ある日の昼食の際に、私は弟や友人たちといっしょに食卓へ向っていたが、その傍でみよが、紅《あか》い猿の面の絵団扇《うちわ》でぱさぱさと私たちをあおぎながら給仕していた。私はその団扇の風の量で、みよの心をこっそり計っていたものだ。みよは、私よりも弟の方を多くあおいだ。私は絶望して、カツレツの皿へぱちっとフオクを置いた。

みんなして私をいじめるのだ、と思い込んだ。友人たちだってまえから知っていたに違いない、と無闇《むやみ》に人を疑った。もう、みよを忘れてやるからいい、と私はひとりできめていた。

また二三日たって、ある朝のこと、私は、前夜ふかした煙草《たばこ》がまだ五六ぽん箱にはいって残っているのを枕元へ置き忘れたままで番小屋へ出掛け、あとで気がついてうろたえて部屋へ引返して見たが、部屋は綺麗《きれい》に片づけられ箱がなかったのである。私は観念した。みよを呼んで、煙草はどうした、見つけられたろう、と叱るようにして聞いた。みよは真面目な顔をして首を振った。そしてすぐ、部屋のなげしの裏へ背のびして手をつっこんだ。金色の二つの蝙蝠《こうもり》が飛んでいる緑いろの小さな紙箱はそこから出た。

私はこのことから勇気を百倍にもして取りもどし、まえからの決意にふたたび眼《め》ざめたのである。しかし、弟のことを思うとやはり気がふさがって、みよのわけで友人たちと騒ぐことをも避けたし、そのほか弟には、なにかにつけていやしい遠慮をした。自分から進んでみよを誘惑することもひかえた。私はみよから打ち明けられるのを待つことにした。私はいくらでもその機会をみよに与えることができたのだ。私は屢々《しばしば》みよを部屋へ呼んで要らない用事を言いつけた。そして、みよが私の部屋へはいって来るときには、私はどこかしら油断のあるくつろいだ恰好をして見せたのである。みよの心を動かすために、私は顔にも気をくばった。その頃になって私の顔の吹出物もどうやら直っていたが、それでも惰性で、私はなにかと顔をこしらえていた。私はその蓋のおもてに蔦《つた》のような長くくねった蔓草《つるくさ》がいっぱい彫り込まれてある美しい銀のコンパクトを持っていた。それでもって私のきめを時折うめていたのだけれど、それを尚《なお》すこし心をいれてしたのである。

これからはもう、みよの決心しだいであると思った。しかし、機会はなかなか来なかったのである。番小屋で勉強している間も、ときどきそこから脱《ぬ》け出て、みよを見に母屋へ帰った。殆《ほとん》どあらっぽい程ばたんばたんとはき掃除しているみよの姿を、そっと眺めては唇をかんだ。

そのうちにとうとう夏やすみも終りになって、私は弟や友人たちとともに故郷を立ち去らなければいけなくなった。せめて此のつぎの休暇まで私を忘れさせないで置くような何か鳥渡《ちょっと》した思い出だけでも、みよの心に植えつけたいと念じたが、それも駄目であった。

出発の日が来て、私たちはうちの黒い箱馬車へ乗り込んだ。うちの人たちと並んで玄関先へ、みよも見送りに立っていた。みよは、私の方も弟の方も、見なかった。はずした萌黄《もえぎ》のたすきを珠数《じゆず》のように両手でつまぐりながら下ばかりを向いていた。いよいよ馬車が動き出してもそうしていた。私はおおきい心残りを感じて故郷を離れたのである。

秋になって、私はその都会から汽車で三十分ぐらいかかって行ける海岸の温泉地へ、弟をつれて出掛けた。そこには、私の母と病後の末の姉とが家を借りて湯治《とうじ》していたのだ。私はずっとそこへ寝泊りして、受験勉強をつづけた。私は秀才というぬきさしならぬ名誉のために、どうしても、中学四年から高等学校へはいって見せなければならなかったのである。私の学校ぎらいはその頃になって、いっそうひどかったのであるが、何かに追われている私は、それでも一途《いちず》に勉強していた。私はそこから汽車で学校へかよった。日曜毎《ごと》に友人たちが遊びに来るのだ。私たちは、もう、みよの事を忘れたようにしていた。私は友人たちと必ずピクニックにでかけた。海岸のひらたい岩の上で、肉鍋をこさえ、葡萄酒をのんだ。弟は声もよくて多くのあたらしい歌を知っていたから、私たちはそれらを弟に教えてもらって、声をそろえて歌った。遊びつかれてその岩の上で眠って、眼がさめると潮が満ちて陸つづきだった筈《はず》のその岩が、いつか離れ島になっているので、私たちはまだ夢から醒《さ》めないでいるような気がするのである。

私はこの友人たちと一日でも逢《あ》わなかったら淋《さび》しいのだ。そのころの事であるが、或る野分《のわき》のあらい日に、私は学校で教師につよく両頰をなぐられた。それが偶然にも私の仁俠的《にんきようてき》な行為からそんな処罰を受けたのだから、私の友人たちは怒った。その日の放課後、四年生全部が博物教室へ集って、その教師の追放について協議したのである。ストライキ、ストライキ、と声高くさけぶ生徒もあった。私は狼狽《ろうばい》した。もし私一個人のためを思ってストライキをするのだったら、よして呉《く》れ、私はあの教師を憎んでいない、事件は簡単なのだ、と生徒たちに頼みまわった。友人たちは私を卑怯《ひきょう》だとか勝手だとか言った。私は息苦しくなって、その教室から出て了った。温泉場の家へ帰って、私はすぐ湯にはいった。野分にたたかれて破れつくした二三枚の芭蕉《ばしょう》の葉が、その庭の隅から湯槽《ゆぶね》のなかへ青い影を落していた。私は湯槽のふちに腰かけながら生きた気もせず思いに沈んだ。

恥しい思い出に襲われるときにはそれを振りはらうために、ひとりして、さて、と呟《つぶや》く癖が私にあった。簡単なのだ、簡単なのだ、と囁《ささや》いて、あちこちをうろうろしていた自身の姿を想像して私は、湯を掌で掬《すく》ってはこぼし掬ってはこぼししながら、さて、さて、と何回も言った。

あくる日、その教師が私たちにあやまって、結局ストライキは起らなかったし、友人たちともわけなく仲直り出来たけれど、この災難は私を暗くした。みよのことなどしきりに思い出された。ついには、みよと逢わねば自分がこのまま堕落してしまいそうにも、考えられたのである。

ちょうど母も姉も湯治からかえることになって、その出立の日が、あたかも土曜日であったから、私は母たちを送って行くという名目で、故郷へ戻ることが出来た。

友人たちには秘密にしてこっそり出掛けたのである。弟にも帰郷のほんとのわけは言わずに置いた。言わなくても判《わか》っているのだと思っていた。

みんなでその温泉場を引きあげ、私たちの世話になっている呉服商へひとまず落ちつき、それから母と姉と三人で故郷へ向った。列車がプラットフォムを離れるとき、見送りに来ていた弟が、列車の窓から青い富士額を覗《のぞ》かせて、がんばれ、とひとこと言った。私はそれをうっかり素直に受けいれて、よしよし、と気嫌ようくうなずいた。

馬車が隣村を過ぎて、次第にうちへ近づいて来ると、私はまったく落ちつかなかった。日が暮れて、空も山もまっくらだった。稲田が秋風に吹かれてさらさらと動く声に、耳傾けては胸を轟《とどろ》かせた。絶えまなく窓のそとの闇に眼をくばって、道ばたのすすきのむれが白くぽっかり鼻先に浮ぶと、のけぞるくらいびっくりした。

玄関のほの暗い軒燈《けんとう》の下でうちの人たちがうようよ出迎えていた。馬車がとまったとき、みよもばたばた走って玄関から出て来た。寒そうに肩を丸くすぼめていた。

その夜、二階の一間に寝てから、私は非常に淋しいことを考えた。凡俗という観念に苦しめられたのである。みよのことが起ってからは、私もとうとう莫迦《ばか》になって了ったのではないか。女を思うなど、誰にでもできることである。しかし、私のはちがう、ひとくちには言えぬがちがう。私の場合は、あらゆる意味で下等でない。しかし、女を思うほどの者は誰でもそう考えているのではないか。しかし、と私は自身のたばこの煙にむせびながら強情を張った。私の場合には思想がある！　私はその夜、みよと結婚するに就いて、必ずさけられないうちの人たちとの論争を思い、寒いほどの勇気を得た。私のすべての行為は凡俗でない、やはり私はこの世のかなりな単位にちがいないのだ、と確信した。それでもひどく淋しかった。淋しさが、どこから来るのか判《わか》らなかった。どうしても寝つかれないので、あのあんまをした。みよの事をすっかり頭から抜いてした。みよをよごす気にはなれなかったのである。

朝、眼をさますと、秋空がたかく澄んでいた。私は早くから起きて、むかいの畑へ葡萄を取りに出かけた。みよに大きい竹籠《たけかご》を持たせてついて来させた。私はできるだけ気軽なふうでみよにそう言いつけたのだから、誰にも怪しまれなかったのである。葡萄棚は畑の東南の隅にあって、十坪ぐらいの大きさにひろがっていた。葡萄の熟すころになると、よしずで四方をきちんと囲った。私たちは片すみの小さい潜戸《くぐりど》をあけて、かこいの中へはいった。なかは、ほっかりと暖かった。二三匹の黄色いあしながばちが、ぶんぶん言って飛んでいた。朝日が、屋根の葡萄の葉と、まわりのよしずを透して明るくさしていて、みよの姿もうすみどりいろに見えた。ここへ来る途中には、私もあれこれと計画して、悪党らしく口まげて微笑んだりしたのであったが、こうしてたった二人きりになって見ると、あまりの気づまりから殆ど不気嫌になって了った。私はその板の潜戸をさえわざとあけたままにしていたものだ。

私は背が高かったから、踏台なしに、ぱちんぱちんと植木鋏《うえきばさみ》で葡萄のふさを摘んだ。そして、いちいちそれをみよへ手渡した。みよはその一房一房の朝露を白いエプロンで手早く拭きとって、下の籠にいれた。私たちはひとことも語らなかった。永い時間のように思われた。そのうちに私はだんだん怒りっぽくなった。葡萄がやっと籠いっぱいになろうとするころ、みよは、私の渡す一房へ差し伸べて寄こした片手を、ぴくっとひっこめた。私は、葡萄をみよの方へおしつけ、おい、と呼んで舌打した。

みよは、右手の附根《つけね》を左手できゅっと握っていきんでいた。刺されたべ、と聞くと、ああ、とまぶしそうに眼を細めた。ばか、と私は叱って了った。みよは黙って、笑っていた。これ以上私はそこにいたたまらなかった。くすりつけてやる、と言ってそのかこいから飛び出した。すぐ母屋へつれて帰って、私はアンモニアの瓶を帳場の薬棚から捜してやった。その紫の硝子瓶《ガラス》を、出来るだけ乱暴にみよへ手渡したきりで、自分で塗ってやろうとはしなかった。

その日の午後に、私は、近ごろまちから新しく通い出した灰色の幌《ほろ》のかかってあるそまつな乗合自動車にゆすぶられながら、故郷を去った。うちの人たちは馬車で行け、と言ったのだが、定紋のついて黒くてかてか光ったうちの箱馬車は、殿様くさくて私にはいやだったのである。私は、みよとふたりして摘みとった一籠の葡萄を膝の上にのせて、落葉のしきつめた田舎道を意味ふかく眺めた。私は満足していた。あれだけの思い出でもみよに植えつけてやったのは私として精いっぱいのことである、と思った。みよはもう私のものにきまった、と安心した。

そのとしの冬やすみは、中学生としての最後の休暇であったのである。帰郷の日のちかくなるにつれて、私と弟とは幾分の気まずさをお互いに感じていた。

いよいよ共にふるさとの家へ帰って来て、私たちは先《ま》ず台所の石の炉ばたに向いあってあぐらをかいて、それからきょろきょろとうちの中を見わたしたのである。みよがいないのだ。私たちは二度も三度も不安な瞳をぶっつけ合った。その日、夕飯をすませてから、私たちは次兄に誘われて彼の部屋へ行き、三人して火燵《こたつ》にはいりながらトランプをして遊んだ。私にはトランプのどの札もただまっくろに見えていた。話の何かいいついでがあったから、思い切って次兄に尋ねた。女中がひとり足りなくなったようだが、と手に持っている五六枚のトランプで顔を被《おお》うようにしつつ、余念なさそうな口調で言った。もし次兄が突っこんで来たら、さいわい弟も居合せていることだし、はっきり言ってしまおうと心をきめていた。

次兄は、自分の手の札を首かしげかしげしてあれこれと出し迷いながら、みよか、みよは婆様と喧嘩《けんか》して里さ戻った、あれは意地っぱりだぜえ、と呟いて、ひらっと一枚捨てた。私も一枚投げた。弟も黙って一枚捨てた。

それから四五日して、私は鶏舎の番小屋を訪れ、そこの番人である小説の好きな青年から、もっとくわしい話を聞いた。みよは、ある下男にたったいちどよごされたのを、ほかの女中たちに知られて、私のうちにいたたまらなくなったのだ。男は、他にもいろいろ悪いことをしたので、そのときは既に私のうちから出されていた。それにしても、青年はすこし言い過ぎた。みよは、やめせ、やめせ、とあとで囁《ささや》いた、とその男の手柄話まで添えて。

正月がすぎて、冬やすみも終りに近づいた頃、私は弟とふたりで、文庫蔵へはいってさまざまな蔵書や軸物を見てあそんでいた。高いあかり窓から雪の降っているのがちらちら見えた。父の代から長兄の代にうつると、うちの部屋部屋の飾りつけから、こういう蔵書や軸物の類まで、ひたひたと変って行くのを、私は帰郷の度毎に、興深く眺めていた。私は長兄がちかごろあたらしく求めたらしい一本の軸物をひろげて見ていた。山吹が水に散っている絵であった。弟は私の傍へ、大きな写真箱を持ち出して来て、何百枚もの写真を、冷くなる指先へときどき白い息を吐きかけながら、せっせと見ていた。しばらくして、弟は私の方へ、まだ台紙の新しい手札型の写真をいちまいのべて寄こした。見ると、みよが最近私の母の供をして、叔母の家へでも行ったらしく、そのとき、叔母と三人してうつした写真のようであった。母がひとり低いソファに坐《すわ》って、そのうしろに叔母とみよが同じ背たけぐらいで並んで立っていた。背景は薔薇《ばら》の咲き乱れた花園であった。私たちは、お互いの頭をよせつつ、なお鳥渡の間その写真に眼をそそいだ。私は、こころの中でとっくに弟と和解をしていたのだし、みよのあのことも、ぐずぐずして弟にはまだ知らせてなかったし、わりにおちつきを装うてその写真を眺めることが出来たのである。みよは、動いたらしく顔から胸にかけての輪廓がぼっとしていた。叔母は両手を帯の上に組んでまぶしそうにしていた。私は、似ていると思った。

富嶽百景

富士の頂角、広重《ひろしげ》の富士は八十五度、文晁《ぶんちょう》の富士も八十四度くらい、けれども、陸軍の実測図によって東西及南北に断面図を作ってみると、東西縦断は頂角、百二十四度となり、南北は百十七度である。広重、文晁に限らず、たいていの絵の富士は、鋭角である。いただきが、細く、高く、華奢《きゃしゃ》である。北斎《ほくさい》にいたっては、その頂角、ほとんど三十度くらい、エッフェル鉄塔のような富士をさえ描いている。けれども、実際の富士は、鈍角も鈍角、のろくさと拡《ひろ》がり、東西、百二十四度、南北は百十七度、決して、秀抜の、すらと高い山ではない。たとえば私が、印度《インド》かどこかの国から、突然、鷲《わし》にさらわれ、すとんと日本の沼津あたりの海岸に落されて、ふと、この山を見つけても、そんなに驚嘆しないだろう。ニッポンのフジヤマを、あらかじめ憧れているからこそ、ワンダフルなのであって、そうでなくて、そのような俗な宣伝を、一さい知らず、素朴な、純粋の、うつろな心に、果して、どれだけ訴え得るか、そのことになると、多少、心細い山である。低い。裾のひろがっている割に、低い。あれくらいの裾を持っている山ならば、少くとも、もう一・五倍、高くなければいけない。

十国峠《じっこくとうげ》から見た富士だけは、高かった。あれは、よかった。はじめ、雲のために、いただきが見えず、私は、その裾の勾配から判断して、たぶん、あそこあたりが、いただきであろうと、雲の一点にしるしをつけて、そのうちに、雲が切れて、見ると、ちがった。私が、あらかじめ印《しるし》をつけて置いたところより、その倍も高いところに、青い頂《いただ》きが、すっと見えた。おどろいた、というよりも私は、へんにくすぐったく、げらげら笑った。やっていやがる、と思った。人は、完全のたのもしさに接すると、まず、だらしなくげらげら笑うものらしい。全身のネジが、他愛《たあい》なくゆるんで、之《これ》はおかしな言いかたであるが、帯紐《おびひも》といて笑うといったような感じである。諸君が、もし恋人と逢《あ》って、逢ったとたんに、恋人がげらげら笑い出したら、慶祝である。必ず、恋人の非礼をとがめてはならぬ。恋人は、君に逢って、君の完全のたのもしさを、全身に浴びているのだ。

東京の、アパートの窓から見る富士は、くるしい。冬には、はっきり、よく見える。小さい、真白い三角が、地平線にちょこんと出ていて、それが富士だ。なんのことはない、クリスマスの飾り菓子である。しかも左のほうに、肩が傾いて心細く、船尾のほうからだんだん沈没しかけてゆく軍艦の姿に似ている。三年まえの冬、私は或《あ》る人から、意外の事実を打ち明けられ、途方に暮れた。その夜、アパートの一室で、ひとりで、がぶがぶ酒のんだ。一睡もせず、酒のんだ。あかつき、小用に立って、アパートの便所の金網《かなあみ》張られた四角い窓から、富士が見えた。小さく、真白で、左のほうにちょっと傾いて、あの富士を忘れない。窓の下のアスファルト路を、さかなやの自転車が疾駆《しっく》し、おう、けさは、やけに富士がはっきり見えるじゃねえか、めっぽう寒いや、など呟《つぶや》きのこして、私は、暗い便所の中に立ちつくし、窓の金網撫《な》でながら、じめじめ泣いて、あんな思いは、二度と繰りかえしたくない。

昭和十三年の初秋、思いをあらたにする覚悟で、私は、かばんひとつさげて旅に出た。

甲州。ここの山々の特徴は、山々の起伏の線の、へんに虚《むな》しい、なだらかさに在る。小島烏水《うすい》という人の日本山水論にも、「山の拗《す》ね者は多く、此土《この》に仙遊するが如《ごと》し。」と在った。甲州の山々は、あるいは山の、げてものなのかも知れない。私は、甲府市からバスにゆられて一時間。御坂峠《みさかとうげ》へたどりつく。

御坂峠、海抜千三百米《メートル》。この峠の頂上に、天下茶屋という、小さい茶店があって、井伏鱒二《ますじ》氏が初夏のころから、ここの二階に、こもって仕事をして居られる。私は、それを知ってここへ来た。井伏氏のお仕事の邪魔にならないようなら、隣室でも借りて、私も、しばらくそこで仙遊しようと思っていた。

井伏氏は、仕事をして居られた。私は、井伏氏のゆるしを得て、当分その茶屋に落ちつくことになって、それから、毎日、いやでも富士と真正面から、向き合っていなければならなくなった。この峠は、甲府から東海道に出る鎌倉往還の衝に当っていて、北面富士の代表観望台であると言われ、ここから見た富士は、むかしから富士三景の一つにかぞえられているのだそうであるが、私は、あまり好かなかった。好かないばかりか、軽蔑さえした。あまりに、おあつらいむきの富士である。まんなかに富士があって、その下に河口湖が白く寒々とひろがり、近景の山々がその両袖にひっそり蹲《うずくま》って湖を抱きかかえるようにしている。私は、ひとめ見て、狼狽《ろうばい》し、顔を赤らめた。これは、まるで、風呂屋のペンキ画だ。芝居の書割《かきわり》だ。どうにも註文《ちゆうもん》どおりの景色で、私は、恥ずかしくてならなかった。

私が、その峠の茶屋へ来て二、三日経《た》って、井伏氏の仕事も一段落ついて、或る晴れた午後、私たちは三ツ峠《みつとうげ》へのぼった。三ツ峠、海抜千七百米。御坂峠より、少し高い。急坂を這《は》うようにしてよじ登り、一時間ほどにして三ツ峠頂上に達する。蔦《つた》かずら掻《か》きわけて、細い山路、這うようにしてよじ登る私の姿は、決して見よいものではなかった。井伏氏は、ちゃんと登山服着て居られて、軽快の姿であったが、私には登山服の持ち合せがなく、ドテラ姿であった。茶屋のドテラは短く、私の毛臑《ずね》は、一尺以上も露出して、しかもそれに茶屋の老爺《ろうや》から借りたゴム底の地下足袋《じかたび》をはいたので、われながらむさ苦しく、少し工夫して、角帯《かくおび》をしめ、茶店の壁にかかっていた古い麦藁帽《むぎわらぼう》をかぶってみたのであるが、いよいよ変で、井伏氏は、人のなりふりを決して軽蔑しない人であるが、このときだけは流石《さすが》に少し、気の毒そうな顔をして、男は、しかし、身なりなんか気にしないほうがいい、と小声で呟いて私をいたわってくれたのを、私は忘れない。とかくして頂上についたのであるが、急に濃い霧が吹き流れて来て、頂上のパノラマ台という、断崖の縁《へり》に立ってみても、いっこうに眺望がきかない。何も見えない。井伏氏は、濃い霧の底、岩に腰をおろし、ゆっくり煙草《たばこ》を吸いながら、放屁《ほうひ》なされた。いかにも、つまらなそうであった。パノラマ台には、茶店が三軒ならんで立っている。そのうちの一軒、老爺と老婆と二人きりで経営しているじみな一軒を選んで、そこで熱い茶を呑《の》んだ。茶店の老婆は気の毒がり、ほんとうに生憎《あいにく》の霧で、もう少し経ったら霧もはれると思いますが、富士は、ほんのすぐそこに、くっきり見えます、と言い、茶店の奥から富士の大きい写真を持ち出し、崖の端に立ってその写真を両手で高く掲示して、ちょうどこの辺に、このとおりに、こんなに大きく、こんなにはっきり、このとおりに見えます、と懸命に註釈するのである。私たちは、番茶をすすりながら、その富士を眺めて、笑った。いい富士を見た。霧の深いのを、残念にも思わなかった。

その翌々日であったろうか、井伏氏は、御坂峠を引きあげることになって、私も甲府までおともした。甲府で私は、或る娘さんと見合することになっていた。井伏氏に連れられて甲府のまちはずれの、その娘さんのお家へお伺いした。井伏氏は、無雑作《むぞうさ》な登山服姿である。私は、角帯に、夏羽織を着ていた。娘さんの家のお庭には、薔薇《ばら》がたくさん植えられていた。母堂に迎えられて客間に通され、挨拶して、そのうちに娘さんも出て来て、私は、娘さんの顔を見なかった。井伏氏と母堂とは、おとな同士の、よもやまの話をして、ふと、井伏氏が、

「おや、富士。」と呟いて、私の背後の長押《なげし》を見あげた。私も、からだを捻《ね》じ曲げて、うしろの長押を見上げた。富士山頂大噴火口の鳥瞰《ちょうかん》写真が、額縁にいれられて、かけられていた。まっしろい水蓮《すいれん》の花に似ていた。私は、それを見とどけ、また、ゆっくりからだを捻じ戻すとき、娘さんを、ちらと見た。きめた。多少の困難があっても、このひとと結婚したいものだと思った。あの富士は、ありがたかった。

　井伏氏は、その日に帰京なされ、私は、ふたたび御坂にひきかえした。それから、九月、十月、十一月の十五日まで、御坂の茶屋の二階で、少しずつ、少しずつ、仕事をすすめ、あまり好かないこの「富士三景の一つ」と、へたばるほど対談した。

　いちど、大笑いしたことがあった。大学の講師か何かやっている浪漫派の一友人が、ハイキングの途中、私の宿に立ち寄って、そのときに、ふたり二階の廊下に出

て、富士を見ながら、

「どうも俗だねえ。お富士さん、という感じじゃないか。」

「見ているほうで、かえって、てれるね。」

などと生意気なこと言って、煙草をふかし、そのうちに、友人は、ふと、

「おや、あの僧形《そうぎょう》のものは、なんだね？」と顎でしゃくった。

墨染の破れたころもを身にまとい、長い杖《つえ》を引きずり、富士を振り仰ぎ振り仰ぎ、峠のぼって来る五十歳くらいの小男がある。

「富士見西行《さいぎょう》、といったところだね。かたちが、できてる。」私は、その僧をなつかしく思った。「いずれ、名のある聖僧かも知れないね。」

「ばか言うなよ。乞食《こじき》だよ。」友人は、冷淡だった。

「いや、いや。脱俗しているところがあるよ。歩きかたなんか、なかなか、できてるじゃないか。むかし、能因《のういん》法師が、この峠で富士をほめた歌を作ったそうだが、――」

私が言っているうちに友人は、笑い出した。

「おい、見給《たま》え。できてないよ。」

能因法師は、茶店のハチという飼犬に吠《ほ》えられて、周章狼狽《しゆうしようろうばい》であった。その有様は、いやになるほど、みっともなかった。

「だめだねえ。やっぱり。」私は、がっかりした。

乞食の狼狽は、むしろ、あさましいほどに右往左往、ついには杖をかなぐり捨て、取り乱し、取り乱し、いまはかなわずと退散した。実に、それは、できてなかった。富士も俗なら、法師も俗だ。ということになって、いま思い出しても、ばかばかしい。

新田という二十五歳の温厚な青年が、峠を降りきった岳麓《がくろく》の吉田という細長い町の、郵便局につとめていて、そのひとが、郵便物に依《よ》って、私がここに来ていることを知った、と言って、峠の茶屋をたずねて来た。二階の私の部屋で、しばらく話をして、ようやく馴《な》れて来たころ、新田は笑いながら、実は、もう二、三人、僕の仲間がありまして、皆で一緒にお邪魔にあがるつもりだったのですが、いざとなると、どうも皆、しりごみしまして、太宰さんは、ひどいデカダンで、それに、性格破産者だ、と佐藤春夫先生の小説に書いてございましたし、まさか、こんなまじめな、ちゃんとしたお方だとは、思いませんでしたから、僕も、無理に皆を連れて来るわけには、いきませんでした。こんどは、皆を連れて来ます。かまいませんでしょうか。

「それは、かまいませんけれど。」私は、苦笑していた。「それでは、君は、必死の勇をふるって、君の仲間を代表して僕を偵察に来たわけですね。」

「決死隊でした。」新田は、率直だった。「ゆうべも、佐藤先生のあの小説を、もういちど繰りかえして読んで、いろいろ覚悟をきめて来ました。」

私は、部屋の硝子戸《ガラスど》越しに、富士を見ていた。富士は、のっそり黙って立っていた。偉いなあ、と思った。

「いいねえ。富士は、やっぱり、いいとこあるねえ。よくやってるなあ。」富士には、かなわないと思った。念々と動く自分の愛憎が恥ずかしく、富士は、やっぱり偉い、と思った。よくやってる、と思った。

「よくやっていますか。」新田には、私の言葉がおかしかったらしく、聡明《そうめい》に笑っていた。

新田は、それから、いろいろな青年を連れて来た。皆、静かなひとである。皆は、私を、先生、と呼んだ。私はまじめにそれを受けた。私には、誇るべき何もない。学問もない。才能もない。肉体よごれて、心もまずしい。けれども、苦悩だけは、その青年たちに、先生、と言われて、だまってそれを受けていいくらいの、苦悩は、経て来た。たったそれだけ。藁《わら》一すじの自負である。けれども、私は、この自負だけは、はっきり持っていたいと思っている。わがままな駄々っ子のように言われて来た私の、裏の苦悩を、一たい幾人知っていたろう。新田と、それから田辺という短歌の上手な青年と、二人は、井伏氏の読者であって、その安心もあって、私は、この二人と一ばん仲良くなった。いちど吉田に連れていってもらった。おそろしく細長い町であった。岳麓の感じがあった。富士に、日も、風もさえぎられて、ひょろひょろに伸びた茎のようで、暗く、うすら寒い感じの町であった。道路に沿って清水が流れている。これは、岳麓の町の特徴らしく、三島でも、こんな工合いに、町じゅうを清水が、どんどん流れている。富士の雪が溶けて流れて来るのだ、とその地方の人たちが、まじめに信じている。吉田の水は、三島の水に較《くら》べると、水量も不足だし、汚い。水を眺めながら、私は、話した。

「モウパスサンの小説に、どこかの令嬢が、貴公子のところへ毎晩、河を泳いで逢いにいったと書いて在ったが、着物は、どうしたのだろうね。まさか、裸ではなかろう。」

「そうですね。」青年たちも、考えた。「海水着じゃないでしょうか。」

「頭の上に着物を載せて、むすびつけて、そうして泳いでいったのかな？」

青年たちは、笑った。

「それとも、着物のままはいって、ずぶ濡れの姿で貴公子と逢って、ふたりでストオヴでかわかしたのかな？　そうすると、かえるときには、どうするだろう。せっかく、かわかした着物を、またずぶ濡れにして、泳がなければいけない。心配だね。貴公子のほうで泳いで来ればいいのに。男なら、猿股《さるまた》一つで泳いでも、そんなにみっともなくないからね。貴公子、鉄鎚《かなづち》だったのかな？」

「いや、令嬢のほうで、たくさん惚《ほ》れていたからだと思います。」新田は、まじめだった。

「そうかも知れないね。外国の物語の令嬢は、勇敢で、可愛《かわい》いね。好きだとなったら、河を泳いでまで逢いに行くんだからな。日本では、そうはいかない。なんとかいう芝居があるじゃないか。まんなかに川が流れて、両方の岸で男と姫君とが、愁《しゅう》嘆《たん》している芝居が。あんなとき、何も姫君、愁嘆する必要がない。泳いでゆけば、どんなものだろう。芝居で見ると、とても狭い川なんだ。じゃぶじゃぶ渡っていったら、どんなもんだろう。あんな愁嘆なんて、意味ないね。同情しないよ。朝顔の大井川は、あれは大水《おおみず》で、それに朝顔は、めくらの身なんだし、あれには多少、同情するが、けれども、あれだって、泳いで泳げないことはない。大井川の棒杭《ぼうぐい》にしがみついて、天道《てんとう》さまを、うらんでいたんじゃ、意味ないよ。あ、ひとり在るよ。日本にも、勇敢なやつが、ひとり在ったぞ。あいつは、すごい。知ってるかい？」

「ありますか。」青年たちも、眼《め》を輝かせた。

「清姫。安珍を追いかけて、日高川を泳いだ。泳ぎまくった。あいつは、すごい。ものの本によると、清姫は、あのとき十四だったんだってね。」

路《みち》を歩きながら、ばかな話をして、まちはずれの田辺の知り合いらしい、ひっそり古い宿屋に着いた。

そこで飲んで、その夜の富士がよかった。夜の十時ごろ、青年たちは、私ひとりを宿に残して、おのおの家へ帰っていった。私は、眠れず、どてら姿で、外へ出てみた。おそろしく、明るい月夜だった。富士が、よかった。月光を受けて、青く透きとおるようで、私は、狐《きつね》に化かされているような気がした。富士が、したたるように青いのだ。燐《りん》が燃えているような感じだった。鬼火。狐火。ほたる。すすき。葛《くず》の葉。私は、足のないような気持で、夜道を、まっすぐに歩いた。下駄《げた》の音だけが、自分のものでないように、他の生きもののように、からんころんからんころん、とても澄んで響く。そっと、振りむくと、富士がある。青く燃えて空に浮んでいる。私は溜息《ためいき》をつく。維新の志士。鞍馬天狗《くらまてんぐ》。私は、自分を、それだと思った。ちょっと気取って、ふところ手して歩いた。ずいぶん自分が、いい男のように思われた。ずいぶん歩いた。財布を落した。五十銭銀貨が二十枚くらいはいっていたので、重すぎて、それで懐《ふところ》からするっと脱け落ちたのだろう。私は、不思議に平気だった。

金がなかったら、御坂まで歩いてかえればいい。そのまま歩いた。ふと、いま来た路を、そのとおりに、もういちど歩けば、財布は在る、ということに気がついた。懐手のまま、ぶらぶら引きかえした。富士。月夜。維新の志士。財布を落した。興あるロマンスだと思った。財布は路のまんなかに光っていた。在るにきまっている。私は、それを拾って、宿へ帰って、寝た。

富士に、化かされたのである。私は、あの夜、阿呆《あほう》であった。完全に、無意志であった。あの夜のことを、いま思い出しても、へんに、だるい。

吉田に一泊して、あくる日、御坂へ帰って来たら、茶店のおかみさんは、にやにや笑って、十五の娘さんは、つんとしていた。私は、不潔なことをして来たのではないということを、それとなく知らせたく、きのう一日の行動を、聞かれもしないのに、ひとりでこまかに言いたてた。泊った宿屋の名前、吉田のお酒の味、月夜富士、財布を落したこと、みんな言った。娘さんも、気嫌が直った。

「お客さん！　起きて見よ！」かん高い声で或る朝、茶店の外で、娘さんが絶叫したので、私は、しぶしぶ起きて、廊下へ出て見た。

娘さんは、興奮して頬をまっかにしていた。だまって空を指さした。見ると、雪。はっと思った。富士に雪が降ったのだ。山頂が、まっしろに、光りかがやいていた。

御坂の富士も、ばかにできないぞと思った。

「いいね。」

とほめてやると、娘さんは得意そうに、

「すばらしいでしょう？」といい言葉使って、「御坂の富士は、これでも、だめ？」としゃがんで言った。私が、かねがね、こんな富士は俗でだめだ、と教えていたので、娘さんは、内心しょげていたのかも知れない。

「やはり、富士は、雪が降らなければ、だめなものだ。」もっともらしい顔をして、私は、そう教えなおした。


私は、どてら着て山を歩きまわって、月見草の種を両の手のひらに一ぱいとって来て、それを茶店の背戸に播《ま》いてやって、

「いいかい、これは僕の月見草だからね、来年また来て見るのだからね、ここへお洗濯の水なんか捨てちゃいけないよ。」娘さんは、うなずいた。


ことさらに、月見草を選んだわけは、富士には月見草がよく似合うと、思い込んだ事情があったからである。御坂峠のその茶店は、謂《い》わば山中の一軒家であるから、郵便物は、配達されない。峠の頂上から、バスで三十分程ゆられて峠の麓、河口湖畔の、河口村という文字通りの寒村にたどり着くのであるが、その河口村の郵便局

に、私宛の郵便物が留め置かれて、私は三日に一度くらいの割で、その郵便物を受け取りに出かけなければならない。天気の良い日を選んで行く。ここのバスの女車掌は、遊覧客のために、格別風景の説明をして呉《く》れない。それでもときどき、思い出したように、甚《はなは》だ散文的な口調で、あれが三ツ峠、向うが河口湖、わかさぎという魚がいます、など、物憂そうな、呟きに似た説明をして聞せることもある。

河口局から郵便物を受取り、またバスにゆられて峠の茶屋に引返す途中、私のすぐとなりに、濃い茶色の被布《ひふ》を着た青白い端正の顔の、六十歳くらい、私の母とよく似た老婆がしゃんと坐《すわ》っていて、女車掌が、思い出したように、みなさん、きょうは富士がよく見えますね、と説明ともつかず、また自分ひとりの詠嘆ともつかぬ言葉を、突然言い出して、リュックサックしょった若いサラリイマンや、大きい日本髪ゆって、口もとを大事にハンケチでおおいかくし、絹物まとった芸者風の女など、からだをねじ曲げ、一せいに車窓から首を出して、いまさらのごとく、その変哲もない三角の山を眺めては、やあ、とか、まあ、とか間抜けた嘆声を発して、車内はひとしきり、ざわめいた。けれども、私のとなりの御隠居は、胸に深い憂悶《ゆうもん》でもあるのか、他の遊覧客とちがって、富士には一瞥《いちべつ》も与えず、かえって富士と反対側の、山路に沿った断崖をじっと見つめて、私にはその様《さま》が、からだがしびれるほど快く感ぜられ、私もまた、富士なんか、あんな俗な山、見度《た》くもないという、高尚な虚無の心を、その老婆に見せてやりたく思って、あなたのお苦しみ、わびしさ、みなよくわかる、と頼まれもせぬのに、共鳴の素振りを見せてあげたく、老婆に甘えかかるように、そっとすり寄って、老婆とおなじ姿勢で、ぼんやり崖の方を、眺めてやった。

老婆も何かしら、私に安心していたところがあったのだろう、ぼんやりひとこと、

「おや、月見草。」

そう言って、細い指でもって、路傍の一箇所をゆびさした。さっと、バスは過ぎてゆき、私の目には、いま、ちらとひとめ見た黄金色の月見草の花ひとつ、花弁もあざやかに消えず残った。

三七七八米の富士の山と、立派に相対峙《あいたいじ》し、みじんもゆるがず、なんと言うのか、金剛力草とでも言いたいくらい、けなげにすっくと立っていたあの月見草は、よかった。富士には、月見草がよく似合う。

十月のなかば過ぎても、私の仕事は遅々として進まぬ。人が恋しい。夕焼け赤き雁《がん》の腹雲《はらぐも》、二階の廊下で、ひとり煙草を吸いながら、わざと富士には目もくれず、それこそ血の滴るような真赤な山の紅葉を、凝視していた。茶店のまえの落葉を掃

きあつめている茶店のおかみさんに、声をかけた。

「おばさん！　あしたは、天気がいいね。」

自分でも、びっくりするほど、うわずって、歓声にも似た声であった。おばさんは箒《ほうき》の手をやすめ、顔をあげて、不審げに眉をひそめ、

「あした、何かおありなさるの？」

そう聞かれて、私は窮した。

「なにもない。」

おかみさんは笑い出した。

「おさびしいのでしょう。山へでもおのぼりになったら？」

「山は、のぼっても、すぐまた降りなければいけないのだから、つまらない。どの山へのぼっても、おなじ富士山が見えるだけで、それを思うと、気が重くなります。」

私の言葉が変だったのだろう。おばさんはただ曖昧にうなずいただけで、また枯葉を掃いた。

ねるまえに、部屋のカーテンをそっとあけて硝子窓越しに富士を見る。月の在る夜は富士が青白く、水の精みたいな姿で立っている。私は溜息をつく。ああ、富士が見える。星が大きい。あしたは、お天気だな、とそれだけが、幽《かす》かに生きている

喜びで、そうしてまた、そっとカーテンをしめて、そのまま寝るのであるが、あした、天気だからとて、別段この身には、なんということもないのに、と思えば、おかしく、ひとりで蒲団《ふとん》の中で苦笑するのだ。くるしいのである。仕事が、――純粋に運筆《うんぴつ》することの、その苦しさよりも、いや、運筆はかえって私の楽しみでさえあるのだが、そのことではなく、私の世界観、芸術というもの、あすの文学というもの、謂《い》わば、新しさというもの、私はそれらに就いて、未だ愚図愚図《ぐずぐず》、思い悩み、誇張ではなしに、身悶《みもだ》えしていた。

素朴な、自然のもの、従って簡潔な鮮明なもの、そいつをさっと一挙動で摑《つか》まえて、そのままに紙にうつしとること、それより他には無いと思い、そう思うときには、眼前の富士の姿も、別な意味をもって目にうつる。この姿は、この表現は、結局、私の考えている「単一表現」の美しさなのかも知れない、と少し富士に妥協しかけて、けれどもやはりどこかこの富士の、あまりにも棒状の素朴には閉口して居るところもあり、これがいいなら、ほていさまの置物だっていい筈《はず》だ、ほていさまの置物は、どうにも我慢できない、あんなもの、とても、いい表現とは思えない、この富士の姿も、やはりどこか間違っている、これは違う、と再び思いまどうのである。

朝に、夕に、富士を見ながら、陰鬱な日を送っていた。十月の末に、麓の吉田のまちの、遊女の一団体が、御坂峠へ、おそらくは年に一度くらいの開放の日なのであろう、自動車五台に分乗してやって来た。私は二階から、その様を見ていた。自動車からおろされて、色さまざまの遊女たちは、バスケットからぶちまけられた一群の伝書鳩《でんしょばと》のように、はじめは歩く方向を知らず、ただかたまってうろうろして、沈黙のまま押し合い、へし合いしていたが、やがてそろそろ、その異様の緊張がほどけて、てんでにぶらぶら歩きはじめた。茶店の店頭に並べられて在る絵葉書を、おとなしく選んでいるもの、佇《たたず》んで富士を眺めているもの、暗く、わびしく、見ちゃ居《お》れない風景であった。二階のひとりの男の、いのち惜しまぬ共感も、これら遊女の幸福に関しては、なんの加えるところがない。私は、ただ、見ていなければならぬのだ。苦しむものは苦しめ。落ちるものは落ちよ。私に関係したことではない。それが世の中だ。そう無理につめたく装い、かれらを見下ろしているのだが、私は、かなり苦しかった。

富士にたのもう。突然それを思いついた。おい、こいつらを、よろしく頼むぜ、そんな気持で振り仰げば、寒空のなか、のっそり突っ立っている富士山、そのときの富士はまるで、どてら姿に、ふところ手して傲然《ごうぜん》とかまえている大親分のようにさえ見えたのであるが、私は、そう富士に頼んで、大いに安心し、気軽くなって茶店の六歳の男の子と、ハチというむく犬を連れ、その遊女の一団を見捨てて、峠のちかくのトンネルの方へ遊びに出掛けた。トンネルの入口のところで、三十歳くらいの痩せた遊女が、ひとり、何かしらつまらぬ草花を、だまって摘み集めていた。私たちが傍を通っても、ふりむきもせず熱心に草花をつんでいる。この女のひとのことも、ついでに頼みます、とまた振り仰いで富士にお願いして置いて、私は子供の手をひき、とっとと、トンネルの中にはいって行った。トンネルの冷い地下水を、頬に、首筋に、滴滴と受けながら、おれの知ったことじゃない、とわざと大股に歩いてみた。

そのころ、私の結婚の話も、一頓挫《とんざ》のかたちであった。私のふるさとからは、全然、助力が来ないということが、はっきり判《わか》ってきたので、私は困って了《しま》った。せめて百円くらいは、助力してもらえるだろうと、虫のいい、ひとりぎめをして、それでもって、ささやかでも、厳粛な結婚式を挙げ、あとの、世帯を持つに当っての費用は、私の仕事でかせいで、しようと思っていた。けれども、二、三の手紙の往復に依《よ》り、うちから助力は、全く無いということが明らかになって、私は、途方にくれていたのである。このうえは、縁談ことわられても仕方が無い、と覚悟をきめ、とにかく先方へ、事の次第を洗いざらい言って見よう、と私は単身、峠を下り、甲府の娘さんのお家へお伺いした。さいわい娘さんも、家にいた。私は客間に通され、娘さんと母堂と二人を前にして、悉皆《しつかい》の事情を告白した。ときどき演説口調になって、閉口した。けれども、割に素直に語りつくしたように思われた。娘さんは、落ちついて、

「それで、おうちでは、反対なのでございましょうか。」と、首をかしげて私にたずねた。

「いいえ、反対というのではなく、」私は右の手のひらを、そっと卓の上に押し当て、「おまえひとりで、やれ、という工合《ぐあ》いらしく思われます。」

「結構でございます。」母堂は、品よく笑いながら、「私たちも、ごらんのとおりお金持ではございませぬし、ことごとしい式などは、かえって当惑するようなもので、ただ、あなたおひとり、愛情と、職業に対する熱意さえ、お持ちならば、それで私たち、結構でございます。」

私は、お辞儀するのも忘れて、しばらく呆然《ぼうぜん》と庭を眺めていた。眼の熱いのを意識した。この母に、孝行しようと思った。

かえりに、娘さんは、バスの発着所まで送って来て呉れた。歩きながら、

「どうです。もう少し交際してみますか?」

きざなことを言ったものである。

「いいえ。もう、たくさん。」娘さんは、笑っていた。

「なにか、質問ありませんか？」いよいよ、ばかである。

「ございます。」

私は何を聞かれても、ありのまま答えようと思っていた。

「富士山には、もう雪が降ったでしょうか。」

私は、その質問には拍子抜けがした。

「降りました。いただきのほうに、――」と言いかけて、ふと前方を見ると、富士が見える。へんな気がした。

「なあんだ。甲府からでも、富士が見えるじゃないか。ばかにしていやがる。」やくざな口調になってしまって、「いまのは、愚問です。ばかにしていやがる。」

娘さんは、うつむいて、くすくす笑って、

「だって、御坂峠にいらっしゃるのですし、富士のことでもお聞きしなければ、わるいと思って。」

おかしな娘さんだと思った。

甲府から帰って来ると、やはり、呼吸ができないくらいにひどく肩が凝《こ》っているのを覚えた。

「いいねえ、おばさん。やっぱし御坂は、いいよ。自分のうちに帰って来たような気さえするのだ。」

夕食後、おかみさんと、娘さんと、交《かわ》る交《がわ》る、私の肩をたたいてくれる。おかみさんの拳は固く、鋭い。娘さんのこぶしは柔く、あまり効きめがない。もっと強く、もっと強くと私に言われて、娘さんは薪《まき》を持ち出し、それでもって私の肩をとんとん叩いた。それ程にしてもらわなければ、肩の凝《こり》がとれないほど、私は甲府で緊張し、一心に努めたのである。

甲府へ行って来て、二、三日、流石に私はぼんやりして、仕事する気も起らず、机のまえに坐《すわ》って、とりとめのない楽書《らくがき》をしながら、バットを七箱も八箱も吸い、また寝ころんで、金剛石も磨かずば、という唱歌を、繰り返し繰り返し歌ってみたりしているばかりで、小説は、一枚も書きすすめることができなかった。

「お客さん。甲府へ行ったら、わるくなったわね。」

朝、私が机に頬杖つき、目をつぶって、さまざまのこと考えていたら、私の背後で、床の間ふきながら、十五の娘さんは、しんからいまいましそうに、多少、とげとげしい口調で、そう言った。私は、振りむきもせず、

「そうかね。わるくなったかね。」

娘さんは、拭き掃除の手を休めず、

「ああ、わるくなった。この二、三日、ちっとも勉強すすまないじゃないの。あたしは毎朝、お客さんの書き散らした原稿用紙、番号順にそろえるのが、とっても、たのしい。たくさんお書きになって居れば、うれしい。ゆうべもあたし、二階へそっと様子を見に来たの、知ってる？　お客さん、ふとん頭からかぶって、寝てたじゃないか。」

私は、ありがたい事だと思った。大袈裟《おおげさ》な言いかたをすれば、これは人間の生き抜く努力に対しての、純粋な声援である。なんの報酬も考えていない。私は、娘さんを、美しいと思った。

十月末になると、山の紅葉も黒ずんで、汚くなり、とたんに一夜あらしがあって、みるみる山は、真黒い冬木立に化してしまった。遊覧の客も、いまはほとんど、数えるほどしかない。茶店もさびれて、ときたま、おかみさんが、六つになる男の子を連れて、峠のふもとの船津、吉田に買物をしに出かけて行って、あとには娘さんひとり、遊覧の客もなし、一日中、私と娘さんと、ふたり切り、峠の上で、ひっそり暮すことがある。私が二階で退屈して、外をぶらぶら歩きまわり、茶店の背戸で、

お洗濯している娘さんの傍へ近寄り、

「退屈だね。」

と大声で言って、ふと笑いかけたら、娘さんはうつむき、私がその顔を覗《のぞ》いてみて、はっと思った。泣きべそかいているのだ。あきらかに恐怖の情である。そうか、と苦《に》が苦《に》がしく私は、くるりと廻《まわ》れ右して、落葉しきつめた細い山路を、まったくいやな気持で、どんどん荒く歩きまわった。

それからは、気をつけた。娘さんひとりきりのときには、なるべく二階の室から出ないようにつとめた。茶店にお客でも来たときには、私がその娘さんを守る意味もあり、のしのし二階から降りていって、茶店の一隅に腰をおろしゆっくりお茶を飲むのである。いつか花嫁姿のお客が、紋附《もんつき》を着た爺さんふたりに附添われて、自動車に乗ってやって来て、この峠の茶屋でひと休みしたことがある。そのときも、娘さんひとりしか茶店にいなかった。私は、やはり二階から降りていって、隅の椅子に腰をおろし、煙草をふかした。花嫁は裾模様の長い着物を着て、金襴《きんらん》の帯を背負い、角隠《つのかく》しつけて、堂々正式の礼装であった。全く異様のお客様だったので、娘さんもどうあしらいしていいのかわからず、花嫁さんと、二人の老人にお茶をついでやっただけで、私の背後にひっそり隠れるように立ったまま、だまって花嫁のさまを見ていた。一生にいちどの晴の日に、――峠の向う側から、反対側の船津か、吉田のまちへ嫁入りするのであろうが、その途中、この峠の頂上で一休みして、富士を眺めるということは、はたで見ていても、くすぐったい程、ロマンチックで、そのうちに花嫁は、そっと茶店から出て、茶店のまえの崖のふちに立ち、ゆっくり富士を眺めた。脚をX形に組んで立っていて、大胆なポオズであった。余裕のあるひとだな、となおも花嫁を、富士と花嫁を、私は観賞していたのであるが、間もなく花嫁は、富士に向って、大きな欠伸《あくび》をした。

「あら！」

と背後で、小さい叫びを挙げた。娘さんも、素早くその欠伸を見つけたらしいのである。やがて花嫁の一行は、待たせて置いた自動車に乗り、峠を降りていったが、あとで花嫁さんは、さんざんだった。

「馴れていやがる。あいつは、きっと二度目、いや、三度目くらいだよ。おむこさんが、峠の下で待っているだろうに、自動車から降りて、富士を眺めるなんて、はじめてのお嫁だったら、そんな太いこと、できるわけがない。」

「欠伸したのよ。」娘さんも、力こめて賛意を表した。「あんな大きい口あけて欠伸して、図々《ずうずう》しいのね。お客さん、あんなお嫁さんもらっちゃ、いけない。」

私は年甲斐《としがい》もなく、顔を赤くした。私の結婚の話も、だんだん好転していって、或る先輩に、すべてお世話になってしまった。結婚式も、ほんの身内の二、三のひとにだけ立ち合ってもらって、まずしくとも厳粛に、その先輩のお宅で、していただけるようになって、私は人の情に、少年の如く感奮していた。

十一月にはいると、もはや御坂の寒気、堪えがたくなった。茶店では、ストオヴを備えた。

「お客さん、二階はお寒いでしょう。お仕事のときは、ストオヴの傍でなさったら。」と、おかみさんは言うのであるが、私は、人の見ているまえでは、仕事のできないたちなので、それは断った。おかみさんは心配して、峠の麓の吉田へ行き、炬燵《こたつ》をひとつ買って来た。私は二階の部屋でそれにもぐって、この茶店の人たちの親切には、しんからお礼を言いたく思って、けれども、もはやその全容の三分の二ほど、雪をかぶった富士の姿を眺め、また近くの山々の、蕭条《しょうじょう》たる冬木立に接しては、これ以上、この峠で、皮膚を刺す寒気に辛抱《しんぼう》していることも無意味に思われ、山を下ることに決意した。山を下る、その前日、私は、どてらを二枚かさねて着て、茶店の椅子に腰かけて、熱い番茶を啜《すす》っていたら、冬の外套《がいとう》着た、タイピストでもあろうか、若い智的の娘さんがふたり、トンネルの方から、何かきゃっきゃっ笑いながら歩いて来て、ふと眼前に真白い富士を見つけ、打たれたように立ち止り、それから、ひそひそ相談の様子で、そのうちのひとり、眼鏡かけた、色の白い子が、にこにこ笑いながら、私のほうへやって来た。

「相すみません。シャッタア切って下さいな。」

私は、へどもどした。私は機械のことには、あまり明るくないのだし、写真の趣味は皆無であり、しかも、どてらを二枚もかさねて着ていて、茶店の人たちさえ、山賊みたいだ、といって笑っているような、そんなむさくるしい姿でもあり、多分は東京の、そんな華やかな娘さんから、はいからの用事を頼まれて、内心ひどく狼狽したのである。けれども、また思い直し、こんな姿はしていても、やはり、見る人が見れば、どこかしら、きゃしゃな俤《おもかげ》もあり、写真のシャッタアくらい器用に手さばき出来るほどの男に見えるのかも知れない、などと少し浮き浮きした気持も手伝い、私は平静を装い、娘さんの差し出すカメラを受け取り、何気なさそうな口調で、シャッタアの切りかたを鳥渡《ちよつと》たずねてみてから、わなnext きわなな き、レンズをのぞいた。まんなかに大きい富士、その下に小さい、罌粟《けし》の花ふたつ。ふたり揃《そろ》いの赤い外套を着ているのである。ふたりはひしと抱き合うように寄り添い、屹《き》っとまじめな顔になった。私は、おかしくてならない。カメラ持つ手がふるえて、どうにもならぬ。笑いをこらえて、レンズをのぞけば、罌粟の花、いよいよ澄まして、固くなっている。どうにも狙いがつけにくく、私は、ふたりの姿をレンズから追放して、ただ富士山だけを、レンズ一ぱいにキャッチして、富士山、さようなら、お世話になりました。パチリ。

「はい、うつりました。」

「ありがとう。」

ふたり声をそろえてお礼を言う。うちへ帰って現像してみた時には驚くだろう。富士山だけが大きく大きく写っていて、ふたりの姿はどこにも見えない。

その翌《あく》る日に、山を下りた。まず、甲府の安宿に一泊して、その翌る朝、安宿の廊下の汚い欄干によりかかり、富士を見ると、甲府の富士は、山々のうしろから、三分の一ほど顔を出している。酸漿《ほおずき》に似ていた。

帰去来

人の世話にばかりなって来ました。これからもおそらくは、そんな事だろう。みんなに大事にされて、そうして、のほほん顔で、生きて来ました。これからも、やっぱり、のほほん顔で生きて行くのかも知れない。そうして、そのかずかずの大恩に報いる事は、おそらく死ぬまで、出来ないのではあるまいか、と思えば流石《さすが》に少し、つらいのである。

実に多くの人の世話になった。本当に世話になった。

このたびは、北さんと中畑さんと二人だけの事を書いて置くつもりであるが、他の大恩人の事も、私がもすこし佳《よ》い仕事が出来るようになってから順々に書いてみたいと思っている。今はまだ、書きかたが下手だから、ややこしい関係の事など、どうしても、うまく書けないのではあるまいかというような気がするのであるが、その点、北さんと中畑さんの事ならば、いまの私の力でもってしても、わりあい正確に書けるのではなかろうかと思うのである。それは、どちらかと言えば、単純な、明白な関係だからである。けれども、実在の、つつましい生活人を描くに当って、それ相応のこまかい心遣いの必要な事も無論である。あの人たちには、私の描写に対して訂正を申込み給《たま》う機会さえ無いのだから。

私は絶対に嘘《うそ》を書いてはいけない。

中畑さんも北さんも、共に、かれこれ五十歳。中畑さんのほうが、一つか二つ若いかも知れない。中畑さんは、私の死んだ父に、愛されていたようだ。私の町から三里ほど離れた五所川原《ごしよがわら》という町の古い呉服屋の、番頭さんであったのだが、しじゅう私の家へやって来ては、何かと家の用事までしてくれていたようである。私の父は中畑さんを「そうもく」と呼んでいた。つまり、中畑さんには少しも色気が無くて、三十歳ちかくなってもお嫁さんをもらおうとしないのを、からかって「草木」などと呼んでいたものらしい。とうとう、私の父が世話して、私の家と遠縁の佳いお嬢さんをもらってあげた。中畑さんは、間もなく独立して呉服商を営み、成功して、いまでは五所川原町の名士である。この中畑さん御一家に、私はこの十年間、御心配やら御迷惑やら、実にお手数をかけてしまった。私が十歳の頃、五所川原の叔母の家に遊びに行き、ひとりで町を歩いていたら、「修ッちゃあ！」と大声で呼ばれて、びっくりした。中畑さんが、その辺の呉服屋の奥から叫んだのである。だし抜けだったので、私は、実にびっくりした。中畑さんが、そのような呉服屋に勤めているのを私は、その時まで知らなかったのである。中畑さんは、その薄暗い店に坐《すわ》っていて、ポンポンと手を拍《う》って、それから手招きしたけれども、私はあんなに大声で私の名前を呼ばれたのが恥ずかしくて逃げてしまった。私の本名は、修治というのである。

中畑さんに思いがけなく呼びかけられてびっくりした経験は、中学時代にも、一度ある。青森中学二年の頃だったと思う。朝、登校の途中、一個小隊くらいの兵士とすれちがった時、思いがけなく大声で、「修ッちゃあ！」と呼ばれて仰天した。中畑さんが銃を担《かつ》いで歩いているのである。帽子をあみだにかぶっていた。予備兵の演習召集か何かで訓練を受けていたのであろう。中畑さんが兵隊だったとは、実に意外で、私は、しどろもどろになった。中畑さんは、平気でにこにこ笑い、ちょっと列から離れかけたので私は、いよいよ狼《ろう》狽《ばい》して、顔が耳元まで熱くなって逃げてしまった。他の兵隊さんの笑い声も聞えた。その、呼びかけられた二つの記憶を、私は、いつまでも大事にしまって置きたいと思っている。

昭和五年に東京の大学へはいって、それからは、もう中畑さんは私にとって、なくてはならぬ人になってしまっていた。中畑さんも既に独立して呉服商を営み、月に一度ずつ東京へ仕入れに出て来て、その度毎《ごと》に私のところへこっそり立ち寄ってくれるのである。当時、私は或《あ》る女の人と一軒、家を持っていて、故郷の人たちとは音信不通になっていたのであるが、中畑さんは、私の老母などからひそかに頼まれて、何かと問を取りついでくれていたのである。私も、女も、中畑さんの厚情に甘えて、矢鱈《やたら》に我儘《わがまま》を言い、実にさまざまの事をたのんだのである。その頃の事情を最も端的に説明している一文が、いま私の手許《てもと》にあるのでそれを紹介しよう。これは私の創作「虚構の春」のおしまいの部分に載っている手紙文であるが、もちろん虚構の手紙である。けれども事実に於《お》いて大いに相違があっても、雰囲気に於いては、真実に近いものがあると言ってよいと思う。或る人（決して中畑さんではない）その人から私によこした手紙のような形式になっているのであるが、もちろん之《これ》は事実に於いては根も葉も無いことで、中畑さんはこんな奇妙な手紙など本当に一度だってお書きになった事は無いので、これは全部、私自身が捏造《ねつぞう》した「小説」に過ぎないのだという事は繰りかえし念を押して、左にその一文を紹介しよう。私がどんなに生意気に思い上って、みんなに迷惑をおかけしていたかという事さえ、わかっていただけたらいいのである。

「先日、（二十三日）お母上様のお言いつけにより、お正月用の餅と塩引《しおびき》、一包、キウリ一樽《たる》お送り申し上げましたところ、御手紙に依《よ》れば、キウリ不着の趣き御手数ながら御地停車場を御調べ申し御返事願上候《ねがいあげそうろう》、以上は奥様へ御申伝え下されたく、以下、二三言、私、明けて二十八年間、十六歳の秋より四十四歳の現在まで、津島家出入りの貧しき商人、全く無学の者に候が、御無礼せんえつ、わきまえつつの苦言、いまは延々すべき時に非《あら》ずと心得られ候まま、汗顔平伏、お耳につらきこと開陳、暫時、おゆるし被下度《くだされたく》候。噂《うわさ》に依れば、このごろ又々、借銭の悪癖萌《も》え出《い》で、一面識なき名士などにまで、借銭の御申込、しかも犬の如《ごと》き哀訴歎願、おまけに断絶を食い、てんとして恥じず、借銭どこが悪い、お約束の如くに他日返却すれば、向うさまへも、ごめいわくは無し、こちらも一命たすかる思い、どこがわるい、と先日も、それがために奥様へ火鉢投じて、ガラス戸二枚破損の由《よし》、話、半分としても暗涙とどむる術《すべ》ございませぬ。貴族院議員、勲二等の御家柄、貴方がた文学者にとっては何も誇るべき筋みちのものに無之《これなく》、古くさきものに相違なしと存じられ候が、お父上おなくなりのちの天地一人のお母上様を思い、私めに顔たてさせ然《しか》るべしと存じ候。『われひとりを悪者として勘当《かんどう》除籍、家郷追放の現在、いよいよわれのみをあしざまにののしり、それがために四方八方うまく治まり居る様子』などのお言葉、おうらめしく存じあげ候。今しばし、お名あがり家ととのうたるのちは、御兄上様御姉上様、何条もってあしざまに申しましょうや。必ずその様の曲解、御無用に被存候。先日も、山木田様へお嫁ぎの菊子姉上様より、しんからのおなげき承《うけたまわ》り、私、芝居のようなれども、政岡の大役をお引き受け申し、きらいのお方なれば、たとえ御主人筋にても、かほどの世話はごめんにて、私のみに非ず、菊子姉上様も、貴方へのお世話のため、御嫁先の立場も困ることあるべしと存じられ候ところも、むりしての御奉仕ゆえ、本日かぎりよそからの借銭は必ず必ず思いとどまるよう、万やむを得ぬ場合は、当方へ御申越願度《ねがいた》く、でき得る限りの御辛抱ねがいたく、このこと兄上様へ知れると一大事につき、今回の所は私が一時御立替御用立申上候間《もうしあげそうろうあいだ》、此《こ》の点お含み置かれるよう願上候。重ねて申しあげ候が、私とて、きらいのお方には、かれこれうるさく申し上げませぬ、このことお含みの上、御養生、御自愛、まことに願上候。」

昭和十一年の初夏に、私のはじめての創作集が出版せられて、友人たちは私のためにその祝賀会を、上野の精養軒でひらいてくれた。偶然その三日前に中畑さんは東京へ出て来て、私のところへも立ち寄ってくれた。私は中畑さんに着物をねだった。最上等の麻の着物と、縫紋の羽織と夏袴《なつばかま》と、角帯《かくおび》、長襦袢《ながじゅばん》、白足袋《しろたび》、全部そろえて下さいと願ったのだが、中畑さんも当惑の様子であった。とても間に合いません。袴や帯は、すぐにととのえる事も出来ますが、着物や襦袢はこれから柄を見たてて仕立てさせなければいけないのだし、と中畑さんが言うのにおっかぶせて、出来ますよ、出来ますよ、三越かどこかの大きい呉服屋にたのんでごらん、一昼夜で縫ってくれます、裁縫師が十人も二十人もかかって一つの着物を縫うのですから、すぐに出来ます、東京では、なんでも、出来ないって事はないんだ、と、ろくに知りもせぬ事を自信たっぷりで言うのである。とうとう中畑さんも、それではやってみます、と言った。三日目の、その祝賀会の朝、私の注文の品が全部、或る呉服屋からとどけられた。すべて、上質のものであった。今後あのように上質な着物を着る事は私には永久に無いであろう。私はそれを着て、祝賀会に出席した。羽織は、それを着ると芸人じみるので、惜しかったけれど、着用しなかった。会の翌日、私はその品物全部を質屋へ持って行った。そうして、とうとう流してしまったのである。

この会には、中畑さんと北さんにも是非出席なさるようにすすめたのだが、お二人とも出席しなかった。遠慮したのかも知れない。あるいは御商売がいそがしく、そのひまが無かったのかも知れない。私は中畑さんと北さんに私の佳い先輩、友人たちを見せて、お二人に安心させたいと思っていたのだが、それも、私のいい気な思い上りかも知れなかった。そんな祝賀会をお見せしたって、中畑さんも北さんも安心するどころか、いよいよ私の将来についてハラハラするだけの事かも知れなかった。

私は北さんにも、実に心配をおかけしていた。北さんは東京、品川区の洋服屋さんである。洋服屋さんといっても、ただの洋服屋さんではない。変っている。お家は、普通の邸宅である。看板も、飾窓《かざりまど》も無い。そうして奥の一部屋で熟練のお弟子が二人、ミシンをカタカタと動かしている。北さんは、特定のおとくいさんの洋服だけを作るのだ。名人気質《かたぎ》の、わがままな人である。富貴も淫《いん》する能《あた》わずといったようなところがあった。私の父も、また兄も、洋服は北さんに作ってもらう事にきめていたようである。私が東京の大学へはいってから、北さんは、もっぱら私を監督した。そうして私は、北さんを欺《あざむ》いてばかりいた。ひどい悪い事を、次々とやらかすので、ついには北さんのお宅の二階に押し込められて、しばらく居候《いそうろう》のような生活をせざるを得なくなった事さえあった。故郷の兄は私のだらし無さに呆《あき》れて、時々送金を停止しかけるのであるが、その度毎に北さんは中へはいって、もう一年、送金をたのみます、と兄へ談判してくれるのであった。一緒にいた女の人と、私は別れる事になったのであるが、その時にも実に北さんにお手数をかけた。いちいちとても数え切れない。私の実感を以《もっ》て言うならば、およそ二十の長篇《ちょうへん》小説を書き上げるくらいの御苦労をおかけしたのである。そうして私は相変らずの、のほほん顔で、ただ世話に成りっ放し、身のまわりの些細《ささい》の事さえ、自分で仕様とはしないのだ。

三十歳のお正月に、私は現在の妻と結婚式を挙げたのであるが、その時にも、すべて中畑さんと北さんのお世話になってしまった。当時、私はほとんど無一文といっていい状態であった。結納金は二十円、それも或る先輩からお借りしたものである。挙式の費用など、てんで、どこからも捻出の仕様が無かったのである。当時、私は甲府市に小さい家を借りて住んでいたのであるが、その結婚式の日に普段着のままで、東京のその先輩のお宅へ参上したのである。その先輩のお宅で嫁と逢《あ》って、そうして先輩から、おさかずきを頂戴して、嫁を連れて甲府へ帰るという手筈《てはず》であった。北さん、中畑さんも、その日、私の親がわりとして立会って下さる事になっていた。私は朝早く甲府を出発して、昼頃、先輩のお宅へ到着した。私は本当に、普段着のままで、散髪もせず、袴もはいていなかった。着のみ着のままの状態だったし、懐中も無一文に近かった。先輩は書斎で静かにお仕事をして居《お》られた。（先輩というのは、実は〇〇先生なのだが、〇〇先生は、小説や随筆にお名前を出されるのを、かねがねとてもいやがって居られるので、わざと先輩という失礼な普通名詞を使用するのである。）先輩は、結婚式も何も忘れてしまっているような様子であった。原稿用紙を片づけながら、庭の樹木の事など私に説明して聞かせた。それから、ふっと気がついたように、

「着物が来ている。中畑さんから送って来たのだ。なんだか、いい着物らしいよ。」

と言った。

黒羽二重の紋服一かさね、それに袴と、それから別に絹の縞《しま》の着物が一かさね、少しも予期していないものだった。私は、呆然《ぼうぜん》とした。ただその先輩から、結婚のしるしの盃《さかずき》をいただいて、そうして、そのまま嫁を連れて帰ろうと思っていたのだ。やがて、中畑さんと北さんが、笑いながらそろってやって来た。中畑さんは国民服、北さんはモーニング。

「はじめましょう、はじめましょう。」と中畑さんは気が早い。

その日の料理も、本式の会席膳で鯛《たい》なども附《つ》いていた。私は紋服を着せられた。記念の写真もうつした。

「修治さん、ちょっと。」中畑さんは私を隣室へ連れて行った。そこには、北さんもいた。

私を坐らせて、それからお二人も私の前にきちんと坐って、そろってお辞儀をして、「今日は、おめでとうございます。」と言った。それから中畑さんが、

「きょうの料理は、まずしい料理で失礼ですが、これは北さんと私とが、修治さんのために、まかなったものですから、安心してお受けなさって下さい。私たちも、先代以来なみならぬお世話になって居りますから、こんな機会に少しでもお報いしたいと思っているのです。」と、真面目に言った。

私は、忘れまいと思った。

「中畑さんのお骨折りです。」北さんは、いつでも功を中畑さんにゆずるのだ。「このたびの着物も袴も、中畑さんがあなたの御親戚をあちこち駈け廻《かけまわ》って、ほうぼうから寄附を集めて作って下さったのですよ。まあ、しっかりおやりなさい。」

その夜おそく、私は嫁を連れて新宿発の汽車で帰る事になったのだが、私はその時、洒落《しゃれ》や冗談でなく、懐中に二円くらいしか持っていなかったのだ。お金というものは、無い時には、まるで無いものだ。まさかの時には私は、あの二十円の結納金の半分をかえしてもらうつもりでいた。十円あったら、甲府までの切符は二枚買える。

先輩の家を出る時、私は北さんに、「結納金を半分、かえしてもらえねえかな。」と小声で言った。「あてにしていたんだ。」

その時、北さんは実に怒った。

「何をおっしゃる！　あなたは、それだから、いけない。なんて事を考えているんだ。あなたは、それだから、いけない。少しも、よくなっていないじゃないですか。そんな事を言うなんて、まるでだめじゃないですか。」そう言って御自分の財布から、すらりすらりと紙幣を抜き取り、そっと私に手渡した。

けれども新宿駅で私が切符を買おうとしたら、すでに嫁の姉夫婦が私たちの切符（二等の切符であった）を買ってくれていたので、私にはお金が何も要らなくなった。プラットホームで私は北さんにお金を返そうとしたら、北さんは、

「はなむけ、はなむけ。」と言って手を振った。綺麗《きれい》なものだった。

結婚後、私にも、そんなに大きい間違いが無く、それから一年経って甲府の家を引きはらって、東京市外の三鷹《みたか》町に、六畳、四畳半、三畳の家を借り、神妙に小説を書いて、二年後には女の子が生れた。北さんも中畑さんもよろこんで、立派な産《うぶ》衣《ぎ》を持って来て下さった。

今は、北さんも中畑さんも、私に就いて、やや安心をしている様子で、以前のように、ちょいちょいおいでになって、あれこれ指図をなさるような事は無くなった。けれども、私自身は、以前と少しも変らず、やっぱり苦しい、せっぱつまった一日一日を送り迎えしているのであるから、北さん中畑さんが来なくなったのは、なんだか淋《さび》しいのである。来ていただきたいのである。昨年の夏、北さんが雨の中を長靴はいて、ひょっこりおいでになった。

私は早速、三鷹の馴染《なじみ》のトンカツ屋に案内した。そこの女のひとが、私たちのテエブルに寄って来て、私の事を先生と呼んだので、私は北さんの手前もあり甚だ具

合いのわるい思いをした。北さんは、私の狼狽に気がつかない振りをして、女のひとに、

「太宰先生は、君たちに親切ですかね？」とニヤニヤ笑いながら尋ねるのである。女のひとは、まさかその人は私の昔からの監督者だとは知らないから、「ええ、たいへん親切よ」などと、いい加減のふざけた口をきくので私は、ハラハラした。その日、北さんは、一つの相談を持って来たのである。相談というよりは、命令といったほうがよいかも知れない。北さんと一緒に故郷の家を訪れてみないかというのである。私の故郷は、本州の北端、津軽平野のほぼ中央に在る。私は、すでに十年、故郷を見なかった。十年前に、或る事件を起して、それからは故郷に顔出しのできない立場になっていたのである。

「兄さんから、おゆるしが出たのですか？」私たちはトンカツ屋で、ビイルを飲みながら話した。「出たわけじゃ無いんでしょう。」

「それは、兄さんの立場として、まだまだ、ゆるすわけにはいかない。だから、それはそれとして、私の一存であなたを連れて行くのです。なに、大丈夫です。」

「あぶないな。」私は気が重かった。「のこのこ出掛けて行って、玄関払いでも食わされて大きい騒ぎになったら、それこそ藪蛇《やぶへび》ですからね。も少し、このまま、そっ

として置きたいな。」

「そんな事はない。」北さんは自信満々だった。「私が連れて行ったら、大丈夫。考えてもごらんなさい。失礼な話ですが、おくにのお母さんだって、もう七十ですよ。めっきり此頃《このごろ》、衰弱なさったそうだ。いつ、どんな事になるか、わかりやしませんよ。その時、このままの関係でいたんじゃ、まずい。事がめんどうですよ。」

「そうですね。」私は憂鬱だった。

「そうでしょう？　だから、いま此の機会に、私が連れて行きますから、まあ、お家の皆さんに逢って置きなさい。いちど逢って置くと、こんど、何事が起っても、あなたも気易《きやす》くお家へ駈けつけることが出来るというものです。」

「そんなに、うまくいくといいけどねえ。」私は、ひどく不安だった。北さんが何と言っても、私は、この帰郷の計画に就いては、徹頭徹尾悲観的であった。とんでもない事になるぞという予感があった。私は、この十年来、東京に於いて実にさまざまの醜態《しゅうたい》をやって来ているのだ。とても許される筈は無いのだ。

「なあに、うまくいきますよ。」北さんはひとり意気軒昂《けんこう》たるものがあった。「あなたは柳生《やぎゅう》十兵衛のつもりでいなさい。私は大久保彦左衛門の役を買います。お兄さんは、但馬守《たじまのかみ》だ。かならず、うまくいきますよ。但馬守だって何だって、彦左の横車には、かないますまい。」

「けれども、」弱い十兵衛は、いたずらに懐疑的だ。「なるべくなら、そんな横車なんか押さないほうがいいんじゃないかな。僕にはまだ十兵衛の資格はないし、下手に大久保なんかが飛び出したら、とんでもない事になりそうな気がするんだけど。」

生真面目で、癇癖《かんぺき》の強い兄を、私はこわくて仕様がないのだ。但馬守だの何だの、そんな洒落どころでは無いのだ。

「責任を持ちます。」北さんは、強い口調で言った。「結果がどうなろうと、私が全部、責任を負います。大舟に乗った気で、彦左に、ここはまかせて下さい。」

私はもはや反対する事が出来なかった。

北さんも気が早い。その翌《あく》る日の午後七時、上野発の急行に乗ろうという。私は、北さんにまかせた。その夜、北さんと別れてから、私は三鷹のカフェにはいって思い切り大酒を飲んだ。

翌る日午後五時に、私たちは上野駅で逢い、地下食堂でごはんを食べた。北さんは、麻の白服を着ていた。私は銘仙《めいせん》の単衣《ひとえ》。もっとも、鞄《かばん》の中には紬《つむぎ》の着物と、袴が用意されていた。ビイルを飲みながら北さんは、

「風向きが変りましたよ。」と言った。ちょっと考えて、それから、「実は、兄さん

が東京へ来ているんです。」

「なあんだ。それじゃ、この旅行は意味が無い。」私はがっかりした。「いいえ。くにへ行って兄さんに逢うのが目的じゃない。お母さんに逢えたら、いいんだ。私はそう思いますよ。」

「でも、兄さんの留守に、僕たちが乗り込むのは、なんだか卑怯《ひきよう》みたいですが。」

「そんな事は無い。私は、ゆうべ兄さんに逢って、ちょっと言って置いたんです。」

「修治をくにへ連れて行くと言ったのですか？」

「いいえ、そんな事は言えない。言ったら兄さんは、北君そりゃ困るとおっしゃるでしょう。内心はどうあっても、とにかく、そうおっしゃらなければならない立場です。だから私は、ゆうべお逢いしても、なんにも言いませんよ。言ったら、ぶちこわしです。ただね、私は東北のほうにちょっと用事があって、あすの七時の急行で出発するつもりだけど、ついでに津軽のお宅のほうへ立寄らせていただくかも知れませんよ、とだけ言って置いたのです。それでいいんです。兄さんが留守なら、かえって都合がいいくらいだ。」

「北さんが、青森へ遊びに行くと言ったら、兄さん喜んだでしょう。」

「ええ、お家のほうへ電話してほうぼう案内するように言いつけようとおっしゃったのですが、私は断りました。」

北さんは頑固で、今まで津軽の私の生家へいちども遊びに行った事がないのである。ひとのごちそうになったり世話になったりする事は、極端にきらいなのである。

「兄さんは、いつ帰るのかしら。まさか、きょう一緒の汽車で、――」

「そんな事はない。茶化しちゃいけません。こんどは町長さんを連れて来ていましたよ。ちょっと、手数のかかる用事らしい。」

兄は時々、東京へやって来る。けれども私には絶対に逢わない事になっているのだ。

「くにへ行っても、兄さんに逢えないとなると、だいぶ張合いが無くなりますね。」

私は兄に逢いたかったのだ。そうして、黙って長いお辞儀をしたかったのだ。

「なに、兄さんとは此の後、またいつでもお逢い出来ますよ。それよりも、問題はお母さんです。なにせ七十、いや、六十九、ですかね？」

「おばあさんにも逢えるでしょうね。もう、九十ちかい筈ですけど。それから、五所川原の叔母にも逢いたいし、――」考えてみると、逢いたい人が、たくさんあった。

「もちろん、皆さんにお逢い出来ます。」断乎たる口調だった。ひどくたのもしく見えた。

こんどの帰郷がだんだん楽しいものに思われて来た。次兄の英治さんにも逢いたかったし、また姉たちにも逢いたかった。すべて、十年振りなのである。そうして私は、あの家を見たかった。私の生れて育った、あの家を見たかった。

私たちは七時の汽車に乗った。汽車に乗る前に、北さんは五所川原の中畑さんに電報を打った。

「七ジタツ」キタ

それだけでもう中畑さんには、なんの事やら、ちゃんとわかるのだそうである。以心伝心《いしんでんしん》というやつだそうである。

「あなたを連れて行くという事を、はっきり中畑さんに知らせると、中畑さんも立場に困るのです。中畑さんは知らない、何も知らない、そうして五所川原の停車場に私を迎えに来ます。そうしてはじめて、あなたを見ておどろく、という形にしなければ、中畑さんは、あとで兄さんに対して具合いの悪い事になります。中畑君は知っていながら、なぜ、とめなかったと言われるかもしれません。けれども、中畑さんは知らないのだ、五所川原の停車場へ私を迎えに来てはじめて知って驚いたのだ。そうして、まあせっかく東京からやって来たのだし、ひとめお母さんに逢わせました、という事になれば、中畑さんの責任も軽い。あとは全部、私が責任を負いますが、私は大久保彦左衛門だから、但馬守が怒ったって何だって平気です。」なかなか、ややこしい説明であった。

「でも、中畑さんは、知っているんでしょう?」

「だから、そこが、微妙なところなのです。七ジタツ。それでもういいのです。」

大久保のはかりごとはこまかすぎて、わかりにくかった。けれども、とにかく私は北さんに、一切をおまかせしたのだ。とやかく不服を言うべきでない。

私たちは汽車に乗った。二等である。相当こんでいた。私と北さんは、通路をへだてて一つずつ、やっと席をとった。北さんは、老眼鏡を、ひょいと掛けて新聞を読みはじめた。落ちついたものだった。私はジョルジュ・シメノンという人の探偵小説を読みはじめた。私は長い汽車の旅にはなるべく探偵小説を読む事にしている。汽車の中で、プロレゴーメナなどを読む気はしない。

北さんは私のほうへ新聞をのべて寄こした。受け取って、見ると、その頃私が発表した「新ハムレット」という長編小説の書評が、三段抜きで大きく出ていた。或る先輩の好意あふれるばかりの感想文であった。それこそ、過分のお褒めであった。私と北さんとは、黙って顔を見合せ、そうして同じくらい嬉《うれ》しそうに一緒に微笑した。素晴らしい旅行になりそうな気がして来た。

青森駅に着いたのは翌朝の八時頃だった。八月の中ごろであったのだが、かなり寒い。霧のような雨が降っている。奥羽線に乗りかえて、それから弁当を買った。

「いくら？」

「――せん！」

「え？」

「――せん！」

せん！　というのは、わかるけれど何十銭と言っているのか、わからないのである。三度聞き直して、やっと、六十銭と言っているのだという事がわかった。私は呆然とした。

「北さん、いまの駅売の言葉がわかりましたか？」

北さんは、真面目に首を振った。

「そうでしょう？　わからないでしょう？　僕でさえ、わからなかったんだ。いや、きざに江戸っ子ぶって、こんな事を言うのじゃないのです。僕だって津軽で生れて津軽で育った田舎者です。津軽なまりを連発して、東京では皆に笑われてばかりいるのです。けれども十年、故郷を離れて、突然、純粋の津軽言葉に接したところが、わからない。てんで、わからなかった。人間って、あてにならないものですね。十年はなれていると、もう、お互いの言葉さえわからなくなるんだ。」自分が完全に故郷を裏切っている明白な証拠を、いま見せつけられたような気がして私は緊張した。

車中の乗客たちの会話に耳をすました。わからない。異様に強いアクセントである。私は一心に耳を澄ました。少しずつわかって来た。少しわかりかけたら、あとはドライアイスが液体を素通りして、いきなり濛々《もうもう》と蒸発するみたいに見事な速度で理解しはじめた。もとより私は、津軽の人である。川部という駅で五能線に乗り換えて十時頃、五所川原駅に着いた時には、なんの事はない、わからない津軽言葉なんて一語も無かった。全部、はっきり、わかるようになっていた。けれども、自分で純粋の津軽言葉を言う事が出来るかどうか、それには自信がなかった。

五所川原駅には、中畑さんが迎えに来ていなかった。

「来ていなければならぬ筈だが。」大久保彦左衛門もこの時だけは、さすがに暗い表情だった。

改札口を出て小さい駅の構内を見廻しても中畑さんはいない。駅の前の広場、といっても、石ころと馬糞《ばふん》とガタ馬車二台、淋しい広場に私と大久保とが鞄をさげてしょんぼり立った。

「来た！　来た！」大久保は絶叫した。

大きい男が、笑いながら町の方からやって来た。中畑さんである。中畑さんは、私の姿を見ても、一向におどろかない。ようこそ、などと言っている。闊達《かったつ》なものだった。

「これは私の責任ですからね。」北さんは、むしろちょっと得意そうな口調で言った。「あとは万事、よろしく。」

「承知、承知。」和服姿の中畑さんは、西郷隆盛のようであった。

中畑さんのお家へ案内された。知らせを聞いて、叔母がヨチヨチやって来た。十年、叔母は小さいお婆《ばあ》さんになっていた。私の前に坐って、私の顔を眺めて、やたらに涙を流していた。この叔母は、私の小さい時から、頑強に私を支持してくれていた。

中畑さんのお家で、私は紬の着物に着換えて、袴をはいた。その五所川原という町から、さらに三里はなれた金木《かなぎ》町というところに、私の生れた家が在るのだ。五所川原駅からガソリンカアで三十分くらい津軽平野のまんなかを一直線に北上すると、その町に着くのだ。おひる頃、中畑さんと北さんと私と三人、ガソリンカアで金木町に向った。

満目の稲田。緑の色が淡い。津軽平野とは、こんなところだったかなあ、と少し意外な感に打たれた。その前年の秋、私は新潟へ行き、ついでに佐渡へも行ってみたが、裏日本の草木の緑はたいへん淡く、土は白っぽくカサカサ乾いて、陽の光さえ微弱に感ぜられて、やりきれなく心細かったのだが、いま眼前に見るこの平野も、それと全く同じであった。私はここに生れて、そうしてこんな淡い薄い風景の悲しさに気がつかず、のんきに遊び育ったのかと思ったら、妙な気がした。青森に着いた時には小雨が降っていたが、間もなく晴れて、いまはもう薄日さえ射している。けれども、ひんやり寒い。

「この辺はみんな兄さんの田でしょうね。」北さんは私をからかうように笑いながら尋ねる。

中畑さんが傍から口を出して、

「そうです。」やはり笑いながら、「見渡すかぎり、みんなそうです。」少し、ほらのようであった。「けれども、ことしは不作ですよ。」

はるか前方に、私の生家の赤い大屋根が見えて来た。淡い緑の稲田の海に、ゆらりと浮いている。私はひとりで、てれて、

「案外、ちいさいな。」と小声で言った。

「いいえ、どうして、」北さんは、私をたしなめるような口調で、「お城です。」と言った。

ガソリンカアは、のろのろ進み、金木駅に着いた。見ると、改札口に次兄の英治さんが立っている。笑っている。

私は、十年振りに故郷の土を踏んでみた。わびしい土地であった。凍土《とうど》の感じだった。毎年毎年、地下何尺か迄《まで》こおるので、土がふくれ上って、白っちゃけてしまったという感じであった。家も木も、土も、洗い晒《さら》されているような感じがするのである。路《みち》は白く乾いて、踏み歩いても足の裏の反応は少しも無い。ひどく、たより無い感じだ。

「お墓。」と誰か、低く言った。それだけで皆に了解出来た。四人は黙って、まっすぐにお寺へ行った。そうして、父の墓を拝んだ。墓の傍の栗《くり》の大木は、昔のままだった。

生家の玄関にはいる時には、私の胸は、さすがにわくわくした。中はひっそりしている。お寺の納所《なっしょ》のような感じがした。部屋部屋が意外にも清潔に磨かれていた。もっと古ぼけていた筈なのに、小ぢんまりしている感じさえあった。悪い感じではなかった。

仏間に通された。中畑さんが仏壇の扉を一ぱいに押しひらいた。私は仏壇に向って坐って、お辞儀をした。それから、嫂《あによめ》に挨拶した。上品な娘さんがお茶を持って来たので、私は兄の長女かと思って笑いながらお辞儀をした。それは女中さんであった。背後にスッスッと足音が聞える。私は緊張した。母だ。母は、私からよほど離れて坐った。私は、黙ってお辞儀をした。顔を挙げて見たら、母は涙を拭いていた。小さいお婆さんになっていた。

また背後に、スッスッと足音が聞える。一瞬、妙な、(もったいない事だが、)気味の悪さを感じた。眼の前にあらわれるまで、なんだかこわい。

「修ッちゃあ、よく来たナ。」祖母である。八十五歳だ。大きい声で言う。母よりも、はるかに元気だ。「逢いたいと思うていたね。ワレはなんにも言わねども、いちど逢いたいと思うていたね。」

陽気な人である。いまでも晩酌を欠かした事が無いという。

お膳が出た。

「飲みなさい。」英治さんは私にビイルをついでくれた。

「うん。」私は飲んだ。

英治さんは、学校を卒業してから、ずっと金木町にいて、長兄の手助けをしていたのだ。そうして、数年前に分家したのである。英治さんは兄弟中で一ばん頑丈な体格をしていて、気象も豪傑だという事になっていた筈なのに、十年振りで逢ってみると、実に優しい華奢《きやしや》な人であった。東京で十年間、さまざまの人と争い、荒くれた汚い生活をして来た私に較《くら》べると、全然別種の人のように上品だった。顔の線も細く、綺麗だった。多くの肉親の中で私ひとりが、さもしい貧乏人根性の、下等な醜い男になってしまったのだと、はっきり思い知らされて、私はひそかに苦笑していた。

「便所は？」と私は聞いた。

英治さんは変な顔をした。

「なあんだ、」北さんは笑って、「ご自分の家へ来て、そんな事を聞くひとがありますか。」

私は立って、廊下へ出た。廊下の突き当りに、お客用のお便所がある事は私も知ってはいたのだが、長兄の留守に、勝手に家の中を知った振りしてのこのこ歩き廻るのは、よくない事だと思ったので、ちょっと英治さんに尋ねたのだが、英治さんは私を、きざな奴《やつ》だと思ったかも知れない。私は手を洗ってからも、しばらくそこに立って窓から庭を眺めていた。一木一草も変っていない。私は家の内外を、もっともっと見て廻りたかった。ひとめ見て置きたい所がたくさんたくさんあったのだ。けれどもそれは、いかにも図々《ずうずう》しい事のようだから、そこの小さい窓から庭を、むさぼるように眺めるだけで我慢する事にした。

「池の水蓮《すいれん》は、今年はまあ、三十二も咲きましたよ。」祖母の大声は、便所まで聞える。「嘘でも何でも無い、三十二咲きましたてば。」祖母は先刻から水蓮の事ばかり言っている。

私たちは午後の四時頃、金木の家を引き上げ、自動車で五所川原に向った。気まずい事の起らぬうちに早く引き上げましょう、と私は北さんと前もって打ち合せをして置いたのである。さしたる失敗も無く、謂《い》わば和気藹々裡《わきあいあいり》に、私たちはハイヤアに乗った。北さん、中畑さん、私、それから母。嫂や英治さんの優しいすすめに依って母も、私たちと一緒に、五所川原まで行く事になったのである。行く先は叔母の家である。私はそこに一泊する事になっていた。北さんも、そこに一泊してそうして翌る日から私と二人で、浅虫《あさむし》温泉やら十和田湖などあちこち遊び廻ろうというのが、私たちの東京を立つ時からの計画であったのだが、けさほど東京の北さんのお宅から金木の家へ具合いの悪い電報が来ていて、それがために、どうしても今夜、青森発の急行で帰京しなければならなくなってしまったのである。北さんのお隣りの奥さんが死んだ、という電報であったが、北さんは、こりゃいけない、あの家は非常に気の毒な家で、私がいないとお葬式も出せない、すぐ行かなくちゃいけない、と言って、一度言い出したら、もう何といっても聞きいれない、頑固な大久保氏なのだから、私たちも無理に引きとめる事はしなかった。叔母の家で、みんな一緒に夕ごはんを食べて、それから五所川原駅まで北さんを送って行った。北さんはこれからまた汽車に乗ってどんなに疲れる事だろうと思ったら、私は、つらくてかなわなかった。

その夜は叔母の家でおそくまで、母と叔母と私と三人、水入らずで、話をした。私は、妻が三鷹の家の小さい庭をたがやして、いろんな野菜をつくっているという事を笑いながら言ったら、それが、いたくお二人の気に入ったらしく、よくまあ、のう、よくまあ、と何度も二人でこっくりこっくり首肯《うなず》き合っていた。私も津軽弁が、やや自然に言えるようになっていたが、こみいった話になると、やっぱり東京の言葉を遣《つか》った。母も叔母も、私がどんな商売をしているのか、よくわかっていない様子であった。私は原稿料や印税の事など説明して聞かせたが、半分もわからなかったらしく、本を作って売る商売なら本屋じゃないか、ちがいますか、などという質問まで飛び出す始末なので、私は断念して、まあ、そんなものです、と答えて置いた。どれくらいの収入があるものです、と母が聞くから、はいる時には五百円でも千円でもはいります、と朗《ほが》らかに答えたが、母は落ちついて、それを幾人でわけるのですか、と言ったので、私はがっかりした。本屋を営んでいるものとばかり思い込んでいるらしい。けれども、原稿料にしろ印税にしろ、自分ひとりの力で得たと思ってはいけないのだ、みんなの合作と思わなければならぬ、みんなでわけるのこそ正しい態度かも知れぬ、と思ったりした。

母も叔母も、私の実力を一向にみとめてくれないので、私は、やや、あせり気味になって、懐中から財布を取り出し、お二人の前のテエブルに十円紙幣を二枚ならべて載せて、

「受け取って下さいよ。お寺参りのお賽銭《さいせん》か何かに使って下さい。僕には、お金がたくさんあるんだ。僕が自分で働いて得たお金なんだから、受け取って下さい。」

と大いに恥ずかしかったが、やけくそになって言った。

母と叔母は顔を見合せて、クスクス笑っていた。私は頑強にねばって、とうとう二人にそのお金を受け取らせた。母は、その紙幣を母の大きい財布にいれて、そうしてその財布の中から熨斗袋《のしぶくろ》を取り出し、私に寄こした。あとでその熨斗袋の内容を調べてみたら、それには私の百枚の創作に対する原稿料と、ほぼ同額のものがはいっていた。

翌る日、私は皆と別れて青森へ行き、親戚の家へ立寄ってそこへ一泊して、あと

はどこへも立寄らず、逃げるようにして東京へ帰って来た。十年振りで帰っても、私は、ふるさとの風物をちらと見ただけであった。ふたたびゆっくり、見る折があろうか。母に、もしもの事があった時、私は、ふたたび故郷を見るだろうが、それはまた、つらい話だ。

その旅行の二箇月ほど後に、私は偶然、北さんと街で逢った。北さんは、蒼《あお》い顔をして居られた。元気が無かった。

「どうしたのです。痩せましたね。」

「ええ、盲腸炎をやりましてね。」

あの夜、青森発の急行で帰京したが、帰京の直後に腹痛がはじまったというのである。

「そいつあ、いけない。やっぱり無理だったのですね。」私も前に盲腸炎をやった事がある。そうして過労が盲腸炎の原因になるという事を、私は自分のその時の経験から知っていた。「なにせあの時の北さんは、強行軍だったからなあ。」

北さんは淋しそうに微笑《ほほえ》んだ。私は、たまらない気持だった。みんな私のせいなんだ。私の悪徳が、北さんの寿命をたしかに十年ちぢめたのである。そうして私ひとりは、相も変らず、のほほん顔。

故郷

昨年の夏、私は十年振りで故郷を見た。その時の事を、ことしの秋四十一枚の短篇《たんぺん》にまとめ、「帰去来」という題を附《つ》けて、或《あ》る季刊冊子の編輯部《へんしゆうぶ》に送った。その直後の事である。れいの、北さんと中畑さんとが、そろって三鷹《みたか》の陋屋《ろうおく》へ訪ねて来られた。そうして、故郷の母が重態だという事を言って聞かせた。五、六年のうちには、このような知らせを必ず耳にするであろうと、内心、予期していた事であったが、こんなに早く来るとは思わなかった。昨年の夏、北さんに連れられてほとんど十年振りに故郷の生家を訪れ、その時、長兄は不在であったが、次兄の英治さんや嫂《あによめ》や甥《おい》や姪《めい》、また祖母、母、みんなに逢《あ》う事が出来て、当時六十九歳の母は、ひどく老衰していて、歩く足もとさえ危かしく見えたけれども、決して病人ではなかった。もう五、六年はたしかだ、いや十年、などと私は慾《よく》の深い夢を見ていた。その時の事は、「帰去来」という小説に、出来るだけ正確に書いて置いたつもりであるが、とにかく、その時はいろいろの都合で、故郷の生家に於《お》ける滞在時間は、ほんの三、四時間ほどのものであったのである。その小説の末尾のほうにも私は、――もっともっと故郷を見たかった。あれも、これも、見たいものがたくさん、たくさんあったのである。けれども私は、故郷を、チラと盗み見ただけであった。再び故郷の山河を見ることの出来るのはいつであろうか。母に、もしもの事があった時には、或《ある》いは、もういちど故郷を、こんどは、ゆっくり見ることが出来るかも知れないが、それもまた、つらい話だ、というような意味の事を書いて置いた筈《はず》であるが、その原稿を送った直後に、その「もういちど故郷を見る機会」がやって来るとは思い設けなかった。

「こんども私が、責任を持ちます。」北さんは緊張している。「奥さんとお子さんを連れていらっしゃい。」

昨年の夏には、北さんは、私ひとりを連れて行って下さったのである。こんどは私だけでなく、妻も園子（一年四箇月の女児）もみんなを一緒に連れて行って下さるというのである。北さんと中畑さんの事は、あの「帰去来」という小説に、くわしく書いて置いたけれども、北さんは東京の洋服屋さん、中畑さんは故郷の呉服屋さん、共に古くから私の生家と親密にして来ている人たちであって、私が五度も六度も、いや、本当に、数え切れぬほど悪い事をして、生家との交通を断たれてしまってからでも、このお二人は、謂《い》わば純粋の好意を以《もっ》て長い間、いちどもいやな顔をせず、私の世話をしてくれた。昨年の夏にも、北さんと中畑さんとが相談して、お二人とも故郷の長兄に怒られるのは覚悟の上で、私の十年振りの帰郷を画策《かくさく》してくれたのである。

「しかし、大丈夫ですか？　女房や子供などを連れていって、玄関払いを食らわされたら、目もあてられないからな。」私は、いつでも最悪の事態ばかり予想する。

「そんな事は無い。」とお二人とも真面目に否定した。

「去年の夏は、どうだったのですか？」私の性格の中には、石橋をたたいて渡るケチな用心深さも、たぶんに在るようだ。「あのあとで、お二人とも文治さん（長兄の名）に何か言われはしなかったですか？　北さん、どうですか？」

「それあ、兄さんの立場として、」北さんは思案深げに、「御親戚のかた達の手前もあるし、よく来たとは言えません。けれども、私が連れて行くんだったら、大丈夫だと思うのです。去年の夏の事も、あとで兄さんと東京でお逢《あ》いしたら、兄さんは私にただ一こと、北君は人が悪いなあ、とそれだけ言っただけです。怒ってなんかいやしません。」

「そうですか。中畑さんのほうは、どうでしたか？　何か兄さんに言われやしませんでしたか？」

「いいえ。」中畑さんは顔を上げ、「私には一ことも、なんにも、おっしゃいませんでした。いま迄《まで》は私が、あなたに何か世話でもすると、あとで必ず、ちょっとした皮肉をおっしゃったものですが、去年の夏の事に限って、なんにも兄さんは、おっしゃいませんでした。」

「そうですか。」私は少し安心した。「あなた達にご迷惑がかからない事でしたら、私は連れていってもらいたいのです。母に、逢いたくないわけは無いんだし、また、去年の夏には、文治兄さんに逢うことが出来ませんでしたが、こんどこそ逢いたい。連れていって下さると、私は大いにありがたいのですが、女房のほうはどうですか。こんどはじめて亭主の肉親たちに逢うのですから、女は着物だの なんだの、めんどうな事もあるでしょうし、ちょっと大儀がるかも知れません。そこは北さんから一つ、女房に説いてやって下さい。私から言ったんじゃ、あいつは愚図々々《ぐずぐず》いうにきまっていますから。」私は妻を部屋へ呼んだ。

けれども結果は案外であった。北さんが、妻へ母の重態を告げて、ひとめ園子さんを、などと言っているうちに妻は、ぺたりと畳に両手をついて、

「よろしく、お願い致します。」と言った。

北さんは私のほうに向き直って、

「いつになさいますか？」

二十七日、という事にきまった。その日は、十月二十日だった。

それから一週間、妻は仕度にてんてこ舞いの様子であった。妻の里から妹が手伝

いに来た。どうしても、あたらしく買わなければならぬものも色々あった。私は、ほとんど破産しかけた。園子だけは、何も知らずに、家中をヨチヨチ歩きまわっていた。二十七日十九時、上野発急行列車。満員だった。私たちは原町まで、五時間ほど立ったままだった。

ハハイヨイヨワルシ」ダザイイツコクモハヤクオイデマツ」ナカバタ

北さんは、そんな電報を私に見せた。一足さきに故郷へ帰っていた中畑さんから、けさ北さんの許《もと》に来た電報である。

翌朝八時、青森に着き、すぐに奥羽線に乗りかえ、川部という駅でまた五所川原《ごしょがわら》行の汽車に乗りかえて、もうその辺から列車の両側は林檎《りんご》畑。ことしは林檎も豊作のようである。

「まあ、綺麗《きれい》。」妻は睡眠不足の少し充血した眼《め》を見張った。「いちど、林檎のみのっているところを、見たいと思っていました。」

手を伸ばせば取れるほど真近かなところに林檎は赤く光っていた。

十一時頃、五所川原駅に着いた。中畑さんの娘さんが迎えに来ていた。中畑さんのお家は、この五所川原町に在るのだ。私たちは、その中畑さんのお家で一休みさせてもらって、妻と園子は着換え、それから金木《かなぎ》町の生家を訪れようという計画であった。金木町というのは、五所川原から更に津軽鉄道に依《よ》って四十分、北上したところに在るのである。

私たちは中畑さんのお家で昼食をごちそうになりながら、母の容態をくわしく知らされた。ほとんど危篤の状態らしい。

「よく来て下さいました。」中畑さんは、かえって私たちにお礼を言った。「いつ来るか、いつ来るかと気が気じゃなかった。とにかく、これで私も安心しました。お母さんは、黙っていらっしゃるけど、とてもあなた達を待っているご様子でしたよ。」

聖書に在る「蕩児《とうじ》の帰宅」を、私はチラと思い浮べた。

昼食をすませて出発の時、

「トランクは持って行かないほうがよい、ね、そうでしょう？」と北さんは、ちょっと強い口調で私に言った。「兄さんから、まだ、ゆるしが出ているわけでもないのに、トランクなどさげて、――」

「わかりました。」

荷物は一切、中畑さんのお家へあずけて行く事にした。病人に逢わせてもらえるかどうか、それさえまだわかっていない、という事を北さんは私に警告したのだ。

園子のおしめ袋だけを持って、私たちは金木行の汽車に乗った。中畑さんも一緒に乗った。

刻一刻、気持が暗鬱になった。みんないい人なのだ。誰も、わるい人はいないのだ。私ひとりが過去に於いて、ぶていさいな事を行い、いまもなお十分に聡明《そうめい》ではなく、悪評高く、その日暮しの貧乏な文士であるという事実のために、すべてがこのように気まずくなるのだ。

「景色のいいところですね。」妻は窓外の津軽平野を眺めながら言った。「案外、明るい土地ですね。」

「そうかね。」稲はすっかり刈り取られて、満目の稲田には冬の色が濃かった。「僕には、そうも見えないが。」

その時の私には故郷を誇りたい気持も起らなかった。ひどく、ただ、くるしい。去年の夏は、こうではなかった。それこそ胸をおどらせて十年振りの故郷の風物を眺めたものだが。

「あれは、岩木山だ。富士山に似ているっていうので、津軽富士。」私は苦笑しながら説明していた。なんの情熱も無い。「こっちの低い山脈は、ぼんじゅ山脈というのだ。あれが馬禿山《まはげやま》だ。」実に、投げやりな、いい加減な説明だった。

ここがわしの生れ在所《ざいしょ》、四、五丁ゆけば、などと、やや得意そうに説明して聞かせる梅川忠兵衛の新口《にのくち》村は、たいへん可憐《かれん》な芝居であるが、私の場合は、そうではなかった。忠兵衛が、やたらにプンプン怒っていた。稲田の向うに赤い屋根がチラと見えた。

「あれが、」僕の家、と言いかけて、こだわって、「兄さんの家だ。」と言った。

けれどもそれはお寺の屋根だった。私の生家の屋根は、その右方に在った。

「いや、ちがった。右の方の、ちょっと大きいやつだ。」滅茶々々《めちゃめちゃ》である。

金木駅に着いた。小さい姪と、若い綺麗な娘さんとが迎えに来ていた。

「あの娘さんは、誰?」と妻は小声で私にたずねた。

「女中だろう?　挨拶なんか要らない。」去年の夏にも、私はこの娘さんと同じ年恰好《としかっこう》の上品な女中を兄の長女かと思い、平伏するほどていねいにお辞儀をしてちょっと具合いの悪い思いをした事があるので、こんどは用心してそう言ったのである。

小さい姪というのは兄の次女で、これは去年の夏に逢って知っていた。八歳である。

「シゲちゃん。」と私が呼ぶと、シゲちゃんは、こだわり無く笑った。私は少し助かったような気がした。この子だけは、私の過去を知るまい。

家へはいった。中畑さんと北さんは、すぐに二階の兄の部屋へ行ってしまった。

私は妻子と共に仏間へ行って、仏さまを拝んで、それから内輪《うちわ》の客だけが集る「常《じょ》居《い》」という部屋へさがって、その一隅に坐《すわ》った。長兄の嫂も、次兄の嫂も、笑顔を以て迎えて呉《く》れた。祖母も、女中に手をひかれてやって来た。祖母は八十六歳である。耳が遠くなってしまった様子だが、元気だ。妻は園子にも、お辞儀をさせようとして苦心していたが、園子はてんでお辞儀をしようとせず、ふらふら部屋を歩きまわって、皆をあぶながらせた。

兄が出て来た。すっと部屋を素通りして、次の間に行ってしまった。顔色も悪く、ぎょっとするほど痩せて、けわしい容貌になっていた。次の間にも母の病気見舞いの客がひとり来ているのだ。兄はそのお客としばらく話をして、やがてその客が帰って行ってから、「常居」に来て、私が何も言わぬさきから、

「ああ。」と首肯《うなず》いて畳に手をつき、軽くお辞儀をした。

「いろいろ御心配をかけました。」私は固くなってお辞儀をした。「文治兄さんだ。」

と妻に知らせた。

兄は、妻のお辞儀がはじまらぬうちに、妻に向ってお辞儀をした。私は、はらはらした。お辞儀がすむと、兄はさっさと二階へ行った。

はてな？　と思った。何かあったな、と私は、ひがんだ。この兄は、以前から機嫌の悪い時に限って、このように妙によそよそしく、ていねいにお辞儀をするので

ある。北さんも中畑さんも、あれっきりまだ二階から降りて来ない。北さん何か失敗したかな？　と思ったら急に心細いやら、おそろしいやら、胸がどきんどきんして来た。嫂がニコニコ笑いながら出て来て、

「さあ。」と私たちを促した。私は、ほっとして立ち上った。母に逢える。別段、気まずい事も無く、母との対面がゆるされるのだ。なあんだ。少し心配しすぎた。

廊下を渡りながら嫂が、

「二、三日前から、お待ちになって、本当に、お待ちになって。」と私たちに言って聞かせた。

母は離れの十畳間に寝ていた。大きいベッドの上に、枯れた草のようにやつれて寝ていた。けれども意識は、ハッキリしていた。

「よく来た。」と言った。妻が初対面の挨拶をしたら、頭をもたげるようにして、うなずいて見せた。私が園子を抱えて、園子の小さい手を母の痩せた手のひらに押しつけてやったら、母は指を震わせながら握りしめた。枕頭にいた五所川原の叔母は、微笑《ほほえ》みながら涙を拭いていた。

病室には叔母の他に、看護婦がふたり、それから私の一ばん上の姉、次兄の嫂、親戚のおばあさんなど大勢いた。私たちは隣りの六畳の控えの間に行って、みんな

と挨拶を交した。修治（私の本名）は、ちっとも変らぬ。少しふとってかえって若くなった、とみんなが言った。園子も、懸念していたほど人見知りはせず、誰にでも笑いかけていた。みんな控えの間の、火鉢のまわりに集って、ひそひそ小声で話をはじめて、少しずつ緊張もときほぐれて行った。

「こんどは、ゆっくりして行くんでしょう？」

「さあ、どうだか。去年の夏みたいに、やっぱり二、三時間で、おいとまするような事になるんじゃないかな。北さんのお話では、それがいいという事でした。僕は、なんでも、北さんの言うとおりにしようと思っているのですから。」

「でも、こんなにお母さんが悪いのに、見捨てて帰る事が出来ますか。」

「いずれ、それは、北さんと相談して、——」

「何もそんなに、北さんにこだわる事は無いでしょう。」

「そうもいかない。北さんには、僕は今まで、ずいぶん世話になっているんだから。」

「それは、まあ、そうでしょう。でも、北さんだって、まさか、——」

「いや、だから、北さんに相談してみるというのです。北さんの指図に従っていると間違いないのです。北さんは、まだ兄さんと二階で話をしているようですが、何か、ややこしい事でも起っているんじゃないでしょうか。私たち親子三人、ゆるしも無く、のこのこ乗り込んで、――」

「そんな心配は要らないでしょう。英治さん（次兄の名）だって、あなたにすぐ来いって速達を出したそうじゃないの。」

「それは、いつですか？　僕たちは見ませんでしたよ。」

「おや。私たちは、また、その速達を見て、おいでになったものとばかり、――」

「そいつあ、まずかったな。行きちがいになったのですね。そいつあ、まずい。妙に北さんが出しゃばったみたいな形になっちゃった。」なんだか、すっかりわかったような気がした。運が悪いと思った。

「まずい事は無いでしょう。一日でも早く、駈《か》けつけたほうがいいんですもの。」けれども、私は、しょげてしまった。わざわざ私たちを、商売を投げて連れて来て下さった北さんにも気の毒であった。ちゃんと、いい時期に知らせてあげるのに、なあ、という兄たちのくやしさもわかるし、どうにも具合いの悪い事だと思った。

　先刻、駅へ迎えに来ていた若い娘さんが、部屋へはいって来て、笑いながら私にお辞儀をした。また失敗だったのだ。こんどは用心しすぎて失敗したのである。全然、女中さんではなかった。一ばん上の姉の子だった。この子の七つ八つの頃までは私も見知っていたが、その頃は色の黒い小粒の子だった。いま見ると、背もすらりとして気品もあるし、まるで違う人のようであった。

「光《みつ》ちゃんですよ。」叔母も笑いながら、「なかなか、べっぴんになったでしょう。」

「べっぴんになりました。」私は真面目に答えた。「色が白くなった。」

みんな笑った。私の気持も、少しほぐれて来た。その時、ふと、隣室の母を見ると、母は口を力無くあけて肩で二つ三つ荒い息をして、そうして、痩せた片手を蠅《はえ》でも追い払うように、ひょいと空に泳がせた。変だな？と思った。私は立って、母のベッドの傍へ行った。他のひとたちも心配そうな顔をして、そっと母の枕頭に集って来た。

「時々くるしくなるようです。」看護婦は小声でそう説明して、掛蒲団《かけぶとん》の下に手をいれて母のからだを懸命にさすった。私は枕もとにしゃがんで、どこが苦しいの？と尋ねた。母は、幽《かす》かにかぶりを振った。

「がんばって。園子の大きくなるところを見てくれなくちゃ駄目ですよ。」私はてれくさいのを怺《こら》えてそう言った。

突然、親戚のおばあさんが私の手をとって母の手と握り合わさせた。私は片手ばかりでなく、両方の手で母の冷い手を包んであたためてやった。親戚のおばあさんは、母の掛蒲団に顔を押しつけて泣いた。叔母も、タカさん（次兄の嫂の名）も泣き出した。私は口を曲げて、こらえた。しばらく、そうしていたが、どうにも我慢出来ず、そっと母の傍から離れて廊下に出た。廊下を歩いて洋室へ行った。洋室は寒く、がらんとしていた。白い壁に、罌粟《けし》の花の油絵と、裸婦の油絵が掛けられている。マントルピイスには、下手な木彫が一つぽつんと置かれている。ソファには、豹《ひょう》の毛皮が敷かれてある。椅子もテエブルも絨氈《じゅうたん》も、みんな昔のままであった。私は洋室をぐるぐると歩きまわり、いま涙を流したらウソだ、いま泣いたらウソだぞ、と自分に言い聞かせて泣くまい泣くまいと努力した。こっそり洋室にのがれて来て、ひとりで泣いて、あっぱれ母親思いの心やさしい息子さん。キザだ。思わせぶりたっぷりじゃないか。そんな安っぽい映画があったぞ。三十四歳にもなって、なんだい、心やさしい修治さんか。甘ったれた芝居はやめろ。いまさら孝行息子でもあるまい。わがまま勝手の検束をやらかしてさ。よせやいだ。泣いたらウソだ。涙はウソだ、と心の中で言いながら懐手して部屋をぐるぐる歩きまわっているのだが、いまにも、嗚咽《おえつ》が出そうになるのだ。私は実に閉口した。煙草《たばこ》を吸ったり、鼻をかんだり、さまざま工夫して頑張って、とうとう私は一滴の涙も眼の外にこぼれ落さなかった。

日が暮れた。私は母の病室には帰らず、洋室のソファに黙って寝ていた。この離れの洋室は、いまは使用していない様子で、スウィッチをひねっても電気がつかない。私は寒い暗闇の中にひとりでいた。北さんも中畑さんも、離れのほうへ来なかった。何をしているのだろう。妻と園子は、母の病室にいるようだ。今夜これから私たちは、どうなるのだろう。はじめの予定では、北さんの意見のとおり、お見舞いしてすぐに金木を引き上げ、その夜は五所川原の叔母の家へ一泊という事になっていたのだが、こんなに母の容態が悪くては、予定どおりすぐ引き上げるのも、かえって気まずい事になるのではあるまいか。とにかく北さんに逢いたい。北さんは一体どこにいるのだろう。兄さんとの話が、いよいよややこしく、もつれているのではあるまいか。私は居るべき場所も無いような気持だった。

妻が暗い洋室にはいって来た。

「あなた！　かぜを引きますよ。」

「園子は？」

「眠りました。」病室の控えの間に寝かせて置いたという。

「大丈夫かね？　寒くないようにして置いたかね？」

「ええ。叔母さんが毛布を持って来て、貸して下さいました。」

「どうだい、みんないいひとだろう。」

「ええ。」けれども、やはり不安の様子であった。「これから私たち、どうなるの？」

「わからん。」

「今夜は、どこへ泊るの？」

「そんな事、僕に聞いたって仕様が無いよ。いっさい、北さんの指図にしたがわなくちゃいけないんだ。十年来、そんな習慣になっているんだ。北さんを無視して直接、兄さんに話掛けたりすると、騒動になってしまうんだ。そういう事になっているんだよ。わからんかね。僕には今、なんの権利も無いんだ。トランク一つ、持って来る事さえできないんだからね。」

「なんだか、ちょっと北さんを恨んでるみたいね。」

「ばか。北さんの好意は、身にしみて、わかっているさ。けれども、北さんが間にはいっているので、僕と兄さんとの仲も、妙にややこしくなっているようなところもあるんだ。どこまでも北さんのお顔を立てなければならないし、わるい人はひとりもいないんだし、――」

「本当にねえ。」妻にも少しわかって来たようであった。「北さんが、せっかく連れて来て下さるというのに、おことわりするのも悪いと思って、私や園子までお供して来て、それで北さんにご迷惑がかかったのでは、私だって困るわ。」

「それもそうだ。うっかりひとの世話なんか、するもんじゃないね。僕という難物の存在がいけないんだ。全くこんどは北さんもお気の毒だったよ。わざわざこんな遠方へやって来て、僕たちからも、また、兄さんたちからも、そんなに有難がられないと来ちゃ、さんざんだ。僕たちだけでも、ここはなんとかして、北さんのお顔の立つように一工夫しなければならぬところなんだろうけれど、あいにく、そんな力はねえや。下手に出しゃばったら、滅茶々々だ。まあ、しばらくこうして、まごまごしているんだね。お前は病室へ行って、母の足でもさすっていなさい。おふくろの病気、ただ、それだけを考えていればいいんだ。」

妻は、でも、すぐには立ち去ろうとしなかった。暗闇の中に、うなだれて立っている。こんな暗いところに二人いるのを、ひとに見られたら、はなはだ具合いがわるいと思ったので私はソファから身を起して、廊下へ出た。寒気がきびしい。ここは本州の北端だ。廊下のガラス戸越しに、空を眺めても、星一つ無かった。ただ、ものものしく暗い。私は無性《むしょう》に仕事をしたくなった。なんのわけだかわからない。よし、やろう。一途《いちず》に、そんな気持だった。

嫂が私たちをさがしに来た。

「まあ、こんなところに！」明るい驚きの声を挙げて、「ごはんですよ。美知子さ

ん も、一緒にどうぞ。」嫂はもう、私たちに対して何の警戒心も抱いていない様子だった。私にはそれが、ひどくたのもしく思われた。なんでもこの人に相談したら、間違いが無いのではあるまいかと思った。

母屋の仏間に案内された。床の間を背にして、五所川原の先生（叔母の養子）それから北さん、中畑さん、それに向い合って、長兄、次兄、私、美知子と七人だけの座席が設けられていた。

「速達が行きちがいになりまして。」私は次兄の顔を見るなり、思わずそれを言ってしまった。次兄は、ちょっと首肯いた。

北さんは元気が無かった。浮かぬ顔をしていた。酒席にあっては、いつも賑《にぎ》やかな人であるだけに、その夜の浮かぬ顔つきは目立った。やっぱり何かあったのだな、と私は確信した。

それでも、五所川原の先生が、少し酔ってはしゃいでくれたので、座敷は割に陽気だった。私は腕をのばして、長兄にも次兄にもお酌《しゃく》をした。私が兄たちに許されているのか、いないのか、もうそんな事は考えまいと思った。私は一生許される筈はないのだし、また、許してもらおうなんて、虫のいい甘ったれた考えかたは捨てる事だ。結局は私が、兄たちを愛しているか愛していないか、問題はそこだ。愛する者は、さいわいなる哉《かな》。私が兄たちを愛して居ればいいのだ。みれんがましい慾の深い考えかたは捨てる事だ、などと私は独酌で大いに飲みながら、たわいない自問自答をつづけていた。

北さんはその夜、五所川原の叔母の家に泊った。金木の家は病人でごたついているので、北さんは遠慮したのか、とにかく五所川原へ泊る事になったのだ。私は停車場まで北さんを送って行った。

「ありがとうございました。おかげさまでした。」私は心から、それを言った。いま北さんと別れてしまうのは心細かった。これからは誰も私に指図をしてくれる人は無い。「僕たちは今晩、このまま金木へ泊ってもかまわないのですか？」何かと聞いて置きたかった。

「それあ構わないでしょう。」私の気のせいか、少しよそよそしい口調だった。「なにせ、お母さんがあんなにお悪いのですから。」

「じゃ私たちは、もう二、三日、金木の家へ泊めてもらって、――それは図々《ずうずう》しいでしょうか。」

「お母さんの容態に依りますな。とにかく、あした電話で打ち合せましょう。」

「北さんは？」

「あした東京へ帰ります。」

「たいへんですね。去年の夏も、北さんは、すぐにお帰りになったし、ことしこそ、青森の近くの温泉にでも御案内しようと、私たちは準備して来たのですけど。」

「いや、お母さんがあんなに悪いのに、温泉どころじゃありません。じっさい、こんなに容態がお悪くなっているとは思わなかった。案外でした。あなたに払っていただいた汽車賃は、あとで計算しておかえし致しますから。」突然、汽車賃の事など言い出したので、私はまごついた。

「冗談じゃない。お帰りの切符も私が買わなければならないところです。そんな御心配は、よして下さい。」

「いや、はっきり計算してみましょう。中畑さんのところにあずけて置いたあなた達の荷物も、あした早速、中畑さんにたのんで金木のお家へとどけさせる事にしましょう。もう、それで私の用事は無い。」まっくらい路を、どんどん歩いて行く。

「停車場はこっちでしたね？　もう、お見送りは結構ですよ。本当に、もう。」

「北さん！」私は追いすがるように、二、三歩足を早めて、「何か兄さんに言われましたか？」

「いいえ。」北さんは、歩をゆるめて、しんみりした口調で言った。「そんな心配は、もう、なさらないほうがいい。私は今夜は、いい気持でした。文治さんと英治さんとあなたと、立派な子供が三人ならんで坐っているところを見たら、涙が出るほど、うれしかった。もう私は、何も要らない。満足です。私は、はじめから一文の報酬だって望んでいなかった。それは、あなただってご存じでしょう？　私は、ただ、あなた達兄弟三人を並べて坐らせて見たかったのです。いい気持です。満足です。修治さんも、まあ、これからしっかりおやりなさい。私たち老人は、そろそろひっこんでいい頃です。」

北さんを見送って、私は家へ引返した。もうこれからは北さんにたよらず、私が直接、兄たちと話合わなければならぬのだ、と思ったら、うれしさよりも恐怖を感じた。きっとまた、へまな不作法などを演じて、兄たちを怒らせるのではあるまいかという卑屈な不安で一ぱいだった。

家の中は、見舞い客で混雑していた。私は見舞客たちに見られないように、台所のほうから、こっそりはいって、離れの病室へ行きかけて、ふと「常居」の隣りの「小間《こま》」をのぞいて、そこに次兄がひとり坐っているのを見つけ、こわいものに引きずられるように、するすると傍へ行って坐った。内心、少からずビクビクしながら、「お母さんは、どうしても、だめですか？」と言った。いかにも唐突な質問で、自

分ながら、まずいと思った。英治さんは、苦笑を浮べ、ちょっとあたりを見廻してから、

「まあ、こんどは、むずかしいと思わねばいけない。」と言った。そこへ突然、長兄がはいって来た。少しまごついて、あちこち歩きまわって、押入れをあけたりしめたりして、それから、どかと次兄の傍にあぐらをかいた。

「困った、こんどは、困った。」そう言って顔を伏せ、眼鏡を額《ひたい》に押し上げ、片手で両眼をおさえた。

ふと気がつくと、いつの間にか私の背後に、一ばん上の姉が、ひっそり坐っていた。

津軽

津軽の雪

こな雪
つぶ雪
わた雪
みづ雪
かた雪
ざらめ雪
こほり雪
（東奥年鑑より）

序編

或《あ》るとしの春、私は、生れてはじめて本州北端、津軽半島を凡《およ》そ三週間ほどかかって一周したのであるが、それは、私の三十幾年の生涯に於《お》いて、かなり重要な事件の一つであった。私は津軽に生れ、そうして二十年間、津軽に於いて育ちながら、金木《かなぎ》、五所川原《ごしょがわら》、青森、弘前《ひろさき》、浅虫《あさむし》、大鰐《おおわに》、それだけの町を見ただけで、その他の町村に就いては少しも知るところが無かったのである。

金木は、私の生れた町である。津軽平野のほぼ中央に位し、人口五、六千の、これという特徴もないが、どこやら都会ふうにちょっと気取った町である。善く言えば、水のように淡泊《たんぱく》であり、悪く言えば、底の浅い見栄坊《みえぼう》の町という事になっているようである。それから三里ほど南下し、岩木川に沿うて五所川原という町が在る。この地方の産物の集散地で人口も一万以上あるようだ。青森、弘前の両市を除いて、人口一万以上の町は、この辺には他に無い。善く言えば、活気のある町であり、悪く言えば、さわがしい町である。農村の匂いは無く、都会特有の、あの孤独の戦慄《せんりつ》がこれくらいの小さい町にも既に幽《かす》かに忍びいっている模様である。大袈裟《おおげさ》な譬喩《ひゆ》でわれながら閉口して申し上げるのであるが、かりに東京に例をとるならば、金木は小石川であり、五所川原は浅草、といったようなところでもあろうか。ここには、私の叔母がいる。幼少の頃、私は生みの母よりも、この叔母を慕っていたので、実にしばしばこの五所川原の叔母の家へ遊びに来た。私は、中学校にはいるまでは、この五所川原と金木と、二つの町の他は、津軽の町に就いて、ほとんど何も知らなかったと言ってよい。やがて、青森の中学校に入学試験を受けに行く時、それは、わずか三、四時間の旅であった筈《はず》なのに、私にとっては非常な大旅行の感じで、その時の興奮を私は少し脚色して小説にも書いた事があって、その描写は必ずしも事実そのままではなく、かなしいお道化の虚構に満ちてはいるが、けれども、感じは、だいたいあんなものだったと思っている。すなわち、「誰にも知られぬ、このような侘《わ》びしいおしゃれは、年一年と工夫に富み、村の小学校を卒業して馬車にゆられ汽車に乗り十里はなれた県庁所在地の小都会へ、中学校の入学試験を受けるために出掛けたときの、そのときの少年の服装は、あわれに珍妙なものでありました。白いフランネルのシャツは、よっぽど気に入っていたものとみえて、やはり、そのときも着ていました。しかも、こんどのシャツには蝶々《ちようちよう》の翅《はね》のような大きい襟がついていて、その襟を、夏の開襟《かいきん》シャツの襟を背広の上衣《うわぎ》の襟の外側に出してかぶせているのと、そっくり同じ様式で、着物の襟の外側にひっぱり出し、着物の襟に覆いかぶせているのです。なんだか、よだれ掛けのようにも見えます。でも、少年は悲しく緊張して、その風俗が、そっくり貴公子のように見えるだろうと思っていたのです。久留米絣《くるめがすり》に、白っぽい縞《しま》の、短い袴《はかま》をはいて、それから長い靴下、編上のピカピカ光る黒い靴。それからマント。父はすでに歿《ぼつ》し、母は病身ゆえ、少年の身のまわり一切は、やさしい嫂《あによめ》の心づくしでした。少年は、嫂に怜悧《れいり》に甘えて、むりやりシャツの襟を大きくしてもらって、嫂が笑うと本気に怒り、少年の美学が誰にも解せられぬことを涙が出るほど口惜《くや》しく思うのでした。『瀟洒《しようしや》、典雅。』少年の美学の一切は、それに尽きていました。いやいや、生きることのすべて、人生の目的全部がそれに尽きていました。マントは、わざとボタンを掛けず、小さい肩から今にも滑り落ちるように、あやうく羽織って、そうしてそれを小粋《こいき》な業《わざ》だと信じていました。どこから、そんなことを覚えたのでしょう。おしゃれの本能というものは、手本がなくても、おのずから発明するものかも知れません。ほとんど生れてはじめて都会らしい都会に足を踏みこむのでしたから、少年にとっては一世一代の凝《こ》った身なりであったわけです。興奮のあまり、その本州北端の一小都会に着いたとたんに少年の言葉つきまで一変してしまっていたほどでした。かねて少年雑誌で習い覚えてあった東京弁を使いました。けれども宿に落ちつき、その宿の女中たちの言葉を聞くと、ここもやっぱり少年の生れ故郷と全く同じ、津軽弁でありましたので、少年はすこし拍子抜けがしました。生れ故郷と、その小都会とは、十里も離れていないのでした。」

この海岸の小都会は、青森市である。津軽第一の海港にしようとして、外ヶ浜《そとがはま》奉行がその経営に着手したのは寛永《かんえい》元年である。ざっと三百二十年ほど前である。当時、すでに人家が千軒くらいあったという。それから近江《おうみ》、越前、越後、加賀、能《の》登《と》、若狭《わかさ》などとさかんに船で交通をはじめて次第に栄え、外ヶ浜に於いて最も殷賑《いんしん》の要港となり、明治四年の廃藩置県に依《よ》って青森県の誕生すると共に、県庁所在地となっていまは本州の北門を守り、北海道函館との間の鉄道連絡船などの事に到っては知らぬ人もあるまい。現在戸数は二万以上、人口十万を越えている様子であるが、旅人にとっては、あまり感じのいい町では無いようである。たびたびの大火のために家屋が貧弱になってしまったのは致し方が無いとしても、旅人にとって、市の中心部はどこか、さっぱり見当がつかない様子である。奇妙にすすけた無表情の家々が立ち並び、何事も旅人に呼びかけようとはしないようである。旅人は、落ちつかぬ気持で、そそくさとこの町を通り抜ける。けれども私は、この青森市に四年いた。そうして、その四箇年は、私の生涯に於いて、たいへん重大な時期でもあったようである。その頃の私の生活に就いては、「思い出」という私の初期の小説にかなり克明に書かれてある。

「いい成績ではなかったが、私はその春、中学校へ受験して合格した。私は、新しい袴と黒い沓下《くつした》とあみあげの靴をはき、いままでの毛布をよして羅紗《ラシャ》のマントを洒《しゃ》落者《れもの》らしくボタンをかけずに前をあけたまま羽織って、その海のある小都会へ出た。そして私のうちと遠い親戚にあたるそのまちの呉服店で旅装を解いた。入口にちぎれた古いのれんのさげてあるその家へ、私はずっと世話になることになっていたのである。

私は何ごとにも有頂天になり易《やす》い性質を持っているが、入学当時は銭湯へ行くのにも学校の制帽を被《かぶ》り、袴をつけた。そんな私の姿が往来の窓硝子《ガラス》にでも映ると、私は笑いながらそれへ軽く会釈をしたものである。

それなのに、学校はちっとも面白くなかった。校舎は、まちの端《はず》れにあって、しろいペンキで塗られ、すぐ裏は海峡に面したひらたい公園で、浪《なみ》の音や松のざわめきが授業中でも聞えて来て、廊下も広く教室の天井も高くて、私はすべてにいい感じを受けたのだが、そこにいる教師たちは私をひどく迫害したのである。

私は入学式の日から、或る体操の教師にぶたれた。私が生意気だというのであった。この教師は入学試験のとき私の口答試問の係りであったが、お父さんがなくなってよく勉強もできなかったろう、と私に情ふかい言葉をかけて呉《く》れ、私もうなだれて見せたその人であっただけに、私のこころはいっそう傷つけられた。そののちも私は色んな教師にぶたれた。にやにやしているとか、あくびをしたとか、さまざまな理由から罰せられた。授業中の私のあくびは大きいので職員室で評判である、とも言われた。私はそんな莫迦《ばか》げたことを話し合っている職員室を、おかしく思った。

私と同じ町から来ている一人の生徒が、或る日、私を校庭の砂山の陰に呼んで、君の態度はじっさい生意気そうに見える、あんなに殴られてばかりいると落第するにちがいない、と忠告して呉れた。私は愕然《がくぜん》とした。その日の放課後、私は海岸づたいにひとり家路を急いだ。靴底を浪になめられつつ溜息《ためいき》ついて歩いた。洋服の袖で額《ひたい》の汗を拭いていたら、鼠色《ねずみいろ》のびっくりするほど大きい帆がすぐ眼《め》の前をよろよろととおって行った。」

この中学校は、いまも昔と変らず青森市の東端にある。ひらたい公園というのは、合浦《がっぽ》公園の事である。そうしてこの公園は、ほとんど中学校の裏庭と言ってもいいほど、中学校と密着していた。私は冬の吹雪の時以外は、学校の行き帰り、この公園を通り抜け、海岸づたいに歩いた。謂《い》わば裏路《うらみち》である。あまり生徒が歩いていない。私には、この裏路が、すがすがしく思われた。初夏の朝は、殊《こと》によかった。なおまた、私の世話になった呉服店というのは、寺町の豊田家である。二十代ちかく続いた青森市屈指の老舗《しにせ》である。ここのお父さんは先年なくなられたが、私はこのお父さんに実の子以上に大事にされた。忘れる事が出来ない。この二、三年来、私は青森市へ二、三度行ったが、その度毎《ごと》に、このお父さんのお墓へおまいりして、そうして必ず豊田家に宿泊させてもらうならわしである。

「私が三年生になって、春のあるあさ、登校の道すがらに朱で染めた橋のまるい欄干へもたれかかって、私はしばらくぼんやりしていた。橋の下には隅田川《すみだがわ》に似た広い川がゆるゆると流れていた。全くぼんやりしている経験など、それまでの私にはなかったのである。うしろで誰か見ているような気がして、私はいつでも何かの態度をつくっていたのである。私のいちいちのこまかい仕草にも、彼は当惑して掌《て》を眺めた、彼は耳の裏を掻《か》きながら呟《つぶや》いた、などと傍から傍から説明句をつけていたのであるから、私にとって、ふと、とか、われしらず、とかいう動作はあり得なかかったのである。橋の上での放心から覚めたのち、私は寂しさにわくわくした。そんな気持のときには、私もまた、自分の来しかた行末を考えた。橋をかたかた渡りながら、いろんな事を思い出し、また夢想した。そして、おしまいに溜息ついてこう考えた。えらくなれるかしら。

（中略）

なにはさておお前は衆にすぐれていなければいけないのだ、という脅迫めいた考えからであったが、じじつ私は勉強していたのである。三年生になってからは、いつもクラスの首席であった。てんとりむしと言われずに首席となることは困難であったが、私はそのような嘲《あざけ》りを受けなかった許《ばか》りか、級友を手ならす術《すべ》まで心得ていた。蛸《たこ》というあだなの柔道の主将さえ私には従順であった。教室の隅に紙屑入《かみくずいれ》の大きな壺《つぼ》があって、私はときたまそれを指さして、蛸、つぼへはいらないかと言えば、蛸はその壺へ頭をいれて笑うのだ。笑い声が壺に響いて異様な音をたてた。クラスの美少年たちもたいてい私になついていた。私が顔の吹出物へ、三角形や六角形や花の形に切った絆創膏《ばんそうこう》をてんてんと貼り散らしても誰も可笑《おか》しがらなかった程なのである。

私はこの吹出物には心をなやまされた。そのじぶんにはいよいよ数も殖えて、毎朝、眼をさますたびに掌で顔を撫《な》でまわしてその有様をしらべた。いろいろな薬を買ってつけたが、ききめがないのである。私はそれを薬屋へ買いに行くときには、紙きれへその薬の名を書いて、こんな薬がありますかって、と他人から頼まれたふうにして言わなければいけなかったのである。私はその吹出物を欲情の象徴と考えて眼の先が暗くなるほど恥しかった。いっそ死んでやったらと思うことさえあった。私の顔に就いてのうちの人たちの不評判も絶頂に達していた。他家へとついでいた私のいちばん上の姉は、治のところへは嫁に来るひとがあるまい、とまで言っていたそうである。私はせっせと薬をつけた。

弟も私の吹出物を心配して、なんべんとなく私の代りに薬を買いに行って呉れた。私と弟とは子供のときから仲がわるくて、弟が中学へ受験する折にも、私は彼の失敗を願ったほどであったけれど、こうしてふたりで故郷から離れて見ると、私にも弟のよい気質がだんだん判《わか》って来たのである。弟は大きくなるにつれて無口で内気になっていた。私たちの同人雑誌にもときどき小品文を出していたが、みんな気の弱々した文章であった。私にくらべて学校の成績がよくないのを絶えず苦にしていて、私がなぐさめでもするとかえって不気嫌になった。また、自分の額の生えぎわが富士のかたちになって女みたいなのをいまいましがっていた。額がせまいから頭がこんなに悪いのだと固く信じていたのである。私はこの弟にだけはなにもかも許した。私はその頃、人と対するときには、みんな押し隠して了《しま》うか、みんなさらけ出して了うか、どちらかであったのである。私たちはなんでも打ち明けて話した。

秋のはじめの或る月のない夜に、私たちは港の桟橋へ出て、海峡を渡ってくるいい風にはたはたと吹かれながら赤い糸について話合った。それはいつか学校の国語の教師が授業中に生徒へ語って聞かせたことであって、私たちの右足の小指に眼に見えぬ赤い糸がむすばれていて、それがするすると長く伸びて一方の端がきっと或る女の子のおなじ足指にむすびつけられているのである。ふたりがどんなに離れていてもその糸は切れない、どんなに近づいても、たとい往来で逢《あ》っても、その糸はこんぐらかることがない、そうして私たちはその女の子を嫁にもらうことにきまっているのである。私はこの話をはじめて聞いたときには、かなり興奮して、うちへ帰ってからもすぐ弟に物語ってやったほどであった。私たちはその夜も、波の音や、かもめの声に耳傾けつつ、その話をした。お前のワイフは今ごろどうしてるべなあ、と弟に聞いたら、弟は桟橋のらんかんを二三度両手でゆりうごかしてから、庭あるいてる、ときまり悪げに言った。大きい庭下駄《にわげた》をはいて、団扇《うちわ》をもって、月見草を眺めている少女は、いかにも弟と似つかわしく思われた。私のを語る番であったが、私は真暗い海に眼をやったまま、赤い帯しめての、とだけ言って口を噤《つぐ》んだ。海峡を渡って来る連絡船が、大きい宿屋みたいにたくさんの部屋部屋へ黄色いあかりをともして、ゆらゆらと水平線から浮んで出た。」

この弟は、それから二、三年後に死んだが、当時、私たちは、この桟橋に行く事を好んだ。冬、雪の降る夜も、傘をさして弟と二人でこの桟橋に行った。深い港の海に、雪がひそひそ降っているのはいいものだ。最近は青森港も船舶輻湊《ふくそう》して、この桟橋も船で埋って景色どころではない。それから、隅田川に似た広い川というのは、青森市の東部を流れる堤川の事である。すぐに青森湾に注ぐ。川というものは、海に流れ込む直前の一箇所で、奇妙に躊躇《ちゆうちよ》して逆流するかのように流れが鈍くなるものである。私はその鈍い流れを眺めて放心した。きざな譬《たと》え方をすれば、私の青春も川から海へ流れ込む直前であったのであろう。青森に於ける四年間は、その故に、私にとって忘れがたい時期であったとも言えるであろう。青森に就いての思い出は、だいたいそんなものだが、この青森市から三里ほど東の浅虫という海岸の温泉も、私には忘れられない土地である。やはりその「思い出」という小説の中に次のような一節がある。

「秋になって、私はその都会から汽車で三十分くらいかかって行ける海岸の温泉地へ、弟をつれて出掛けた。そこには、私の母と病後の末の姉とが家を借りて湯治《とうじ》していたのだ。私はずっとそこへ寝泊りして、受験勉強をつづけた。私は秀才というぬきさしならぬ名誉のために、どうしても、中学四年から高等学校へはいって見せなければならなかったのである。私の学校ぎらいはその頃になって、いっそうひどかったのであるが、何かに追われている私は、それでも一途《いちず》に勉強していた。私はそこから汽車で学校へかよった。日曜毎に友人たちが遊びに来るのだ。私は友人たちと必ずピクニックにでかけた。海岸のひらたい岩の上で、肉鍋をこさえ、葡萄酒《ぶどうしゅ》をのんだ。弟は声もよくて多くのあたらしい歌を知っていたから、私たちはそれらを弟に教えてもらって、声をそろえて歌った。遊びつかれてその岩の上で眠って、眼がさめると潮が満ちて陸つづきだった筈のその岩が、いつか離れ島になっているので、私たちはまだ夢から醒《さ》めないでいるような気がするのである。」

いよいよ青春が海に注ぎ込んだね、と冗談を言ってやりたいところでもあろうか。この浅虫の海は清冽《せいれつ》で悪くは無いが、しかし、旅館は、必ずしもよいとは言えない。寒々した東北の漁村の趣《おもむき》は、それは当然の事で、決してとがむべきではないが、それでいて、井の中の蛙《かわず》が大海を知らないみたいな小さい妙な高慢を感じて閉口したのは私だけであろうか。自分の故郷の温泉であるから、思い切って悪口を言うのであるが、田舎のくせに、どこか、すれているような、妙な不安が感ぜられてならない。私は最近、この温泉地に泊った事はないけれども、宿賃が、おやと思うほど高くなかったら幸いである。これは明らかに私の言いすぎで、私は最近に於いてここに宿泊した事は無く、ただ汽車の窓からこの温泉町の家々を眺め、そうして貧しい芸術家の小さい勘《かん》でものを言っているだけで、他には何の根拠も無いのであるから、私は自分のこの直覚を読者に押しつけたくはないのである。むしろ読者は、私の直覚など信じないほうがいいかも知れない。浅虫も、いまは、つつましい保養の町として出発し直しているに違いないと思われる。ただ、青森市の血気さかんな粋客たちが、或る時期に於いて、この寒々した温泉地を奇怪に高ぶらせ、宿の女将《おかみ》をして、熱海《あたみ》、湯河原《ゆがわら》の宿もまたまさにかくの如《ごと》きかと、茅屋《ぼうおく》にいて浅墓《あさはか》の幻影に酔わせた事があるのではあるまいかという疑惑がちらと脳裡《のうり》をかすめて、旅のひねくれた貧乏文士は、最近たびたび、この思い出の温泉地を汽車で通過しながら、敢《あ》えて下車しなかったというだけの話なのである。

津軽に於いては、浅虫温泉は最も有名で、つぎは大鰐温泉という事になるのかも知れない。大鰐は、津軽の南端に近く、秋田との県境に近いところに在って、温泉よりも、スキイ場のために日本中に知れ渡っているようである。山麓の温泉である。ここには、津軽藩の歴史のにおいが幽かに残っていた。私の肉親たちは、この温泉地へも、しばしば湯治に来たので、私も少年の頃あそびに行ったが、浅虫ほど鮮明な思い出は残っていない。けれども、浅虫のかずかずの思い出は、鮮やかであると同時に、その思い出のことごとくが必ずしも愉快とは言えないのに較《くら》べて、大鰐の思い出は霞《かす》んではいても懐しい。海と山の差異であろうか。私はもう、二十年ちかくも大鰐温泉を見ないが、いま見ると、やはり浅虫のように都会の残杯冷炙《ざんぱいれいしゃ》に宿酔《しゅくすい》してあれている感じがするであろうか。私には、それは、あきらめ切れない。ここは浅虫に較べて、東京方面との交通の便は甚だ悪い。そこが、まず、私にとってたのみの綱である。また、この温泉のすぐ近くに碇ヶ関《いかりがせき》というところがあって、そこは旧藩時代の津軽秋田間の関所で、したがってこの辺には史蹟も多く、昔の津軽人の生活が根強く残っているに相違ないのだから、そんなに易々《やすやす》と都会の風に席巻《せっけん》されようとは思われぬ。さらにまた、最後のたのみの大綱は、ここから三里北方に弘前城が、いまもなお天守閣をそっくり残して、年々歳々、陽春には桜花に包まれその健在を誇っている事である。この弘前城が控えている限り、大鰐温泉は都会の残《ざん》瀝《れき》をすすり悪酔いするなどの事はあるまいと私は思い込んでいたいのである。

　弘前城。ここは津軽藩の歴史の中心である。津軽藩祖大浦為信《ためのぶ》は、関ヶ原の合戦に於いて徳川方に加勢し、慶長八年、徳川家康将軍宣下《せんげ》と共に、徳川幕下の四万七千石の一侯伯《こうはく》となり、ただちに弘前高岡に城池の区劃《くかく》をはじめて、二代藩主津軽信牧《のぶひら》の時に到り、ようやく完成を見たのが、この弘前城であるという。それより代々の藩主この弘前城に拠《よ》り、四代信政《のぶまさ》の時、一族の信英《のぶふさ》を黒石に分家させて、弘前、黒石の二藩にわかれて津軽を支配し、元禄七名君の中の巨擘《きよはく》とまでうたわれた信政の善政は大いに津軽の面目をあらたにしたけれども、七代信寧《のぶやす》の宝暦ならびに天明の大飢饉《ききん》は津軽一円を凄惨《せいさん》な地獄と化せしめ、藩の財政もまた窮乏の極度に達し、前途暗憺《あんたん》たるうちにも、八代信明《のぶあきら》、九代寧親《やすちか》は必死に藩勢の回復をはかり、十一代順承《ゆきつぐ》の時代に到ってからくも危機を脱し、つづいて十二代承昭《つぐあきら》の時代に、めでたく藩籍を奉還し、ここに現在の青森県が誕生したという経緯は、弘前城の歴史であると共にまた、津軽の歴史の大略でもある。津軽の歴史に就いては、また後のペエジに於いて詳述するつもりであるが、いまは、弘前に就いての私の昔の思い出を少し書いて、この津軽の序編を結ぶ事にする。

私は、この弘前の城下に三年いたのである。弘前高等学校の文科に三年いたのであるが、その頃、私は大いに義太夫《ぎだゆう》に凝っていた。甚だ異様なものであった。学校からの帰りには、義太夫の女師匠の家へ立寄って、さいしょは朝顔日記であったろうか、何が何やら、いまはことごとく忘れてしまったけれども、野崎村、壺坂《つぼさか》、それから紙治《かみじ》など一とおり当時は覚え込んでいたのである。どうしてそんな、がらにも無い奇怪な事をはじめたのか。私はその責任の全部を、この弘前市に負わせようとは思わないが、しかし、その責任の一斑は弘前市に引受けていただきたいと思っている。義太夫が、不思議にさかんなまちなのである。ときどき素人の義太夫発表会が、まちの劇場でひらかれる。私も、いちど聞きに行ったが、まちの旦那たちが、ちゃんと裃《かみしも》を着て、真面目に義太夫を唸《うな》っている。いずれもあまり、上手ではなかったが、少しも気障《きざ》なところが無く、頗《すこぶ》る良心的な語り方で、大真面目に唸っている。青森市にも昔から粋人が少くなかったようであるが、芸者たちから、兄さんうまいわね、と言われたいばかりの端唄《はうた》の稽古、または、自分の粋人振りを政策やら商策やらの武器として用いている抜け目のない人さえあるらしく、つまらない芸事に何という事もなく馬鹿な大汗をかいて勉強致しているこの様な可憐《かれん》な旦那は、弘前市の方に多く見かけられるように思われる。つまり、この弘前市には、未《いま》だに、ほんものの馬鹿者が残っているらしいのである。永慶軍記《えいけいぐんき》という古書にも、「奥羽両州の人の心、愚にして、威強き者にも随《したが》う事を知らず、彼は先祖の敵なるぞ、是《これ》は賤《いや》しきものなるぞ、ただ時の武運つよくして、威勢にほこる事にこそあれ、とて、随わず。」という言葉が記されているそうだが、弘前の人には、そのような、ほんものの馬鹿意地があって、負けても負けても強者にお辞儀をする事を知らず、自《じ》矜《きょう》の孤高を固守して世のもの笑いになるという傾向があるようだ。私もまた、ここに三年いたおかげで、ひどく懐古的になって、義太夫に熱中してみたり、また、次のような浪曼性を発揮するような男になった。次の文章は、私の昔の小説の一節であって、やはりおどけた虚構には違いないのであるが、しかし、凡その雰囲気に於いては、まずこんなものであった、と苦笑しながら白状せざるを得ないのである。

「喫茶店で、葡萄酒飲んでいるうちは、よかったのですが、そのうちに割烹《かっぽう》店へ、のこのこはいっていって芸者と一緒に、ごはんを食べることなど覚えたのです。少年はそれを別段、わるいこととも思いませんでした。粋な、やくざなふるまいは、つねに最も高尚な趣味であると信じていました。城下まちの、古い静かな割烹店へ、二度、三度、ごはんを食べに行っているうちに、少年のお洒落の本能はまたもむっくり頭をもたげ、こんどは、それこそ大変なことになりました。芝居で見た『め組の喧嘩《けんか》』の鳶《とび》の者の服装して、割烹店の奥庭に面したお座敷で大あぐらかき、おう、ねえさん、きょうはめっぽう、きれえじゃねえか、などと言ってみたく、ワクワクしながら、その服装の準備にとりかかりました。紺《こん》の腹掛《はらがけ》。あれは、すぐ手にはいりました。あの腹掛のドンブリに、古風な財布をいれて、こう懐手して歩くと、いっぱしの、やくざに見えます。角帯《かくおび》も買いました。締め上げるときゅっと鳴る博多の帯です。唐桟《とうざん》の単衣《ひとえ》を一まい呉服屋さんにたのんで、こしらえてもらいました。鳶の者だか、ばくち打ちだか、お店《たな》ものだか、わけのわからぬ服装になってしまいました。統一が無いのです。とにかく、芝居に出て来る人物の印象を与えるような服装だったら、少年はそれで満足なのでした。初夏のころで、少年は素足に麻裏草《ぞう》履《り》をはきました。そこまではよかったのですが、ふと少年は妙なことを考えました。それは股引《ももひき》に就いてでありました。紺の木綿のピッチリした長股引を、芝居の鳶の者が、はいているようですけれど、あれを欲しいと思いました。ひょっとこめ、と言って、ぱっと裾をさばいて、くるりと尻をまくる。あのときに紺の股引が眼にしみるほど引き立ちます。さるまた一つでは、いけません。少年は、その股引を買い求めようと、城下まちを端から端まで走り廻《まわ》りました。どこにも無いのです。あのね、ほら、あの左官屋さんなんか、はいているじゃないか、ぴちっとした紺の股引さ、あんなの無いかしら、ね、と懸命に説明して、呉服屋さん、足袋屋さんに聞いて歩いたのですが、さあ、あれは、いま、と店の人たち笑いながら首を振るのでした。もう、だいぶ暑いころで、少年は、汗だくで捜し廻り、とうとう或る店の主人から、それは、うちにはございませぬが、横丁まがると消防のもの専門の家がありますから、そこへ行ってお聞きになると、ひょっとしたらわかるかも知れません、といいこと教えられ、なるほど消防とは気がつかなかった。鳶の者と言えば、火消しのことで、いまで言えば消防だ、なるほど道理だ、と勢い附《づ》いて、その教えられた横丁の店に飛び込みました。店には大小の消火ポンプが並べられてありました。纏《まとい》もあります。なんだか心細くなって、それでも勇気を鼓舞して、股引ありますか、と尋ねたら、あります、と即座に答えて持って来たものは、紺の木綿の股引には、ちがい無いけれども、股引の両外側に太く消防のしるしの赤線が縦にずんと引かれていました。流石《さすが》にそれをはいて歩く勇気も無く、少年は淋《さび》しく股引をあきらめる他なかったのです。」

さすがの馬鹿の本場に於いても、これくらいの馬鹿は少かったかも知れない。書き写しながら作者自身、すこし憂鬱になった。この、芸者たちと一緒にごはんを食べた割烹店の在る花街を、榎《えのき》小路、とは言わなかったかしら。何しろ二十年ちかく昔の事であるから、記憶も薄くなってはっきりしないが、お宮の坂の下の、榎小路、というところだったと覚えている。また、紺の股引を買いに汗だくで歩き廻ったところは、土手《どて》町という城下に於いて最も繁華な商店街である。それらに較べると、青森の花街の名は、浜町である。その名に個性がないように思われる。弘前の土手町に相当する青森の商店街は、大町と呼ばれている。これも同様のように思われる。ついでだから、弘前の町名と、青森の町名とを次に列記してみよう。この二つの小都会の性格の相違が案外はっきりして来るかも知れない。本町、在府《ざいふ》町、土手町、住吉町、桶屋《おけや》町、銅屋《どうや》町、茶畑町、代官町、萱《かや》町、百石町、上鞘師《さやし》町、下鞘師町、鉄砲町、若党町、小人《こびと》町、鷹匠《たかじょう》町、五十石町、紺屋町、などというのが弘前市の街の名である。それに較べて、青森市の街々の名は、次のようなものである。浜町、新浜町、大町、米町、新町、柳町、寺町、堤町、塩町、蜆貝《しじみがい》町、新蜆貝町、浦町、浪打、栄町。

けれども私は、弘前市を上等のまち、青森市を下等のまちだと思っているのでは決してない。鷹匠町、紺屋町などの懐古的な名前は何も弘前市にだけ限った町名ではなく、日本全国の城下まちに必ず、そんな名前の町があるものだ。なるほど弘前市の岩木山は、青森市の八甲田山よりも秀麗である。けれども、津軽出身の小説の名手、葛西《かさい》善蔵氏は、郷土の後輩にこう言って教えている。「自惚《うぬぼ》れちゃいけないぜ。岩木山が素晴らしく見えるのは、岩木山の周囲に高い山が無いからだ。他の国に行ってみろ。あれくらいの山は、ざらにあら。周囲に高い山がないから、あんなに有難く見えるんだ。自惚れちゃいけないぜ。」

歴史を有する城下町は、日本全国に無数と言ってよいくらいにたくさんあるのに、どうして弘前の城下町の人たちは、あんなに依怙地《いこじ》にその封建性を自慢みたいにしているのだろう。ひらき直って言うまでも無い事だが、九州、西国、大和《やまと》などに較べると、この津軽地方などは、ほとんど一様に新開地と言ってもいいくらいのものなのだ。全国に誇り得るどのような歴史を有しているのか。近くは明治御維新の時だって、この藩からどのような勤皇家が出たか。藩の態度はどうであったか。露骨に言えば、ただ、他藩の驥尾《きび》に附して進退しただけの事ではなかったか。どこにいったい誇るべき伝統があるのだ。けれども弘前人は頑固に何やら肩をそびやかしている。そうして、どんなに勢強きものに対しても、かれは賤《いや》しきものなるぞ、ただ時の運つよくして威勢にほこる事にこそあれ、とて、随わぬのである。この地方出身の陸軍大将一戸《いちのへ》兵衛閣下は、帰郷の時には必ず、和服にセルの袴であったという話を聞いている。将星《しょうせい》の軍装で帰郷するならば、郷里の者たちはすぐさま目をむき肘《ひじ》を張り、彼なにほどの者ならん、ただ時の運つよくして、などと言うのがわかっていたから、賢明に、帰郷の時は和服にセルの袴ときめて居られたというような話を聞いたが、全部が事実で無いとしても、このような伝説が起るのも無理がないと思われるほど、弘前の城下の人たちには何が何やらわからぬ稜々《りょうりょう》たる反骨があるようだ。何を隠そう、実は、私にもそんな仕末のわるい骨が一本あって、そのためばかりでもなかろうが、まあ、おかげで未だにその日暮しの長屋住居から浮かび上る事が出来ずにいるのだ。数年前、私は或る雑誌社から「故郷に贈る言葉」を求められて、その返答に曰《いわ》く、

汝《なんじ》を愛し、汝を憎む。

だいぶ弘前の悪口を言ったが、これは弘前に対する憎悪ではなく、作者自身の反省である。私は津軽の人である。私の先祖は代々、津軽藩の百姓であった。謂わば純血種の津軽人である。だから少しも遠慮無く、このように津軽の悪口を言うのである。他国の人が、もし私のこのような悪口を聞いて、そうして安易に津軽を見くびったら、私はやっぱり不愉快に思うだろう。なんと言っても、私は津軽を愛しているのだから。

弘前市。現在の戸数は一万、人口は五万余。弘前城と、最勝院の五重塔とは、国宝に指定せられている。桜の頃の弘前公園は、日本一と田山花袋《かたい》が折紙をつけてくれているそうだ。弘前師団の司令部がある。お山参詣と言って、毎年陰暦七月二十八日より八月一日に到る三日間、津軽の霊峰岩木山の山頂奥宮に於けるお祭りに参詣する人、数万、参詣の行き帰り躍りながらこのまちを通過し、まちは殷賑《いんしん》を極め

る。旅行案内記には、まずざっとそのような事が書かれてある。けれども私は、弘前市を説明するに当って、それだけでは、どうしても不服なのである。それゆえ、あれこれと年少の頃の記憶をたどり、何か一つ、弘前の面目を躍如たらしむるものを描写したかったのであるが、どれもこれも、たわい無い思い出ばかりで、うまくゆかず、とうとう自分にも思いがけなかったひどい悪口など出て来て、作者みずから途方に暮れるばかりである。私はこの旧津軽藩の城下まちに、こだわりすぎているのだ。ここは私たち津軽人の窮極の魂の拠りどころでなければならぬ筈なのに、どうも、それにしては、私のこれまでの説明だけでは、この城下まちの性格が、まだまだあいまいである。桜花に包まれた天守閣は、何も弘前城に限った事ではない。日本全国たいていのお城は桜花に包まれているではないか。その桜花に包まれた天守閣が傍に控えているからとて、大鰐温泉が津軽の匂いを保守できるとは、きまっていないではないか。弘前城が控えている限り、大鰐温泉は都会の残瀝をすすり悪酔いするなどの事はあるまい、とついさっき、ばかに調子づいて書いた筈だが、いろいろ考えて、考えつめて行くと、それもただ、作者の美文調のだらしない感傷にすぎないような気がして来て、何もかも、たよりにならず、心細くなるばかりである。いったいこの城下まちは、だらしないのだ。旧藩主の代々のお城がありながら、県庁を他の新興のまちに奪われている。日本全国、たいていの県庁所在地は、旧藩の城下まちである。青森県の県庁を、弘前市でなく、青森市に持って行かざるを得なかったところに、青森県の不幸があったとさえ私は思っている。私は決して青森市を特にきらっているわけではない。新興のまちの繁栄を見るのも、また爽快《そうかい》である。私は、ただ、この弘前市の負けていながら、のほほん顔でいるのが歯がゆいのである。負けているものに、加勢したいのは自然の人情である。私は何とかして弘前市の肩を持ってやりたく、まったく下手な文章ながら、あれこれと工夫して努めて書いて来たのであるが、弘前市の決定的な美点、弘前城の独得の強さを描写する事はついに出来なかった。重ねて言う。ここは津軽人の魂の拠りどころである。何かある筈である。日本全国、どこを捜しても見つからぬ特異の見事な伝統がある筈である。私はそれを、たしかに予感しているのであるが、それが何であるか、形にあらわして、はっきりこれと読者に誇示できないのが、くやしくてたまらない。このの、もどかしさ。

あれは春の夕暮だったと記憶しているが、弘前高等学校の文科生だった私は、ひとりで弘前城を訪れ、お城の広場の一隅に立って、岩木山を眺望したとき、ふと脚下に、夢の町がひっそりと展開しているのに気がつき、ぞっとした事がある。私はそれまで、この弘前城を、弘前のまちのはずれに孤立しているものだとばかり思っていたのだ。けれども、見よ、お城のすぐ下に、私のいままで見た事もない古雅な町が、何百年も昔のままの姿で小さい軒を並べ、息をひそめてひっそりうずくまっていたのだ。ああ、こんなところにも町があった。年少の私は夢を見るような気持で思わず深い溜息をもらしたのである。万葉集などによく出て来る「隠沼《こもりぬ》」というような感じである。私は、なぜだか、その時、弘前を、津軽を、理解したような気がした。この町の在る限り、弘前は決して凡庸のまちでは無いと思った。とは言っても、これもまた私の、いい気な独り合点で、読者には何の事やらおわかりにならぬかも知れないが、弘前城はこの隠沼を持っているから稀代《きたい》の名城なのだ、といまになっては私も強引に押切るより他はない。隠沼のほとりに万朶《ばんだ》の花が咲いて、そうして白壁の天守閣が無言で立っているとしたら、その城は必ず天下の名城にちがいない。そうして、その名城の傍の温泉も、永遠に淳朴《じゆんぼく》の気風を失う事は無いであろうと、ちかごろの言葉で言えば「希望的観測」を試みて、私はこの愛する弘前城と訣別《けつべつ》する事にしよう。思えば、おのれの肉親を語る事が至難な業であると同様に、故郷の核心を語る事も容易に出来る業ではない。ほめていいのか、けなしていいのか、わからない。私はこの津軽の序編に於いて、金木、五所川原、青森、弘前、浅虫、大鰐に就いて、私の年少の頃の思い出を展開しながら、また、身のほど知らぬ冒瀆《ぼうとく》の批評の蕪辞《ぶじ》をつらねたが、果して私はこの六つの町を的確に語り得たか、どうか、それを考えると、おのずから憂鬱にならざるを得ない。罪万死に当るべき暴言を吐いているかも知れない。この六つの町は、私の過去に於いて最も私と親しく、私の性格を創成し、私の宿命を規定した町であるから、かえって私はこれらの町に就いて盲目なところがあるかも知れない。これらの町を語るに当って、私は決して適任者ではなかったという事を、いま、はっきり自覚した。以下、本編に於いて私は、この六つの町に就いて語る事は努めて避けたい気持である。私は、他の津軽の町を語ろう。

或るとしの春、私は、生れてはじめて本州北端、津軽半島を凡そ三週間ほどかかって一周したのであるが、という序編の冒頭の文章に、いよいよこれから引返して行くわけであるが、私はこの旅行に依って、まったく生れてはじめて他の津軽の町村を見たのである。それまでは私は、本当に、あの六つの町の他は知らなかったのである。小学校の頃、遠足に行ったり何かして、金木の近くの幾つかの部落を見た事はあったが、それは現在の私に、なつかしい思い出として色濃く残ってはいないのである。中学時代の暑中休暇には、金木の生家に帰っても、二階の洋室の長椅子に寝ころび、サイダーをがぶがぶラッパ飲みしながら、兄たちの蔵書を手当り次第に読み散らして暮し、どこへも旅行に出なかったし、高等学校時代には、休暇になると必ず東京の、すぐ上の兄（この兄は彫刻を学んでいたが、二十七歳で死んだ）その兄の家へ遊びに行ったし、高等学校を卒業と同時に東京の大学へ来て、それっきり十年も故郷へ帰らなかったのであるから、このたびの津軽旅行は、私にとって、なかなか重大の事件であったと言わざるを得ない。

私はこのたびの旅行で見て来た町村の、地勢、地質、天文、財政、沿革、教育、衛生などに就いて、専門家みたいな知ったかぶりの意見は避けたいと思う。私がそれを言ったところで、所詮《しょせん》は、一夜勉強の恥ずかしい軽薄の鍍金《めっき》である。それらに就いて、くわしく知りたい人は、その地方の専門の研究家に聞くがよい。私には、また別の専門科目があるのだ。世人は仮りにその科目を愛と呼んでいる。人の心と人の心の触れ合いを研究する科目である。私はこのたびの旅行に於いて、主としてこの一科目を追及した。どの部門から追及しても、結局は、津軽の現在生きている姿を、そのまま読者に伝える事が出来たならば、昭和の津軽風土記として、まずまあ、及第ではなかろうかと私は思っているのだが、ああ、それが、うまくゆくといいけれど。

本編

一　巡礼

「ね、なぜ旅に出るの？」

「苦しいからさ。」

「あなたの（苦しい）は、おきまりで、ちっとも信用できません。」

「正岡子規三十六、尾崎紅葉《こうよう》三十七、斎藤緑雨《りょくう》三十八、国木田独歩三十八、長塚節《たかし》三十七、芥川龍之介三十六、嘉村礒多《かむらいそた》三十七。」

「それは、何の事なの？」

「あいつらの死んだとしさ。ばたばた死んでいる。おれもそろそろ、そのとしだ。作家にとって、これくらいの年齢の時が、一ばん大事で、」

「そうして、苦しい時なの？」

「何を言ってやがる。ふざけちゃいけない。お前にだって、少しは、わかっている筈《はず》だがね。もう、これ以上は言わん。言うと、気障《きざ》になる。おい、おれは旅に出るよ。」

私もいい加減にとしをとったせいか、自分の気持の説明などは、気障な事のように思われて、（しかも、それは、たいていありふれた文学的な虚飾なのだから）何も言いたくないのである。

津軽の事を書いてみないか、と或《あ》る出版社の親しい編輯者《へんしゆうしや》に前から言われていたし、私も生きているうちに、いちど、自分の生れた地方の隅々まで見て置きたくて、或る年の春、乞食《こじき》のような姿で東京を出発した。

五月中旬の事である。乞食のような、という形容は、多分に主観的の意味で使用したのであるが、しかし、客観的に言ったって、あまり立派な姿ではなかった。私には背広服が一着も無い。勤労奉仕の作業服があるだけである。それも仕立屋に特別に注文して作らせたものではなかった。有り合せの木綿の布切を、家の者が紺色に染めて、ジャンパーみたいなものと、ズボンみたいなものにでっち上げた何だか合点のゆかない見馴《みな》れぬ型の作業服なのである。染めた直後は、布地の色もたしかに紺であった筈だが、一、二度着て外へ出たら、たちまち変色して、むらさきみたいな妙な色になった。むらさきの洋装は、女でも、よほどの美人でなければ似合わない。私はそのむらさきの作業服に緑色のスフのゲートルをつけて、ゴム底の白いズックの靴をはいた。帽子は、スフのテニス帽。あの洒落者《しやれもの》が、こんな姿で旅に出るのは、生れてはじめての事であった。けれども流石《さすが》に背中のリュックサックには、母の形見を縫い直して仕立てた縫紋の一重羽織と大島の袷《あわせ》、それから仙台平の袴《はかま》を忍ばせていた。いつ、どんな事があるかもわからない。

十七時三十分上野発の急行列車に乗ったのだが、夜のふけると共に、ひどく寒くなって来た。私は、そのジャンパーみたいなものの下に、薄いシャツを二枚着ているだけなのである。ズボンの下には、パンツだけだ。冬の外套《がいとう》を着て、膝掛けなどを用意して来ている人さえ、寒い、今夜はまたどうしたのかへんに寒い、と騒いでいる。私にも、この寒さは意外であった。東京ではその頃すでに、セルの単衣《ひとえ》を着て歩いている気早やな人もあったのである。私は、東北の寒さを失念していた。私は手足を出来るだけ小さくちぢめて、それこそ全く亀縮《かめちぢみ》の形で、ここだ、心頭滅却の修行はここだ、と自分に言い聞かせてみたけれども、暁に及んでいよいよ寒く、心頭滅却の修行もいまはあきらめて、ああ早く青森に着いて、どこかの宿で炉辺に大あぐらをかき、熱燗《あつかん》のお酒を飲みたい、と頗《すこぶ》る現実的な事を一心に念ずる下品な有様となった。青森には、朝の八時に着いた。T君が駅に迎えに来ていた。私が前もって手紙で知らせて置いたのである。

「和服でおいでになると思っていました。」

「そんな時代じゃありません。」私は努めて冗談めかしてそう言った。

T君は、女のお子さんを連れて来ていた。ああ、このお子さんにお土産を持って来ればよかったと、その時すぐに思った。

「とにかく、私の家へちょっとお寄りになってお休みになったら？」

「ありがとう。きょうおひる頃までに、蟹田《かにた》のN君のところへ行こうと思っているんだけど。」

「存じて居《お》ります。Nさんから聞きました。Nさんも、お待ちになっているようです。とにかく、蟹田行のバスが出るまで、私の家で一休みしたらいかがです。」

炉辺に大あぐらをかき熱燗のお酒を、という私のけしからぬ俗な念願は、奇蹟《きせき》的に実現せられた。T君の家では囲炉裏にかんかん炭火がおこって、そうして鉄瓶には一本お銚子《ちょうし》がいれられていた。

「このたびは御苦労さまでした。」とT君は、あらたまって私にお辞儀をして、「ビールのほうが、いいんでしたかしら。」

「いや、お酒が。」私は低く咳《せき》ばらいした。

T君は昔、私の家にいた事がある。おもに鶏舎の世話をしていた。私と同じとしだったので、仲良く遊んだ。「女中たちを呶鳴《どな》り散らすところが、あれの悪いような善いようなところだ」とその頃、祖母がT君を批評して言ったのを私は聞いて覚えている。のちT君は青森に出て来て勉強して、それから青森市の或る病院に勤めて、患者からも、また病院の職員たちからも、かなり信頼されていた様子である。先年出征して、南方の孤島で戦い、病気になって昨年帰還し、病気をなおしてまた以前の病院につとめているのである。

「戦地で一ばん、うれしかった事は何かね。」

「それは、」T君は言下に答えた。「戦地で配給のビールをコップに一ぱい飲んだ時です。大事に大事に少しずつ吸い込んで、途中でコップを唇から離して一息つこうと思ったのですが、どうしてもコップが唇から離れないのですね。どうしても離れないのです。」

T君もお酒の好きな人であった。けれども、いまは、少しも飲まない。そうして時々、軽く咳をしている。

「どうだね、からだのほうは。」T君はずっと以前に一度、肋膜《ろくまく》を病んだ事があって、こんどそれが戦地で再発したのである。

「こんどは銃後の奉公です。病院で病人の世話をするには、自分でも病気でいちど苦しんでみなければ、わからないところがあります。こんどは、いい体験を得ました。」

「さすがに人間ができて来たようだね。じっさい、胸の病気なんてものは、」と私は、少し酔って来たので、おくめんも無く医者に医学を説きはじめた。「精神の病気なんだ。忘れちまえば、なおるもんだ。たまには大いに酒でも飲むさ。」

「ええ、まあ、ほどよくやっています。」と言って、笑った。私の乱暴な医学は、本職にはあまり信用されないようであった。

「何か召上りませんか。青森にも、このごろは、おいしいおさかなが少くなって。」

「いや、ありがとう。」私は傍のお膳をぼんやり眺めながら、「おいしそうなものばかりじゃないか。手数をかけるね。でも、僕は、そんなにたべたくないんだ。」

こんど津軽へ出掛けるに当って、心にきめた事が一つあった。それは、食い物に淡泊なれ、という事であった。私は別に聖者でもなし、こんな事を言うのは甚だてれくさいのであるが、東京の人は、どうも食い物をほしがりすぎる。私は自身古くさい人間のせいか、武士は食わねど高楊枝《たかようじ》などという、ちょっとやけくそにも似たあの馬鹿々々しい痩せ我慢の姿を滑稽に思いながらも愛しているのである。何もことさらに楊枝まで使ってみせなくてもよさそうに思われるのだが、そこが男の意地である。男の意地というものは、とかく滑稽な形であらわれがちのものである。東京の人の中には、意地も張りも無く、地方へ行って、自分たちはいまほとんど餓死せんばかりの状態なのです、とひどく大袈裟《おおげさ》に窮状を訴え、そうして田舎の人の差し出す白米のごはんなどを拝んで食べて、お追従《ついしょう》たらたら、何かもっと食べるものはありませんか、おいもですか、そいつは有難い、幾月ぶりでこんなおいしいおいもを食べる事でしょう、ついでに少し家へ持って帰りたいのですけれども、わけていただけませんでしょうかしら、などと満面に卑屈の笑いを浮べて歎願する人がたまにあるとかいう噂《うわさ》を聞いた。東京の人みなが、確実に同量の食料の配給を受けている筈である。その人ひとりが、特別に餓死せんばかりの状態なのは奇怪である。或《あ》るいは胃拡張なのかも知れないが、とにかく食べ物の哀訴歎願は、みっともない。お国のため、などと開き直った事は言わずとも、いつの世だって、人間としての誇りは持ち堪《こた》えていたいものだ。東京の少数の例外者が、地方へ行って、ひどく出鱈《でたら》目《め》に帝都の食料不足を訴えるので、地方の人たちは、東京から来た客人を、すべて食べものをあさりに来たものとして軽蔑して取扱うようになったという噂も聞いた。私は津軽へ、食べものをあさりに来たのではない。姿こそ、むらさき色の乞食にも似ているが、私は真理と愛情の乞食だ、白米の乞食ではない！　と東京の人全部の名誉のためにも、演説口調できざな大見得《おおみえ》を切ってやりたいくらいの決意をひめて津軽へ来たのだ。もし、誰か私に向って、さあさ、このごはんは白米です、おなかが破れるほど食べて下さい、東京はひどいって話じゃありませんか、としんからの好意を以《もっ》て言ってくれても、私は軽く一ぱいだけ食べて、そうしてこう言おうと思っていた。「なれたせいか、東京のごはんのほうがおいしい。副食物だって、ちょうど無くなったと思った頃に、ちゃんと配給があります。いつのまにやら胃腑《いのふ》が撤収して小さくなっているので、少したべると満腹します。よくしたもんですよ。」けれども私のそんなひねくれた用心は、まったく無駄であった。私は津軽のあちこちの知合いの家を訪れたが、一人として私に、白いごはんですよ、腹の破れるほど食い溜《た》めなさいなどと言ってくれた人は無かった。殊にも、私の生家の八十八歳の祖母などに至っては、「東京は、おいしいものが何でもあるところだから、お前に、何かおいしいものを食べさせようと思っても困ってしまうな。瓜《うり》の粕漬《かすづけ》でも食べさせたいが、どうしたわけだか、このごろ酒粕もとんと無いてば。」と面目なさそうに言うので、私は実に幸福な気がした。謂《い》わば私は、食べ物などの事にはあまり敏感でないおっとりした人たちとばかり逢《あ》ったのである。私は自分の幸運を神に感謝した。あれも持って行け、これも持って行け、と私に食料品のお土産をしつこく押しつけた人も無かった。おかげで私は軽いリュックサックを背負って気楽に旅をつづける事が出来たのであるが、けれども帰京してみると、私の家には、それぞれの旅先の優しい人たちからの小包が、私よりもさきに一ぱいとどいていたので呆《ぼう》然《ぜん》とした。それは余談だが、とにかく、T君もそれ以上私に食べものをすすめはしなかったし、東京の食べ物はどんな工合であるかなどという事は、一ぺんも話題にのぼらなかった。おもな話題は、やはり、むかし二人が金木《かなぎ》の家で一緒に遊んだ頃の思い出であった。

「僕は、しかし君を、親友だと思っているんだぜ。」実に乱暴な、失敬な、いやみったらしく気障ったらしい芝居気たっぷりの、思い上った言葉である。私は言ってしまって身悶《みもだ》えした。他に言いかたが無いものか。

「それは、かえって愉快じゃないんです。」T君も敏感に察したようである。「私は金木のあなたの家に仕えた者です。そうして、あなたは御主人です。そう思っていただかないと、私は、うれしくないんです。へんなものですね。あれから二十年も経《た》っていますけれども、いまでもしょっちゅう金木のあなたの家の夢を見るんです。戦地でも見ました。鶏に餌をやる事を忘れた、しまった！　と思って、はっと夢から醒《さ》める事があります。」

バスの時間が来た。私はT君と一緒に外へ出た。もう寒くはない。お天気はいいし、それに、熱燗のお酒も飲んだし、寒いどころか、額に汗がにじみ出て来た。合浦《がっぽ》公園の桜は、いま、満開だという話であった。青森市の街路は白っぽく乾いて、いや、酔眼に映った出鱈目な印象を述べる事は慎しもう。青森市は、いま造船で懸命なのだ。途中、中学時代に私がお世話になった豊田のお父さんのお墓におまいりして、バスの発着所にいそいだ。どうだね、君も一緒に蟹田へ行かないか、と昔の私ならば、気軽に言えたのでもあろうが、私も流石にとしをとって少しは遠慮という事を覚えて来たせいか、それとも、いや、気持のややこしい説明はよそう。つまり、お互い、大人になったのであろう。大人というものは侘《わび》しいものだ。愛し合っていても、用心して、他人行儀を守らなければならぬ。なぜ、用心深くしなければならぬのだろう。その答は、なんでもない。見事に裏切られて、赤恥をかいた事が多すぎたからである。人は、あてにならない、という発見は、青年の大人に移行する第一課である。大人とは、裏切られた青年の姿である。私は黙って歩いていた。突然、T君のほうから言い出した。

「私は、あした蟹田へ行きます。あしたの朝、一番のバスで行きます。Nさんの家で逢いましょう。」

「病院のほうは？」

「あしたは日曜です。」

「なあんだ、そうか。早く言えばいいのに。」

私たちには、まだ、たわいない少年の部分も残っていた。

二　蟹田

津軽半島の東海岸は、昔から外ヶ浜《そとがはま》と呼ばれて船舶の往来の繁盛だったところである。青森市からバスに乗って、この東海岸を北上すると、後潟《うしろがた》、蓬田《よもぎた》、蟹田《かにた》、平館《たいらだて》、一本木、今別《いまべつ》、等の町村を通過し、義経《よしつね》の伝説で名高い三厩《みんまや》に到着する。所要時間、約四時間である。三厩はバスの終点である。三厩から浪打際《なみうちぎわ》の心細い路《みち》を歩いて、三時間ほど北上すると、竜飛《たっぴ》の部落にたどりつく。文字どおり、路の尽きる個所である。ここの岬は、それこそ、ぎりぎりの本州の北端である。けれども、この辺は最近、国防上なかなか大事なところであるから、里数その他、具体的な事に就いての記述は、いっさい避けなければならぬ。とにかく、この外ヶ浜一帯は、津軽地方に於《お》いて、最も古い歴史の存するところなのである。そうして蟹田町は、その外ヶ浜に於いて最も大きい部落なのだ。青森市からバスで、後潟、蓬田を通り、約一時間半、とは言ってもまあ二時間ちかくで、この町に到着する。所謂《いわゆる》、外ヶ浜の中央部である。戸数は一千に近く、人口は五千をはるかに越えている様子である。ちかごろ新築したばかりらしい蟹田警察署は、外ヶ浜全線を通じていちばん堂々として目立つ建築物の一つであろう。蟹田、蓬田、平館、一本木、今別、三厩、つまり外ヶ浜の部落全部が、ここの警察署の管轄区域になっている。竹内運平という弘前の人の著した「青森県通史」に依《よ》れば、この蟹田の浜は、昔は砂鉄の産地であったとか、いまは全く産しないが、慶長年間、弘前城築城の際には、この浜の砂鉄を精錬して用いたそうで、また、寛文九年の蝦夷蜂起《えぞほうき》の時には、その鎮圧のための大船五艘《そう》を、この蟹田浜で新造した事もあり、また、四代藩主信政《のぶまさ》の、元禄年間には、津軽九浦の一つに指定せられ、ここに町奉行を置き、主として木材輸出の事を管せしめた由であるが、これらの事は、すべて私があとで調べて知った事で、それまでは私は、蟹田は蟹の名産地、そうして私の中学時代の唯一の友人のN君がいるという事だけしか知らなかったのである。私がこんど津軽を行脚《あんぎゃ》するに当って、N君のところへも立寄ってごやっかいになりたく、前もってN君に手紙を差し上げたが、その手紙にも、「なんにも、おかまい下さるな。あなたは、知らん振りをしていて下さい。お出迎えなどは、決して、しないで下さい。でも、リンゴ酒と、それから蟹だけは。」というような事を書いてやった筈《はず》で、食べものには淡泊なれ、という私の自戒も、蟹だけには除外例を認めていたわけである。私は蟹が好きなのである。どうしてだか好きなのである。蟹、蝦《えび》、しゃこ、何の養分にもならないような食べものばかり好きなのである。それから好むものは、酒である。飲食に於いては何の関心も無かった筈の、愛情と真理の使徒も、話ここに到って、はしなくも生来の貪《どん》婪《らん》性の一端を暴露しちゃった。

蟹田のN君の家では、赤い猫脚の大きいお膳に蟹を小山のように積み上げて私を待ち受けてくれていた。

「リンゴ酒でなくちゃいけないかね。日本酒も、ビールも駄目かね。」と、N君は、言いにくそうにして言うのである。

駄目どころか、それはリンゴ酒よりいいにきまっているのであるが、しかし、日本酒やビールの貴重な事は「大人」の私は知っているので、遠慮して、リンゴ酒と手紙に書いたのである。津軽地方には、このごろ、甲州に於ける葡萄酒《ぶどうしゅ》のように、リンゴ酒が割合い豊富だという噂《うわさ》を聞いていたのだ。

「それあ、どちらでも。」私は複雑な微笑をもらした。

N君は、ほっとした面持で、

「いや、それを聞いて安心した。僕は、どうも、リンゴ酒は好きじゃないんだ。実はね、女房の奴《やつ》が、君の手紙を見て、これは太宰が東京で日本酒やビールを飲みあきて、故郷の匂いのするリンゴ酒を一つ飲んでみたくて、こう手紙にも書いているのに相違ないから、リンゴ酒を出しましょうと言うのだが、僕はそんな筈は無い、あいつがビールや日本酒をきらいになった筈は無い、あいつは、がらにも無く遠慮をしているのに違いないと言ったんだ。」

「でも、奥さんの言も当っていない事はないんだ。」

「何を言ってる。もう、よせ。日本酒をさきにしますか？　ビール？」

「ビールは、あとのほうがいい。」私も少し図々《ずうずう》しくなって来た。

「僕もそのほうがいい。おうい、お酒だ。お燗《かん》がぬるくてもかまわないから、すぐ持って来てくれ。」

　何《いず》れの処か酒を忘れ難き。天涯旧情を話す。

　青雲倶《とも》に達せず、白髪逓《たがい》に相驚く。

　二十年前に別れ、三千里外に行く。

此時《この》一盞《いっさん》無くんば、何を以《もっ》てか平生を叙せん。（白居易）

私は、中学時代には、よその家へ遊びに行った事は絶無であったが、どういうわけか、同じクラスのN君のところへは、実にしばしば遊びに行った。N君はその頃、寺町の大きい酒屋の二階に下宿していた。私たちは毎朝、誘い合って一緒に登校した。そうして、帰りには裏路の、海岸伝いにぶらぶら歩いて、雨が降っても、あわてて走ったりなどはせず、全身濡《ぬ》れ鼠《ねずみ》になっても平気で、ゆっくり歩いた。いま思えば二人とも、頗《すこぶ》る鷹揚《おうよう》に、抜けたようなところのある子であった。そこが二人の友情の鍵かも知れなかった。私たちはお寺の前の広場で、ランニングをしたり、テニスをしたり、また日曜には弁当を持って近くの山へ遊びに行った。「思い出」という私の初期の小説の中に出て来る「友人」というのはたいていこのN君の事なのである。N君は中学校を卒業してから、東京へ出て、或《あ》る雑誌社に勤めたようである。私はN君よりも二、三年おくれて東京へ出て、大学に籍を置いたが、その時からまた二人の交遊は復活した。N君の当時の下宿は池袋で、私の下宿は高田馬場であったが、しかし、私たちはほとんど毎日のように逢《あ》って遊んだ。こんどの遊びは、テニスやランニングではなかった。N君は、雑誌社をよして、保険会社に勤めたが、何せ鷹揚な性質なので、私と同様、いつも人にだまされてばかりいたようである。

けれども私は、人にだまされる度毎《ごと》に少しずつ暗い卑屈な男になって行ったが、N君はそれと反対に、いくらだまされても、いよいよのんきに、明るい性格の男になって行くのである。N君は不思議な男だ、ひがまないのが感心だ、あの点は祖先の遺徳と思うより他はない、と口の悪い遊び仲間も、その素直さには一様に敬服していた。N君は、中学時代にも金木《かなぎ》の私の生家に遊びに来た事はあるが、東京に来てからも、戸塚の私のすぐの兄の家へ、ちょいちょい遊びに来て、そうして、この兄が二十七で死んだ時には、勤めを休んでいろいろの用事をしてくれて、私の肉親たち皆に感謝された。そのうちにN君は、田舎の家の精米業を継がなければならなくなって帰郷した。家業を継いでからも、その不思議な人徳に依り、町の青年たちの信頼を得て、二、三年前、蟹田の町会議員に選ばれ、また青年団の分団長だの、何とか会の幹事だのいろいろな役を引き受けて、今では蟹田の町になくてならぬ男の一人になっている模様なのである。その夜も、N君の家へこの地方の若い顔役が二、三人あそびに来て一緒にお酒やビールを飲んだけれども、N君の人気はなかなかのものらしく、やはり一座の花形であった。芭蕉《ばしよう》翁の行脚掟《あんぎやおきて》として世に伝えられているものの中に、一、好みて酒を飲むべからず、饗応《きようおう》により固辞しがたくとも微醺《びくん》にして止《や》むべし、乱に及ばずの禁あり、という一箇条があったようであるが、あの、論語の酒無量不及乱という言葉は、酒はいくら飲んでもいいが失礼な振舞いをするな、という意味に私は解しているので、敢《あ》えて翁の教えに従おうともしないのである。泥酔などして礼を失しない程度ならば、いいのである。当り前の話ではないか。私はアルコールには強いのである。芭蕉翁の数倍強いのではあるまいかと思われる。よその家でごちそうになって、そうして乱に及ぶなどという、それほどの馬鹿ではないつもりだ。此時一盞無くんば、何を以てか平生を叙せん、である。私は大いに飲んだ。なおまた翁の、あの行脚掟の中には、一、俳諧《はいかい》の外、雑話すべからず、雑話出ずれば居眠りして労を養うべし、という条項もあったようであるが、私はこの掟にも従わなかった。芭蕉翁の行脚は、私たち俗人から見れば、ほとんど蕉風宣伝のための地方御出張ではあるまいかと疑いたくなるほど、旅の行く先々に於いて句会をひらき蕉風地方支部をこしらえて歩いている。俳諧の聴講生に取りまかれている講師ならば、それは俳諧の他の雑話を避けて、そうして雑話が出たら狸寝入《たぬきねい》りをしようが何をしようが勝手であろうが、私の旅は、何も太宰風の地方支部をこしらえるための旅ではなし、N君だってまさか私から、文学の講義を聞こうと思って酒《しゅ》蓆《せき》をもうけたわけじゃあるまいし、また、その夜、N君のお家へ遊びに来られた顔役の人たちだって、私がN君の昔からの親友であるという理由で私にも多少の親しみを感じてくれて、盃《さかずき》の献酬《けんしゅう》をしているというような実情なのだから、私が開き直って、文学精神の在りどころを説き来り説き去り、しこうして、雑談いずれば床柱を背にして狸寝入りをするというのは、あまりおだやかな仕草ではないように思われる。私はその夜、文学の事は一言も語らなかった。東京の言葉さえ使わなかった。かえって気障《きざ》なくらいに努力して、純粋の津軽弁で話をした。そうして日常瑣事《さじ》の世俗の雑談ばかりした。そんなにまでして勤めなくともいいのにと、酒席の誰かひとりが感じたに違いないと思われるほど、私は津軽の津島のオズカスとして人に対した。（津島修治というのは、私の生れた時からの戸籍名であって、また、オズカスというのは叔父糟という漢字でもあてはめたらいいのであろうか、三男坊や四男坊をいやしめて言う時に、この地方ではその言葉を使うのである。）こんどの旅に依って、私をもういちど、その津島のオズカスに還元させようという企画も、私に無いわけではなかったのである。都会人としての私に不安を感じて、津軽人としての私をつかもうとする念願である。言いかたを変えれば、津軽人とは、どんなものであったか、それを見極めたくて旅に出たのだ。私の生きかたの手本とすべき純粋の津軽人を捜し当てたくて津軽へ来たのだ。そうして私は、実に容易に、随所に於いてそれを発見した。誰がどうというのではない。乞食《こじき》姿の貧しい旅人には、そんな思い上った批評はゆるされない。それこそ、失礼きわまる事である。私はまさか個人々々の言動、または私に対するもてなしの中に、それを発見しているのではない。そんな探偵みたいな油断のならぬ眼《め》つきをして私は旅をしていなかったつもりだ。私はたいていうなだれて、自分の足もとばかり見て歩いていた。けれども自分の耳にひそひそと宿命とでもいうべきものを囁《ささや》かれる事が実にしばしばあったのである。私はそれを信じた。私の発見というのは、そのように、理由も形も何も無い、ひどく主観的なものなのである。誰がどうしたとか、どなたが何とおっしゃったとか、私はそれには、ほとんど何もこだわるところが無かったのである。それは当然の事で、私などには、それにこだわる資格も何も無いのであるが、とにかく、現実は、私の眼中に無かった。「信じるところに現実はあるのであって、現実は決して人を信じさせる事が出来ない。」という妙な言葉を、私は旅の手帖《てちょう》に、二度も繰り返して書いていた。

慎しもうと思いながら、つい、下手な感懐を述べた。私の理論はしどろもどろで、自分でも、何を言っているのか、わからない場合が多い。嘘《うそ》を言っている事さえある。だから、気持の説明は、いやなのだ。何だかどうも、見え透いたまずい虚飾を行っているようで、慚愧《ざんき》赤面するばかりだ。かならず後悔ほぞを噛《か》むと知っていながら、興奮するとつい、それこそ「廻《まわ》らぬ舌に鞭《むち》打ち鞭打ち」口をとがらせて呶々《どど》と支離滅裂の事を言い出し、相手の心に軽蔑どころか、憐憫《れんびん》の情をさえ起させてしまうのは、これも私の哀しい宿命の一つらしい。

その夜は、しかし、私はそのような下手な感懐をもらす事はせず、芭蕉翁の遺訓にはそむいているようだったけれども、居眠りもせず大いに雑談にのみ打興じ、眼前に好物の蟹の山を眺めて夜の更けるまで飲みつづけた。N君の小柄でハキハキした奥さんは、私が蟹の山を眺めて楽しんでいるばかりで一向に手を出さないのを見てとり、これは蟹をむいてたべるのを大儀がっているのに違いないとお思いになった様子で、ご自分でせっせと蟹を器用にむいて、その白い美しい肉をそれぞれの蟹の甲羅《こうら》につめて、フルウツ何とかという、あの、果物の原形を保持したままの香り高い涼しげな水菓子みたいな体裁にして、いくつもいくつも私にすすめた。おそらくは、けさ、この蟹田浜からあがったばかりの蟹なのであろう。もぎたての果実のように新鮮な軽い味である。私は、食べ物に無関心たれという自戒を平気で破って、三つも四つも食べた。この夜、奥さんは、来る人来る人みんなにお膳を差し上げて、この土地の人でさえ、そのお膳の料理の豊潤に驚いていたくらいであった。顔役のお客さんたちが帰ってしまうと、私とN君は奥の座敷から茶の間へ酒席を移して、アトフキをはじめた。アトフキというのは、この津軽地方に於いて、祝言か何か家に人寄せがあった場合、お客が皆かえった後で、身内の少数の者だけが、その残肴《ざんこう》を集めてささやかにひらく慰労の宴の事であって、或《ある》いは「後引《あとひ》き」の訛《なまり》かも知れない。N君は私よりも更にアルコールには強いたちなので、私たちは共に、乱に及ぶ憂いは無かったが、

「しかし、君も、」と私は、深い溜息《ためいき》をついて、「相変らず、飲むなあ。何せ僕の先生なんだから、無理もないけど。」

僕に酒を教えたのは、実に、このN君なのである。それは、たしかに、そうなのである。

「うむ。」とN君は盃を手にしたままで、真面目に首肯《うなず》き、「僕だって、ずいぶんその事に就いては考えているんだぜ。君が酒で何か失敗みたいな事をやらかすたんびに、僕は責任を感じて、つらかったよ。でもね、このごろは、こう考え直そうと努めているんだ。あいつは、僕が教えなくたって、ひとりで、酒飲みになった奴に違いない。僕の知った事ではないと。」

「ああ、そうなんだ。そのとおりなんだ。君に責任なんかありゃしないよ。全く、そのとおりなんだ。」

やがて奥さんも加り、お互いの子供の事など語り合って、しんみり、アトフキをやっているうちに、突如、鶏鳴あかつきを告げたので、大いに驚いて私は寝所へ引上げた。

翌《あく》る朝、眼をさますと、青森市のT君の声が聞えた。約束どおり、朝の一番のバスでやって来てくれたのだ。私はすぐにはね起きた。T君がいてくれると、私は、何だか安心で、気強いのである。T君は、青森の病院の、小説の好きな同僚の人をひとり連れて来ていた。また、その病院の蟹田分院の事務長をしているSさんという人も一緒に来ていた。私が顔を洗っている間に、三厩の近くの今別から、Mさんという小説の好きな若い人も、私が蟹田に来る事をN君からでも聞いていたらしく、はにかんで笑いながらやって来られた。Mさんは、N君とも、またT君とも、Sさんとも旧知の間柄のようである。これから、すぐ皆で、蟹田の山へ花見に行こうという相談が、まとまった様子である。

観瀾山《かんらんざん》。私はれいのむらさきのジャンパーを着て、緑色のゲートルをつけて出掛けたのであるが、そのようなものものしい身支度をする必要は全然なかった。その山は、蟹田の町はずれにあって、高さが百メートルも無いほどの小山なのである。けれども、この山からの見はらしは、悪くなかった。その日は、まぶしいくらいの上天気で、風は少しも無く、青森湾の向うに夏泊《なつとまり》岬が見え、また、平館海峡をへだてて下北半島が、すぐ真近かに見えた。東北の海と言えば、南方の人たちは或いは、どす暗く険悪で、怒濤逆巻《どとうさかま》く海を想像するかも知れないが、この蟹田あたりの海は、ひどく温和でそうして水の色も淡く、塩分も薄いように感ぜられ、磯の香さえほのかである。雪の溶け込んだ海である。ほとんどそれは湖水に似ている。深さなどに就いては、国防上、言わぬほうがいいかも知れないが、浪は優しく砂浜を嬲《なぶ》っている。そうして海浜のすぐ近くに網がいくつも立てられていて、蟹をはじめ、イカ、カレイ、サバ、イワシ、鱈《たら》、アンコウ、さまざまの魚が四季を通じて容易に捕獲できる様子である。この町では、いまも昔と変らず、毎朝、さかなやがリヤカーにさかなを一ぱい積んで、イカにサバだじゃあ、アンコウにアオバだじゃあ、スズキにホッケだじゃあ、と怒っているような大声で叫んで、売り歩いているのである。そうして、この辺のさかなやは、その日にとれたさかなばかりを売り歩いて、前日の売れ残りは一さい取扱わないようである。よそへ送ってしまうのかも知れない。だから、この町の人たちは、その日にとれた生きたさかなばかり食べているわけであるが、しかし、海が荒れたりなどしてたった一日でも漁の無かった時には、町中に一尾のなまざかなも見当らず、町の人たちは、干物と山菜で食事をしている。

これは、蟹田に限らず、外ヶ浜一帯のどの漁村でも、また、外ヶ浜だけとも限らず、津軽の西海岸の漁村に於いても、全く同様である。蟹田はまた、頗る山菜にめぐまれているところのようである。蟹田は海岸の町ではあるが、また、平野もあれば、山もある。津軽半島の東海岸は、山がすぐ海岸に迫っているので、平野は乏しく、山の斜面に田や畑を開墾しているところも少くない状態なので、山を越えて津軽半島西部の広い津軽平野に住んでいる人たちは、この外ヶ浜地方を、カゲ（山の陰《かげ》の意）と呼んで、多少、あわれんでいる傾向が無いわけでもないように思われる。けれども、この蟹田地方だけは、決して西部に劣らぬ見事な沃野《よくや》を持っているのだ。西部の人たちに、あわれまれていると知ったら、蟹田の人たちは、くすぐったく思うだろう。蟹田地方には、蟹田川という水量ゆたかな温和な川がゆるゆると流れていて、その流域に田畑が広く展開しているのである。ただこの地方には、東風も、西風も強く当るので不作のとしも少くないようであるが、しかし、西部の人たちが想像しているほど、土地が痩せてはいないのである。観瀾山から見下すと、水量たっぷりの蟹田川が長蛇《ちょうだ》の如《ごと》くうねって、その両側に一番打のすんだ水田が落ちつき払って控えていて、ゆたかな、たのもしい景観をなしている。山は奥羽山脈の支脈の梵珠《ぼんじゅ》山脈である。この山脈は津軽半島の根元から起ってまっすぐに北進して半島の突端の竜飛岬まで走って海にころげ落ちる。二百メートルから三、四百メートルくらいの低い山々が並んで、観瀾山からほぼまっすぐ西に青く聳《そび》えている大倉岳は、この山脈に於いて増川岳などと共に最高の山の一つなのであるが、それとて、七百メートルあるかないかくらいのものなのである。けれども、山高きが故に貴からず、樹木あるが故に貴し、とか、いやに興覚めなハッキリした事を断言してはばからぬ実利主義者もあるのだから、津軽の人たちは、敢えてその山脈の低きを恥じる必要もあるまい。この山脈は、全国有数の扁柏《ひば》の産地である。その古い伝統を誇ってよい津軽の産物は、扁柏である。林檎《りんご》なんかじゃないんだ。林檎なんてのは、明治初年にアメリカ人から種をもらって試植し、それから明治二十年代に到ってフランスの宣教師からフランス流の剪定《せんてい》法を教わって、俄然《がぜん》、成績を挙げ、それから地方の人たちもこの林檎栽培にむきになりはじめて、青森名産として全国に知られたのは、大正にはいってからの事で、まさか、東京の雷おこし、桑名《くわな》の焼はまぐりほど軽薄な「産物」でも無いが、紀州の蜜柑《みかん》などに較《くら》べると、はるかに歴史は浅いのである。関東、関西の人たちは、津軽と言えばすぐに林檎を思い出し、そうしてこの扁柏林に就いては、あまり知らないように見受けられる。青森県という名もそこから起ったのではないかと思われるほど、津軽の山々には樹木が枝々をからませ合って冬もなお青く繁《しげ》っている。昔から、日本三大森林地の一つとして数えられているようであって、昭和四年版の日本地理風俗大系にも、「そもそも、この津軽の大森林は遠く津軽藩祖為信《ためのぶ》の遺業に因し、爾来《じらい》、厳然たる制度の下に今日なおその鬱蒼《うつそう》をつづけ、そうしてわが国の模範林制と呼ばれている。はじめ天和、貞享《じょうきょう》の頃、津軽半島地方に於いて、日本海岸の砂丘数里の間に植林を行い、もって潮風を防ぎ、またもって岩木川下流地方の荒蕪《こうぶ》開拓に資した。爾来、藩にてはこの方針を襲い、鋭意植林に努めた結果、寛永年間にはいわゆる屏風《びょうぶ》樹林の成木を見て、またこれに依って耕地八千三百余町歩の開墾を見るに到った。それより、藩内の各地は頻《しき》りに造林につとめ、百有余所の大藩有林を設けるに及んだ。かくて明治時代に到っても、官庁は大いに林政に注意し、青森県扁柏林の好評は世に嘖々《さくさく》として聞える。けだしこの地方の材質は、よく各種の建築土木の用途に適し、殊に水湿に耐える特性を有すると、材木の産出の豊富なると、またその運搬に比較的便利なるとをもって重宝がられ、年産額八十万石。」と記されてあるが、これは昭和四年版であるから、現在の産額はその三倍くらいになっていると思われる。けれども、以上は、津軽地方全体の扁柏林に就いての記述であって、これを以って特別に蟹田地方だけの自慢となす事は出来ないが、しかし、この観瀾山から眺められるこんもり繁った山々は、津軽地方に於いても最もすぐれた森林地帯で、れいの日本地理風俗大系にも、蟹田川の河口の大きな写真が出ていて、そうして、その写真には、「この蟹田川附近には日本三美林の称ある扁柏の国有林があり、蟹田町はその積出港としてなかなか盛んな港で、ここから森林鉄道が海岸を離れて山に入り、毎日多くの材木を積んでここに運び来るのである。この地方の木材は良質でしかも安価なので知られている。」という説明が附せられてある。蟹田の人たちは誇らじと欲するも得べけんやである。しかも、この津軽半島の脊梁《せきりよう》をなす梵珠山脈は、扁柏ばかりでなく、杉、山毛欅《ぶな》、楢《なら》、桂《かつら》、橡《とち》、カラ松などの木材も産し、また、山菜の豊富を以て知られているのである。半島の西部の金木地方も、山菜はなかなか豊富であるが、この蟹田地方も、ワラビ、ゼンマイ、ウド、タケノコ、フキ、アザミ、キノコの類が、町のすぐ近くの山麓から実に容易にとれるのである。このように蟹田町は、田あり畑あり、海の幸、山の幸にも恵まれて、それこそ鼓腹撃壌《こふくげきじよう》の別天地のように読者には思われるだろうが、しかし、この観瀾山から見下した蟹田の町の気配は、何か物憂い。活気が無いのだ。いままで私は蟹田をほめ過ぎるほど、ほめて書いて来たのであるから、ここらで少し、悪口を言ったって、蟹田の人たちはまさか私を殴りやしないだろうと思われる。蟹田の人たちは温和である。温和というのは美徳であるが、町をもの憂くさせるほど町民が無気力なのも、旅人にとっては心細い。天然の恵みが多いという事は、町勢にとって、かえって悪い事ではあるまいかと思わせるほど、蟹田の町は、おとなしく、しんと静まりかえっている。河口の防波堤も半分つくりかけて投げ出したような形に見える。家を建てようとして地ならしをして、それっきり、家を建てようともせずその赤土の空地にかぼちゃなどを植えている。観瀾山から、それが全部見えるというわけではないが、蟹田には、どうも建設の途中で投げ出した工事が多すぎるように思われる。町政の溌剌《はつらつ》たる推進をさまたげる妙な古陋《ころう》の策動屋みたいなものがいるんじゃないか、と私はN君に尋ねたら、この若い町会議員は苦笑して、よせ、よせ、と言った。つつしむべきは士族の商法、文士の政談。私の蟹田町政に就いての出しゃばりの質問は、くろうとの町会議員の憫笑《びんしょう》を招来しただけの馬鹿らしい結果に終った。それに就いて、すぐ思い出される話はドガの失敗談である。フランス画壇の名匠エドガア・ドガは、かつてパリーの或る舞踊劇場の廊下で、偶然、大政治家クレマンソオと同じ長椅子に腰をおろした。ドガは遠慮も無く、かねて自己の抱懐していた高邁《こうまい》の政治談をこの大政治家に向って開陳した。「私が、もし、宰相となったならば、ですね、その責任の重大を思い、あらゆる恩愛のきずなを断ち切り、苦行者の如《ごと》く簡易質素の生活を選び、役所のすぐ近くのアパートの五階あたりに極めて小さい一室を借り、そこには一脚のテーブルと粗末な鉄の寝台があるだけで、役所から帰ると深夜までそのテーブルに於いて残務の整理をし、睡魔の襲うと共に、服も靴もぬがずに、そのままベッドにごろ寝をして、翌る朝、眼が覚めると直ちに立って、立ったまま鶏卵とスープを喫し、鞄《かばん》をかかえて役所へ行くという工合の生活をするに違いない！」と情熱をこめて語ったのであるが、クレマンソオは一言も答えず、ただ、なんだか全く呆《あき》れはてたような軽蔑の眼つきで、この画壇の巨匠の顔を、しげしげと見ただけであったという。ドガ氏も、その眼つきには参ったらしい。よっぽど恥かしかったと見えて、その失敗談は誰にも知らせず、十五年経《た》ってから、彼の少数の友人の中でも一ばんのお気に入りだったらしいヴァレリィ氏にだけ、こっそり打ち明けたのである。十五年というひどく永い年月、ひた隠しに隠していたところを見ると、さすが傲慢不遜《ごうまんふそん》の名匠も、くろうと政治家の無意識な軽蔑の眼つきにやられて、それこそ骨のずいまでこたえたものがあったのであろうと、そぞろ同情の念の胸にせまり来るを覚えるのである。とかく芸術家の政治談は、怪我《けが》のもとである。ドガ氏がよいお手本である。一個の貧乏文士に過ぎない私は、観瀾山の桜の花や、また津軽の友人たちの愛情に就いてだけ語っているほうが、どうやら無難のようである。

その前日には西風が強く吹いて、N君の家の戸障子をゆすぶり、「蟹田ってのは、風の町だね」と私は、れいの独《ひと》り合点の卓説を吐いたりなどしていたものだが、きょうの蟹田町は、前夜の私の暴論を忍び笑うかのような、おだやかな上天気である。そよとの風も無い。観瀾山の桜は、いまが最盛期らしい。静かに、淡く咲いている。爛漫《らんまん》という形容は、当っていない。花弁も薄くすきとおるようで、心細く、いかにも雪に洗われて咲いたという感じである。違った種類の桜かも知れないと思わせる程である。ノヴァリスの青い花も、こんな花を空想して言ったのではあるまいかと思わせるほど、幽《かす》かな花だ。私たちは桜花の下の芝生にあぐらをかいて坐《すわ》って、重箱をひろげた。これは、やはり、N君の奥さんのお料理である。他に、蟹とシャコが、大きい竹の籠《かご》に一ぱい。それから、ビール。私はいやしく見られない程度に、シャコの皮をむき、蟹の脚をしゃぶり、重箱のお料理にも箸をつけた。重箱のお料理の中では、ヤリイカの胴にヤリイカの透明な卵をぎゅうぎゅうつめ込んで、そのままお醤油《しようゆ》の附焼《つけや》きにして輪切りにしてあったのが、私にはひどくおいしかった。帰還兵のT君は、暑い暑いと言って上衣《うわぎ》を脱ぎ半裸体になって立ち上り、軍隊式の体操をはじめた。タオルの手拭いで向う鉢巻きをしたその黒い顔は、ちょっとビルマのバーモオ長官に似ていた。その日、集った人たちは、情熱の程度に於いてはそれぞれ少しずつ相違があったようであるが、何か小説に就いての述懐を私から聞き出したいような素振りを見せた。私は問われただけの事は、ハッキリ答えた。「問に答えざるはよろしからず」というれいの芭蕉翁の行脚の掟にしたがったわけであるが、しかし、他のもっと重大な箇条には見事にそむいてしまった。一、他の短を挙げて、己が長を顕《あらわ》すことなかれ。人を譏《そし》りておのれに誇るは甚だいやし。私はその、甚だいやしい事を、やっちゃった。芭蕉だって、他門の俳諧の悪口は、チクチク言ったに違いないのであるが、けれども流石《さすが》に私みたいに、たしなみも何も無く、眉をはね上げ口を曲げ、肩をいからして他の小説家を罵倒するなどというあさましい事はしなかったであろう。私は、にがにがしくも、そのあさましい振舞いをしてしまったのである。日本の或る五十年配の作家の仕事に就いて問われて、私は、そんなによくはない、とつい、うっかり答えてしまったのである。最近、その作家の過去の仕事が、どういうわけか、畏敬に近いくらいの感情で東京の読書人にも迎えられている様子で、神様、という妙な呼び方をする者なども出て来て、その作家を好きだと告白する事は、その読書人の趣味の高尚を証明するたずきになるというへんな風潮さえ瞥見《べっけん》せられて、それこそ、贔屓《ひいき》の引きだおしと言うもので、その作家は大いに迷惑して苦笑しているのかも知れないが、しかし、私はかねてその作家の奇妙な勢威を望見して、れいの津軽人の愚昧《ぐまい》なる心から、「かれは賤《いや》しきものなるぞ、ただ時の武運つよくして云々《うんぬん》」と、ひとりで興奮して、素直にその風潮に従う事は出来なかった。そうして、このごろに到って、その作家の作品の大半をまた読み直してみて、うまいなあ、とは思ったが、格別、趣味の高尚は感じなかった。かえって、エゲツナイところに、この作家の強みがあるのではあるまいかと思ったくらいであった。書かれてある世界もケチな小市民の意味も無く気取った一喜一憂である。作品の主人公は、自分の生き方に就いてときどき「良心的」な反省をするが、そんな箇所は特に古くさく、こんなイヤミな反省ならば、しないほうがよいと思われるくらいで、「文学的」な青臭さから離れようとして、かえって、それにはまってしまっているようなミミッチイものが感ぜられた。ユウモアを心掛けているらしい箇所も、意外なほどたくさんあったが、自分を投げ出し切れないものがあるのか、つまらぬ神経が一本ビクビク生きているので読者は素直に笑えない。貴族的、という幼い批評を耳にした事もあったが、とんでもない事で、それこそ贔屓の引きだおしである。貴族というものは、だらしないくらい闊達《かったつ》なものではないかと思われる。フランス革命の際、暴徒たちが王の居室にまで乱入したが、その時、フランス国王ルイ十六世、暗愚なりと雖《いえど》も、からから笑って矢庭《やにわ》に暴徒のひとりから革命帽を奪いとり、自分でそれをひょいとかぶって、フランス万歳、と叫んだ。血に飢えたる暴徒たちも、この天衣無縫の不思議な気品に打たれて、思わず王と共に、フランス万歳を絶叫し、王の身体には一指も触れずにおとなしく王の居室から退去したのである。まことの貴族には、このような無邪気なつくろわぬ気品があるものだ。口をひきしめて襟元をかき合せてすましているのは、あれは、貴族の下男によくある型だ。貴族的なんて、あわれな言葉を使っちゃいけない。

その日、蟹田の観瀾山で一緒にビールを飲んだ人たちも、たいていその五十年配の作家の心酔者らしく、私に対して、その作家の事ばかり質問するので、とうとう私も芭蕉翁の行脚の掟を破って、そのような悪口を言い、言いはじめたら次第に興奮して来て、それこそ眉をはね上げ口を曲げる結果になって、貴族的なんて、へんなところで脱線してしまった。一座の人たちは、私の話に少しも同感の色を示さなかった。

「貴族的なんて、そんな馬鹿な事を私たちは言ってはいません。」と今別から来たMさんは、当惑の面持で、ひとりごとのようにして言った。酔漢の放言に閉口し切っているというようなふうに見えた。他の人たちも、互いに顔を見合せてにやにや笑っている。

「要するに、」私の声は悲鳴に似ていた。ああ、先輩作家の悪口は言うものでない。「男振りにだまされちゃいかんという事だ。ルイ十六世は、史上まれに見る醜男《ぶおとこ》だったんだ。」いよいよ脱線するばかりである。

「でも、あの人の作品は、私は好きです。」とMさんは、イヤにはっきり宣言する。

「日本じゃ、あの人の作品など、いいほうなんでしょう？」と青森の病院のHさんは、つつましく、取りなし顔に言う。

私の立場は、いけなくなるばかりだ。

「そりゃ、いいほうかも知れない。まあ、いいほうだろう。しかし、君たちは、僕を前に置きながら、僕の作品に就いて一言も言ってくれないのは、ひどいじゃないか。」私は笑いながら本音を吐いた。

みんな微笑した。やはり、本音を吐くに限る、と私は図に乗り、

「僕の作品なんかは、滅茶苦茶《めちゃくちゃ》だけれど、しかし僕は、大望を抱いているんだ。その大望が重すぎて、よろめいているのが僕の現在のこの姿だ。君たちには、だらしのない無智な薄汚い姿に見えるだろうが、しかし僕は本当の気品というものを知っている。松葉の形の干菓子《ひがし》を出したり、青磁の壺《つぼ》に水仙《すいせん》を投げ入れて見せたって、僕はちっともそれを上品だとは思わない。成金趣味だよ、失敬だよ。本当の気品と

いうものは、真黒いどっしりした大きい岩に白菊一輪だ。土台に、むさい大きい岩が無くちゃ駄目なもんだ。それが本当の上品というものだ。君たちなんか、まだ若いから、針金で支えられたカーネーションをコップに投げいれたみたいな女学生くさいリリシズムを、芸術の気品だなんて思っていやがる。」

暴言であった。「他の短を挙げて、己が長を顕すことなかれ。人を譏りておのれに誇るは甚だいやし。」この翁の行脚の掟は、厳粛の真理に似ている。じっさい、甚だいやしいものだ。私にはこのいやしい悪癖があるので、東京の文壇に於いても、皆に不愉快の感を与え、薄汚い馬鹿者として遠ざけられているのである。

「まあ、仕様が無いや。」と私は、うしろに両手をついて仰向き、「僕の作品なんか、まったく、ひどいんだからな。何を言ったって、はじまらん。でも、君たちの好きなその作家の十分の一くらいは、僕の仕事をみとめてくれてもいいじゃないか。君たちは、僕の仕事をさっぱりみとめてくれないから、僕だって、あらぬ事を口走りたくなって来るんだ。みとめてくれよ。二十分の一でもいいんだ。みとめろよ。」

みんな、ひどく笑った。笑われて、私も、気持がたすかった。蟹田分院の事務長のSさんが、腰を浮かして、

「どうです。この辺で、席を変えませんか。」と、世慣れた人に特有の慈悲深くな

だめるような口調で言った。蟹田町で一ばん大きいEという旅館に、皆の昼飯の仕度をさせてあるという。いいのか、と私はT君に眼でたずねた。

「いいんです。ごちそうになりましょう。」T君は立ち上って上衣を着ながら、「僕たちが前から計画していたのです。Sさんが配給の上等酒をとって置いたそうですから、これから皆で、それをごちそうになりに行きましょう。Nさんのごちそうにばかりなっていては、いけません。」

私はT君の言う事におとなしく従った。だから、T君が傍についていてくれると、心強いのである。

Eという旅館は、なかなか綺麗《きれい》だった。部屋の床の間も、ちゃんとしていたし、便所も清潔だった。ひとりでやって来て泊っても、わびしくない宿だと思った。いったいに、津軽半島の東海岸の旅館は、西海岸のそれと較べると上等である。昔から多くの他国の旅人を送り迎えした伝統のあらわれかも知れない。昔は北海道へ渡るのに、かならず三厩から船出する事になっていたので、この外ヶ浜街道はそのための全国の旅人を朝夕送迎していたのである。旅館のお膳にも蟹が附いていた。

「やっぱり、蟹田だなあ。」と誰か言った。

T君はお酒を飲めないので、ひとり、さきにごはんを食べたが、他の人たちは、皆、Sさんの上等酒を飲み、ごはんを後廻しにした。酔うに従ってSさんは、上機嫌になって来た。

「私はね、誰の小説でも、みな一様に好きなんです。読んでみると、みんな面白い。なかなか、どうして、上手なものです。だから私は、小説家ってやつを好きで仕様が無いんです。どんな小説家でも、好きで好きでたまらないんです。私は、子供を、男の子で三つになりましたがね、こいつを小説家にしようと思っているんです。名前も、文男と附けました。文《ぶん》の男《おとこ》と書きます。頭の恰好《かっこう》が、どうも、あなたに似ているようです。失礼ながら、そんな工合《ぐあい》に、鉢が開いているような形なのです。」

私の頭が、鉢が開いているとは初耳であった。私は、自分の容貌のいろいろさまざまの欠点を残りくま無く知悉《ちしつ》しているつもりであったが、頭の形までへんだとは気がつかなかった。自分で気の附かない欠点がまだまだたくさんあるのではあるまいかと、他の作家の悪口を言った直後でもあったし、ひどく不安になって来た。Sさんは、いよいよ上機嫌で、

「どうです。お酒もそろそろ無くなったようですし、これから私の家へみんなでいらっしゃいませんか。ね。ちょっとでいいんです。うちの女房にも、文男にも、逢ってやって下さい。たのみます。リンゴ酒なら、蟹田には、いくらでもありますか

ら、家へ来て、リンゴ酒を、ね。」と、しきりに私を誘惑するのである。御好志はありがたかったが、私は頭の鉢以来、とみに意気が沮喪《そそう》して、早くN君の家へ引上げて、一寝入りしたかった。Sさんのお家へ行って、こんどは頭の鉢どころか、頭の内容まで見破られ、ののしられるような結果になるのではあるまいかと思えばなおさら気が重かった。私は、れいに依ってT君の顔色を伺った。T君が行けと言えば、これは、行かなくてはなるまいと覚悟していた。T君は、真面目な顔をしてちょっと考え、

「行っておやりになったら？　Sさんは、きょうは珍らしくひどく酔っているようですが、ずいぶん前から、あなたのおいでになるのを楽しみにして待っていたのです。」

私は行く事にした。頭の鉢にこだわる事は、やめた。あれはSさんが、ユウモアのつもりでおっしゃったのに違いないと思い直した。どうも、容貌に自信が無いと、こんなつまらぬ事にもくよくよしていけない。容貌に就いてばかりでなく、私にいま最も欠けているものは「自信」かも知れない。

Sさんのお家へ行って、その津軽人の本性を暴露した熱狂的な接待振りには、同じ津軽人の私でさえ少しめんくらった。Sさんは、お家へはいるなり、たてつづけに奥さんに用事を言いつけるのである。

「おい、東京のお客さんを連れて来たぞ。とうとう連れて来たぞ。これが、そのれいの太宰って人なんだ。挨拶をせんかい。早く出て来て拝んだらよかろう。ついでに、酒だ。いや、酒はもう飲んじゃったんだ。リンゴ酒を持って来い。なんだ、一升しか無いのか。少い！　もう二升買って来い。待て。その縁側にかけてある干鱈《ひだら》をむしって、待て、それは金槌《かなづち》でたたいてやわらかくしてから、むしらなくちゃ駄目なものなんだ。待て、そんな手つきじゃいけない、僕がやる。干鱈をたたくには、こんな工合いに、こんな工合いに、あ、痛え、まあ、こんな工合いだ。おい、醬油を持って来い。干鱈には醬油をつけなくちゃ駄目だ。コップが一つ、いや二つ足りない。早く持って来い、待て、この茶飲茶碗《ちゃのみぢゃわん》でもいいか。さあ、乾盃《かんぱい》、乾盃。おうい、もう二升買って来い、待て、坊やを連れて来い。小説家になれるかどうか、太宰に見てもらうんだ。どうです、この頭の形は、こんなのを、鉢がひらいていると いうんでしょう。あなたの頭の形に似ていると思うんですがね。しめたものです。おい、坊やをあっちへ連れて行け。うるさくてかなわない。お客さんの前に、こんな汚い子を連れて来るなんて、失敬じゃないか。成金趣味だぞ。早くリンゴ酒を、もう二升。お客さんが逃げてしまうじゃないか。待て、お前はここにいてサアヴィスをしろ。さあ、みんなにお酌。リンゴ酒は隣りのおばさんに頼んで買って来てもらえ。おばさんは、砂糖をほしがっていたから少しわけてやれ。待て、おばさんにやっちゃいかん。東京のお客さんに、うちの砂糖全部お土産に差し上げろ。いいか、忘れちゃいけないよ。全部、差し上げろ。新聞紙で包んでそれから油紙で包んで紐《ひも》でゆわえて差し上げろ。子供を泣かせちゃ、いかん。失敬じゃないか。成金趣味だぞ。貴族ってのはそんなものじゃないんだ。待て。砂糖はお客さんがお帰りの時でいいんだってば。音楽、音楽。レコードをはじめろ。シューベルト、ショパン、バッハ、なんでもいい。音楽を始めろ。待て。なんだ、それは、バッハか。やめろ。うるさくてかなわん。話も何も出来やしない。もっと静かなレコードを掛けろ、待て、食うものが無くなった。アンコーのフライを作れ。ソースがわが家の自慢と来ている。果してお客さんのお気に召すかどうか、待て、アンコーのフライとそれから、卵味噌のカヤキを差し上げろ。これは津軽で無ければ食えないものだ。そうだ。卵味噌《たまごみそ》だ。卵味噌に限る。卵味噌だ。卵味噌だ。」

私は決して誇張法を用いて描写しているのではない。この疾風怒濤《しっぷうどとう》の如き接待は、津軽人の愛情の表現なのである。干鱈というのは、大きい鱈を吹雪にさらして凍らせて干したもので、芭蕉翁などのよろこびそうな軽い閑雅《かんが》な味のものであるが、Sさんの家の縁側には、それが五、六本つるされてあって、Sさんは、よろよろと立ち上り、それを二、三本ひったくって、滅多矢鱈《めったやたら》に鉄槌《かなづち》で乱打し、左の親指を負傷して、それから、ころんで、這《は》うようにして皆にリンゴ酒を注《つ》いで廻り、頭の鉢の一件も、決してSさんは私をからかうつもりで言ったのではなく、また、ユウモアのつもりで言ったのでもなかったのだという事が私にははっきりわかって来た。Sさんは、鉢のひらいた頭というものを、真剣に尊敬しているらしいのである。いいものだと思っているらしいのである。津軽人の愚直可憐、見るべしである。そうして、ついには、卵味噌、卵味噌と連呼するに到ったのであるが、この卵味噌のカヤキなるものに就いては、一般の読者には少しく説明が要るように思われる。津軽に於いては、牛鍋、鳥鍋の事をそれぞれ、牛のカヤキ、鳥のカヤキという工合に呼ぶのである。貝焼《かいやき》の訛《なま》りであろうと思われる。いまはそうでもないようだけれど、私の幼少の頃には、津軽に於いては、肉を煮るのに、帆立貝の大きい貝殻を用いていた。貝殻から幾分ダシが出ると盲信しているところも無いわけではないようであるが、とにかく、これは先住民族アイヌの遺風ではなかろうかと思われる。私たちは皆、このカヤキを食べて育ったのである。卵味噌のカヤキというのは、その貝の鍋を使い、味噌に鰹節《かつおぶし》をけずって入れて煮て、それに鶏卵を落して食べる原始的な料理であるが、実は、これは病人の食べるものなのである。病気になって食がすすまなくなった時、このカヤキの卵味噌をお粥《かゆ》に載せて食べるのである。けれども、これもまた津軽特有の料理の一つにはちがいなかった。Sさんは、それを思いつき、私に食べさせようとして連呼しているのだ。私は奥さんに、もうたくさんですから、と拝むように頼んでSさんの家を辞去した。読者もここに注目をしていただきたい。その日のSさんの接待こそ、津軽人の愛情の表現なのである。しかも、生粋の津軽人のそれである。これは私に於いても、Sさんと全く同様な事がしばしばあるので、遠慮なく言う事が出来るのであるが、友あり遠方より来た場合には、どうしたらいいかわからなくなってしまうのである。ただ胸がわくわくして意味も無く右往左往し、そうして電燈《でんとう》に頭をぶつけて電燈の笠《かさ》を割ったりなどした経験さえ私にはある。食事中に珍客があらわれた場合に、私はすぐに箸を投げ出し、口をもぐもぐさせながら玄関に出るので、かえってお客に顔をしかめられる事がある。お客を待たせて、心静かに食事をつづけるなどという芸当は私には出来ないのである。そうしてSさんの如く、実質に於いては、到れりつくせりの心づかいをして、そうして何やらやら、家中のもの一切合切《いっさいがっさい》持ち出して饗応《きょうおう》しても、ただ、お客に閉口させるだけの結果になって、かえって後でそのお客に自分の非礼をお詫《わ》びしなければならぬなどという事になるのである。ちぎっては投げ、むしっては投げ、取って投げ、果ては自分の命までも、という愛情の表現は、関東、関西の人たちにはかえって無礼な暴力的なもののように思われ、ついには敬遠という事になるのではあるまいか、と私はSさんに依って私自身の宿命を知らされたような気がして、帰る途々《みちみち》、Sさんがなつかしく気の毒でならなかった。津軽人の愛情の表現は、少し水で薄めて服用しなければ、他国の人には無理なところがあるかも知れない。東京の人は、ただ妙にもったいぶって、チョッピリずつ料理を出すからなあ。ぶえんの平茸《ひらたけ》ではないけれど、私も木曾殿みたいに、この愛情の過度の露出のゆえに、どんなにいままで東京の高慢な風流人たちに蔑視《べっし》せられて来た事か。「かい給《たま》え、かい給えや」とぞ責めたりける、である。

後で聞いたが、Sさんはそれから一週間、その日の卵味噌の事を思い出すと恥ずかしくて酒を飲まずには居られなかったという。ふだんは人一倍はにかみやの、神経の繊細な人らしい。これもまた津軽人の特徴である。生粋の津軽人というものは、ふだんは、決して粗野な野蛮人ではない。なまなかの都会人よりも、はるかに優雅な、こまかい思いやりを持っている。その抑制が、事情に依って、どっと堰《せき》を破って奔騰《ほんとう》する時、どうしたらいいかわからなくなって、「ぶえんの平茸ここにあり、とうとう」といそがす形になってしまって、軽薄の都会人に顰蹙《ひんしゆく》せられるくやしい

結果になるのである。Sさんはその翌日、小さくなって酒を飲み、そこへ一友人がたずねて行って、

「どう？　あれから奥さんに叱られたでしょう？」と笑いながら尋ねたら、Sさんは、処女の如くはにかんで、

「いいえ、まだ。」と答えたという。

叱られるつもりでいるらしい。

三　外ヶ浜

Sさんの家を辞去してN君の家へ引上げ、N君と私は、さらにまたビールを飲み、その夜はT君も引きとめられてN君の家へ泊る事になった。三人一緒に奥の部屋に寝たのであるが、T君は翌朝早々、私たちのまだ眠っているうちにバスで青森へ帰った。勤めがいそがしい様子である。

「咳《せき》をしていたね。」T君が起きて身支度をしながらコンコンと軽い咳をしていたのを、私は眠っていながらも耳ざとく聞いてへんに悲しかったので、起きるとすぐにN君にそう言った。N君も起きてズボンをはきながら、

「うん、咳をしていた。」と厳粛な顔をして言った。酒飲みというものは、酒を飲んでいない時にはひどく厳粛な顔をしているものである。いや、顔ばかりではないかも知れない。心も、きびしくなっているものである。「あまり、いい咳じゃなかったね。」N君も、さすがに、眠っているようではあっても、ちゃんとそれを聞き取っていたのである。

「気で押すさ。」とN君は突き放すような口調で言って、ズボンのバンドをしめ上げ、「僕たちだって、なおしたんじゃないか。」

N君も、私も、永い間、呼吸器の病気と闘って来たのである。N君はひどい喘息《ぜんそく》だったが、いまはそれを完全に克服してしまった様子である。

この旅行に出る前に、満洲の兵隊たちのために発行されている或《あ》る雑誌に短篇《たんぺん》小説を一つ送る事を約束していて、その締切がきょうあすに迫っていたので、私はその日一日と、それから翌《あく》る日一日と、二日間、奥の部屋を借りて仕事をした。N君も、その間、別棟の精米工場で働いていた。二日目の夕刻、N君は私の仕事をしている部屋へやって来て、

「書けたかね。二、三枚でも書けたかね。僕のほうは、もう一時間経《た》ったら、完了だ。一週間分の仕事を二日でやってしまった。あとでまた遊ぼうと思うと気持に張

合いが出て、仕事の能率もぐんと上るね。もう少しだ。最後の馬力をかけよう。」と言って、すぐ工場のほうへ行き、十分も経たぬうちに、また私の部屋へやって来て、

「書けたかね。僕のほうは、もう少しだ。このごろは機械の調子もいいんだ。君は、まだうちの工場を見た事が無いだろう。汚い工場だよ。見ないほうがいいかも知れない。まあ、精を出そう。僕は工場のほうにいるからね。」と言って帰って行くのである。鈍感な私も、やっと、その時、気がついた。N君は私に、工場で働いている彼の甲斐甲斐《かいがい》しい姿を見せたいのに違いない。もうすぐ彼の仕事が終るから、終らないうちに見に来い、という謎であったのだ。私はそれに気が附《つ》いて微笑した。いそいで仕事を片附け、私は、道路を隔て別棟になっている精米工場に出かけた。N君は継ぎはぎだらけのコール天の上衣《うわぎ》を着て、目まぐるしく廻転《かいてん》する巨大な精米機の傍に、両腕をうしろにまわし、仔細《しさい》らしい顔をして立っていた。

「さかんだね。」と私は大声で言った。

N君は振りかえり、それは嬉《うれ》しそうに笑って、

「仕事は、すんだか。よかったな。僕のほうも、もうすぐなんだ。はいり給《たま》え。下《げ》駄《た》のままでいい。」と言うのだが、私は、下駄のままで精米所へのこのこはいるほど無神経な男ではない。N君だって、清潔な藁草履《わらぞうり》とはきかえている。そこらを見

廻しても、上草履のようなものも無かったし、私は、工場の門口に立って、ただ、にやにや、笑っていた。裸足《はだし》になってはいろうかとも思ったが、それはN君をただ恐縮させるばかりの大袈裟《おおげさ》な偽善的な仕草に似ているようにも思われて、裸足にもなれなかった。私には、常識的な善事を行うに当って、甚だてれる悪癖がある。

「ずいぶん大がかりな機械じゃないか。よく君はひとりで操縦が出来るね。」お世辞では無かった。N君も、私と同様、科学的知識に於《お》いては、あまり達人ではなかったのである。

「いや、簡単なものなんだ。このスウィッチをこうすると、」などと言いながら、あちこちのスウィッチをひねって、モーターをぴたりと止めて見せたり、また籾殻《もみがら》の吹雪を現出させて見せたり、出来上りの米を瀑布《ばくふ》のようにざっと落下させて見せたり自由自在にその巨大な機械をあやつって見せるのである。

ふと私は、工場のまん中の柱に張りつけられてある小さいポスターに目をとめた。お銚子《ちようし》の形の顔をした男が、あぐらをかき腕まくりして大盃《おおさかずき》を傾け、その大盃には家や土蔵がちょこんと載っていて、そうしてその妙な画には、「酒は身を飲み家を飲む」という説明の文句が印刷されてあった。私は、そのポスターを永い事、見つめていたので、N君も気がついたか、私の顔を見てにやりと笑った。私もにやりと笑った。同罪の士である。「どうもねえ」という感じなのである。私はそんなポスターを工場の柱に張って置くN君を、いじらしく思った。誰か大酒を恨まざる、である。私の場合は、あの大盃に、私の貧しい約二十種類の著書が載っているという按配《あんばい》なのである。私には、飲むべき家も蔵も無い。「酒は身を飲み著書を飲む」とでも言うべきところであろう。

工場の奥に、かなり大きい機械が二つ休んでいる。あれは何？　とN君に聞いたら、N君は幽《かす》かな溜息《ためいき》をついて、

「あれは、なあ、縄を作る機械と、筵《むしろ》を作る機械なんだが、なかなか操作がむずかしくて、どうも僕の手には負えないんだ。四、五年前、この辺一帯ひどい不作で、精米の依頼もばったり無くなって、いや、困ってねえ、毎日毎日、炉傍《ろばた》に坐《すわ》って煙草《たばこ》をふかして、いろいろ考えた末、こんな機械を買って、この工場の隅で、ばったんばったんやってみたのだが、僕は不器用だから、どうしても、うまくいかないんだ。淋《さび》しいもんだったよ。結局一家六人、ほそぼそと寝食いさ。あの頃は、もう、どうなる事かと思ったね。」

N君には、四歳の男の子がひとりある他に、死んだ妹さんの子供をも三人あずかっているのだ。妹さんの御亭主も、北支で戦死をなさったので、N君夫妻は、この

三人の遺児を当然の事として育て、自分の子供と全く同様に可愛《かわい》がっているのだ。奥さんの言に依《よ》れば、N君は可愛がりすぎる傾きさえあるそうだ。三人の遺児のうち、一番の総領は青森の工業学校にはいっているのだそうで、その子が或る土曜日に青森から七里の道をバスにも乗らずてくてく歩いて夜中の十二時頃に蟹田《かにた》の家へたどり着き、伯父《おじ》さん、伯父さん、と言って玄関の戸を叩《たた》き、N君は飛び起きて玄関をあけ、無我夢中でその子の肩を抱いて、歩いて来たのか、へえ、歩いて来たのか、と馬鹿《ばか》許り言ってものも言えず、そうして、奥さんを矢鱈《やたら》に叱り飛ばして、それ、砂糖湯を飲ませろ、餅を焼け、うどんを温めろと、矢継早《やつぎばや》に用事を言いつけ、奥さんは、この子は疲れて眠いでしょうから、と言いかけたら、「な、なにい！」と言って頗《すこぶ》る大袈裟に奥さんに向ってこぶしを振り上げ、あまりにどうも珍妙な喧嘩《けんか》なので、甥《おい》のその子が、ぷっと噴き出して、N君もこぶしを振り上げながら笑い出し、奥さんも笑って、何が何やら、うやむやになったという事などもあったそうで、それもまた、N君の人柄の片鱗《へんりん》を示す好箇の挿話であると私には感じられた。

「七転び八起きだね。いろんな事がある。」と言って私は、自分の身の上とも思い合せ、ふっと涙ぐましくなった。この善良な友人が、馴《な》れぬ手つきで、工場の隅で、ひとり、ばったんばったん筵を織っている侘《わび》しい姿が、ありありと眼前に見えるような気がして来た。私は、この友人を愛している。

その夜はまた、お互い一仕事すんだのだから、などと言いわけして二人でビールを飲み、郷土の凶作の事に就いて話し合った。N君は青森県郷土史研究会の会員だったので、郷土史の文献をかなり持っていた。

「何せ、こんなだからなあ。」と言ってN君は或る本をひらいて私に見せたが、そのペエジには次のような、津軽凶作の年表とでもいうべき不吉な一覧表が載っていた。

元和一年	大凶
元和二年	大凶
寛永十七年	大凶
寛永十八年	大凶
寛永十九年	凶
明暦二年	凶
寛文六年	凶
寛文十一年	凶
延宝二年	凶

延宝三年	凶
延宝七年	凶
天和一年	大凶
貞享一年	凶
元禄五年	大凶
元禄七年	大凶
元禄八年	大凶
元禄九年	凶
元禄十五年	半凶
宝永二年	凶
宝永三年	凶
宝永四年	大凶
享保一年	凶
享保五年	凶
元文二年	凶
元文五年	凶

延享二年	大凶
延享四年	凶
寛延二年	大凶
宝暦五年	大凶
明和四年	凶
安永五年	半凶
天明二年	大凶
天明三年	大凶
天明六年	大凶
天明七年	半凶
寛政一年	凶
寛政五年	凶
寛政十一年	凶
文化十年	凶
天保三年	半凶
天保四年	大凶

天保六年	大凶
天保七年	大凶
天保八年	凶
天保九年	大凶
天保十年	凶
慶応二年	凶
明治二年	凶
明治六年	凶
明治二十二年	凶
明治二十四年	凶
明治三十年	凶
明治三十五年	大凶
明治三十八年	大凶
大正二年	凶
昭和六年	凶
昭和九年	凶

昭和十年　　凶
昭和十五年　半凶

津軽の人でなくても、この年表に接しては溜息をつかざるを得ないだろう。大阪夏の陣、豊臣氏滅亡の元和元年より現在まで約三百三十年の間に、約六十回の凶作があったのである。まず五年に一度ずつ凶作に見舞われているという勘定になるのである。さらにまた、N君はべつな本をひらいて私に見せたが、それには、「翌天保四年に到りては、立春吉祥《きっしょう》の其日《その》より東風《こち》頻《しきり》に吹荒《ふきすさ》み、三月上巳《じょうし》の節句に到れども積雪消えず農家にて雪舟用いたり。五月に到り苗の生長僅《わず》かに一束なれども時節の階級避《つの》くべからざるが故《ゆえ》に竟《つい》に其儘《そのまま》植附けに着手したり。然《しか》れども連日の東風弥々《いよいよ》吹き募り、六月土用に入りても密雲幕々として天候朦々《もうもう》晴天白日を見る事殆《ほとん》ど稀《まれ》なり（中略）毎日朝夕の冷気強く六月土用中に綿入を着用せり、夜は殊《こと》に冷にして七月佞武多《ねぶた》（作者註。陰暦七夕の頃、武者の形あるいは竜虎の形などの極彩色の大燈籠《とうろう》を荷車に載せて曳《ひ》き、若い衆たちさまざまに扮装《ふんそう》して街々を踊りながら練り歩く津軽年中行事の一つである。他町の大燈籠と衝突して喧嘩の事必ずあり。坂上田村麻呂《さかのうえのたむらまろ》、蝦夷《えぞ》征伐の折、このような大燈籠を見せびらかして山中の蝦夷をおびき寄せ之《これ》を殲滅《せんめつ》せし遺風なりとの説あれども、なお信ずるに足らず。津軽に限らず東北各地にこれと似たる風俗あり。東北の夏祭りの山車《だし》と思わば大過なからん歟《か》。）の頃に到りても道路にては蚊の声を聞かず、家屋の内に於ては聊《いささ》か之を聞く事あれども蚊帳《かや》を用うるを要せず蟬声《せみごえ》の如《ごと》きも甚だ稀なり、七月六日頃より暑気出で盆前単衣物《ひとえもの》を着用す、同十三日頃より早稲《わせ》大いに出穂ありし為《ため》人気頗《すこぶ》る宜《よろ》しく盆踊りも頗る賑《にぎや》かなりしが、同十五日、十六日の日光白色を帯び恰《あたか》も夜中の鏡に似たり、同十七日夜半、踊児も散り、来往の者も稀疎《きそ》にして追々暁方《あけがた》に及べる時、図らざりき厚霜を降らし出穂の首傾きたり、往来老若之を見る者涕泣《ていきゅう》充満たり。」という、あわれと言うより他には全く言いようのない有様が記されてあって、私たちの幼い頃にも、老人たちからケガズ（津軽では、凶作の事をケガズと言う。飢渇《きかつ》の訛《なま》りかも知れない。）の酸鼻戦慄《さんびせんりつ》の状を聞き、幼いながらも暗憺《あんたん》たる気持になって泣きべそをかいてしまったものだが、久し振りで故郷に帰り、このような記録をあからさまに見せつけられ、哀愁を通り越して何か、わけのわからぬ憤怒《ふんぬ》さえ感ぜられて、

「これは、いかん。」と言った。「科学の世の中とか何とか偉そうな事を言ってたって、こんな凶作を防ぐ法を百姓たちに教えてやる事も出来ないなんて、だらしがねえ。」

「いや、技師たちもいろいろ研究はしているのだ。冷害に堪えるように品種が改良

されてもいるし、植附けの時期にも工夫が加えられて、今では、昔のように徹底した不作など無くなったけれども、でも、それでも、やっぱり、四、五年に一度は、いけない時があるんだねえ。」

「だらしが無《ね》え。」私は、誰にとも無き忿懣《ふんまん》で、口を曲げてののしった。N君は笑って、

「沙漠《さばく》の中で生きている人もあるんだからね。怒ったって仕様がないよ。こんな風土からはまた独得な人情も生れるんだ。」

「あんまり結構な人情でもないね。春風駘蕩《たいとう》たるところが無いんで、僕なんか、いつでも南国の芸術家には押され気味だ。」

「それでも君は、負けないじゃないか。津軽地方は昔から他国の者に攻め破られた事が無いんだ。殴られるけれども、負けやしないんだ。第八師団は国宝だって言われているじゃないか。」

生れ落ちるとすぐに凶作にたたかれ、雨露をすすって育った私たちの祖先の血が、いまの私たちに伝わっていないわけは無い。春風駘蕩の美徳もうらやましいものには違いないが、私はやはり祖先のかなしい血に、出来るだけ見事な花を咲かせるように努力するより他には仕方がないようだ。いたずらに過去の悲惨に歎息せず、N

君みたいにその櫛風沐雨《しっぷうもくう》の伝統を鷹揚《おうよう》に誇っているほうがいいのかも知れない。しかも津軽だって、いつまでも昔のように酸鼻の地獄絵を繰り返しているわけではない。その翌日、私はN君に案内してもらって、外ヶ浜街道をバスで北上し、三厩《みまや》で一泊して、それからさらに海岸の波打際の心細い路《みち》を歩いて本州の北端、竜飛《たつぴ》岬まで行ったのであるが、その三厩竜飛間の荒涼索寞《さくばく》たる各部落でさえ、烈風に抗し、怒濤《どとう》に屈せず、懸命に一家を支え、津軽人の健在を可憐《かれん》に誇示していたし、三厩以南の各部落、殊にも三厩、今別《いまべつ》などに到っては瀟洒《しようしや》たる海港の明るい雰囲気の中に落ちつき払った生活を展開して見せてくれていたのである。ああ、いたずらにケガズの影におびえる事なかれである。以下は佐藤弘という理学士の快文章であるが、私のこの書の読者の憂鬱を消すために、なおまた私たち津軽人の明るい出発の乾盃《かんぱい》の辞としてちょっと借用して見よう。佐藤理学士の奥州産業総説に曰《いわ》く、「撃てば則《すなわ》ち草に匿《かく》れ、追えば即ち山に入った蝦夷族の版図《はんと》たりし奥州、山岳重畳《ちようじよう》して到るところ天然の障壁をなし、以《も》て交通を阻害している奥州、風波高く海運不便なる日本海と、北上山脈にさえぎられて発達しない鋸歯《きよし》状の岬湾の多い太平洋とに包まれた奥州。しかも冬期降雪多く、本州中で一番寒く、古来、数十回の凶作に襲来された奥州。九州の耕地面積二割五分に対して、わずかに一割半を占むる哀れたという奥州。

なる奥州。どこから見ても不利な自然的条件に支配されているその奥州は、さて、六百三十万の人口を養うに、今日いかなる産業に拠《よ》っているであろうか。どの地理書を繙《ひもと》いても、奥州の地たるや本州の東北端に僻在《へきざい》し、衣、食、住、いずれも粗樸《そぼく》、とある。古来からの茅葺《かやぶき》、柾葺《まさぶき》、杉皮葺は、とにかくとして、現在多くの民は、トタン葺の家に住み、ふろしきを被《かぶ》って、もんぺいをはき、中流以下悉《ことごと》く粗食に甘んじている、という。真偽や如何《いかん》。それほど奥州の地は、産業に恵まれていないのであろうか。高速度を以て誇りとする第二十世紀の文明は、ひとり東北の地に到達していないのであろうか。否、それは既に過去の奥州であって、人もし現代の奥州に就いて語らんと欲すれば、まず文芸復興直前のイタリヤに於いて見受けられたあの鬱勃《うつぼつ》たる擡頭《たいとう》力を、この奥州の地に認めなければならぬ。文化に於いて、はたまた産業に於いて然《しか》り、かしこくも明治大帝の教育に関する大御心《おおみこころ》はまことに神速に奥州の津々浦々にまで浸透して、奥州人特有の聞きぐるしき鼻音の減退と標準語の進出とを促し、嘗《かつ》ての原始的状態に沈淪《ちんりん》した蒙昧《もうまい》な蛮族の居住地に教化の御光を与え、而《しこう》して、いまや見よ、開発また開拓、膏田沃野《こうでんよくや》の刻一刻と増加することを。そして改良また改善、牧畜、林業、漁業の日に日に盛大におもむく事を。まして況《いわ》んや、住民の分布薄疎にして、将来の発展の余裕、また大いにこの地にありというに於いてをや。

むく鳥、鴨《かも》、四十雀《しじゆうから》、雁《かり》などの渡り鳥の大群が、食を求めてこの地方をさまよい歩くが如く、膨脹《ぼうちよう》時代にあった大和《やまと》民族が各地方より北上してこの奥州に到り、蝦夷を征服しつつ、或《ある》いは山に猟し、或いは川に漁して、いろいろな富源の魅力にひきつけられ、あちらこちらと、さまよい歩いた。かくして数代経過し、ここに人々は、思い思いの地に定着して、或いは秋田、荘内、津軽の平野に米を植え、或いは北奥の山地に殖林を試み、或いは平原に馬を飼い、或いは海辺の漁業に専心して以て今日に於ける隆盛なる産業の基礎を作ったのである。奥州六県、六百三十万の民はかくして先人の開発せし特徴ある産業をおろそかにせず、益《ます》々《ます》これが発達の途を講じ、渡り鳥は永遠にさまよえども、素朴なる東北の民は最早《もは》や動かず、米を作って林檎《りんご》を売り、鬱蒼《うつそう》たる美林につづく緑の大平原には毛並輝く見事な若駒《わかこま》を走らせ、出漁の船は躍る銀鱗《ぎんりん》を満載して港にはいるのである。」

まことに有難い祝辞で、思わず駈《か》け寄ってお礼の握手でもしたくなるくらいのものだ。さて私はその翌日、N君の案内で奥州外ヶ浜を北上したのであるが、出発に先立ち、まず問題は酒であった。

「お酒は、どうします？　リュックサックに、ビールの二、三本も入れて置きましょうか？」と、奥さんに言われて、私は、まったく、冷汗三斗の思いであった。なぜ、酒飲みなどという不面目な種族の男に生れて来たか、と思った。

「いや、いいです。無ければ無いで、また、それは、べつに。」などと、しどろもどろの不得要領なる事を言いながらリュックサックを背負い、逃げるが如く家を出て、後からやって来たN君に、

「いや、どうも。酒、と聞くとひやっとするよ。針の筵だ。」と実感をそのまま言った。N君も同じ思いと見えて、顔を赤くし、うふふと笑い、

「僕もね、ひとりじゃ我慢も出来るんだが、君の顔を見ると、飲まずには居られないんだ。今別のMさんが配給のお酒を近所から少しずつ集めて置くって言っていたから、今別にちょっと立寄ろうじゃないか。」

私は複雑な溜息をついて、

「みんなに苦労をかけるわい。」と言った。

はじめは蟹田から船でまっすぐに竜飛まで行き、帰りは徒歩とバスという計画であったのだが、その日は朝から東風が強く、荒天といっていいくらいの天候で、乗って行く筈《はず》の定期船は欠航になってしまったので、予定をかえて、バスで出発する事にしたのである。バスは案外、空《す》いていて、二人とも楽に腰かける事が出来た。

外ヶ浜街道を一時間ほど北上したら、次第に風も弱くなり、青空も見えて来て、このぶんならば定期船も出るのではなかろうかと思われた。とにかく、今別のMさんのお家へ立寄り、船が出るようだったら、お酒をもらってすぐ今別の港から船に乗ろうという事にした。往きも帰りも同じ陸路を通るのは、気がきかなくて、つまらない事のように思われた。N君はバスの窓から、さまざまの風景を指差して説明してくれたが、もうそろそろ要塞《ようさい》地帯に近づいているのだから、そのN君の親切な説明をここにいちいち書き記すのは慎しむべきであろう。とにかく、この辺には、昔の蝦夷の栖家《すみか》の面影は少しも見受けられず、お天気のよくなって来たせいか、どの村落も小綺麗《こぎれい》に明るく見えた。寛政年間に出版せられた京の名医 橘《たちばな》 南谿《なんけい》の東遊記には、「天地《あめつち》ひらけしよりこのかた今の時ほど太平なる事はあらじ、西は鬼界屋玖《やく》の島より東は奥州の外ヶ浜まで号令の行届かざる所もなし。往古は屋玖の島は異人《いじん》国とて異国のように聞え、奥州も半ば蝦夷人の領地なりしにや、猶《なお》近き頃まで夷人の住所なりしと見えて南部、津軽辺の地名には蛮名多し。外ヶ浜通りの村の名にもタッピ、ホロヅキ、内マッペ、外マッペ、イマベツ、ウテツなどいう所有り。是《これ》皆蝦夷詞《えぞことば》なり。今にても、ウテツなどの辺は風俗もやや蝦夷に類して津軽の人も彼等はエゾ種といいて、いやしむるなり。余思うにウテツ辺に限らず、南部、津軽辺の村民も大かたはエゾ種なるべし。只《ただ》早く皇化に浴して風俗言語も改りたる所は、先祖より日本人のごとくいいなし居る事とぞ思わる。故に礼儀文華のいまだ開けざるはもっともの事なり。」と記されてあるが、それから約百五十年、地下の南谿を今日この坦々《たんたん》たるコンクリート道路をバスに乗せて通らせたならば、呆然《ぼうぜん》たるさまにて首をひねり、或いは、こぞの雪いまいずこなどという嘆を発するかも知れない。南谿の東遊記西遊記は江戸時代の名著の一つに数えられているようであるが、その凡例にも、「予が漫遊もと医学の為《ため》なれば医事にかかれることは雑談といえども別に記録して同志の人にも示す。只此書は旅中見聞せる事を筆のついでにしるせるものにして、強《しい》て其事の虚実を正さず、誤りしるせる事も多かるべし。」とみずから告白している如く、読者の好奇心を刺戟《しげき》すれば足るというような荒唐無稽《こうとうむけい》に似た記事も少しとしないと言ってよい。他の地方の事は言わず、例をこの外ヶ浜近辺に就いての記事だけに限って言っても、「奥州三馬屋（作者註。三厩の古称。）は、松前渡海の津にて、津軽領外ヶ浜にありて、日本東北の限りなり。むかし源義経、高館《たかだち》をのがれ蝦夷へ渡らんと此所迄来《ここまできた》り給いしに、渡るべき順風なかりしかば数日逗《とう》留《りゅう》し、あまりにたえかねて、所持の観音《かんのん》の像を海底の岩の上に置て順風を祈りしに、忽《たちま》ち風かわり恙《つつが》なく松前の地に渡り給いぬ。其像今に此所の寺にありて義経の風祈りの観音という。又波打際に大なる岩ありて馬屋のごとく、穴三つ並べり。是《これ》義経の馬を立給いし所となり。是によりて此地を三馬屋と称するなりとぞ。」と、何の疑いもさしはさまずに記してあるし、また、「奥州津軽の外ヶ浜に平館《たいらだて》という所あり。此所の北にあたり巌石《がんせき》海に突出たる所あり、是を石崎の鼻という。其所《そこ》を越えて暫《しばら》く行けば朱谷《しゅだに》あり。山々高く聳《そび》えたる間より細き谷川流れ出て海に落る。此谷の土石皆朱色なり。水の色までいと赤く、ぬれたる石の朝日に映ずるいろ誠に花やかにして目さむる心地す。其落る所の海の小石までも多く朱色なり。此辺の海中の魚皆赤しと云《いう》。谷にある所の朱の気によりて、海中の魚、或《あるい》は石までも朱色なること無情有情ともに是に感ずる事ふしぎなり。」と言ってすましているかと思うと、また、おきなと称する怪魚が北海に住んでいて、「其大きさ二里三里にも及べるにや、ついに其魚の全身を見たる人はなし。稀《ま》れに海上に浮たるを見るに大なる島いくつも出来たるごとくなり、是おきなの背中尾鰭《おひれ》などの少しずつ見ゆるなりとぞ。二十尋《ひろ》三十尋の鯨《くじら》を呑《の》む事、鯨の鰯《いわし》を呑むがごとくなるゆえ、此魚来れば鯨東西に逃走るなり。」などと言っておどかしたり、また、「此三馬屋に逗留せし頃、一夜、此家の近きあたりの老人来りぬれば、家内の祖父祖母《じじばば》など打集り、囲炉裏にまといして四方山《よもやま》の物語せしに彼《かの》者共語りしは、扨《さて》も此二三十年以前松前の津波程おそろしかりしことはあらず、其頃風も静に雨も遠かりしが、只何となく空の気色打《うち》くもりたるようなりしに、夜々折々光り物して東西に虚空を飛行するものあり、漸々《ようよう》に甚《はなはだし》敷、其四五日前に到れば白昼にもいろいろの神々虚空を飛行し給う。衣冠にて馬上に見ゆるもあり、或は竜に乗り雲に乗り、或は犀《さい》象のたぐいに打乗り、白き装束なるもあり、赤き青き色々の出立《いでたち》にて、其姿も亦《また》大なるもあり小きもあり、異類異形の仏神空中にみちみちて東西に飛行し玉う。我々も皆外へ出て毎日々々いと有難くおがみたり。不思議なる事にてまのあたり拝み奉《たてまつ》ることよと四五日が程もいいくらすうちに、ある夕暮、沖の方を見やりたるに、真白にして雪の山の如きもの遥《はるか》に見ゆ。あれ見よ、又ふしぎなるものの海中に出来たれというううちに、だんだんに近く寄り来りて、近く見えし嶋山の上を打越して来るを見るに大浪《おおなみ》の打来るなり。すわ津波こそ、はや逃げよ、と老若男女われさきにと逃迷いしかど、しばしが間に打寄て、民屋田畑草木禽獣《きんじゅう》まで少しも残らず海底のみくずと成れば、生残る人民、海辺の村里には一人もなし、扨こそ初に神々の雲中を飛行し給いけるは此大変ある事をしろしめして此地を逃去り給いしなるべしといい合て恐れ侍《はべ》りぬと語りぬ。」などという、もったいないような、また夢のような事も、平易の文章でさらさらと書き記されているのである。現在のこの辺の風景に就いては、この際、あまり具体的に書かぬほうがよいと思われるし、荒唐無稽とは言っても、せめて古人の旅行記など書き写し、そのお伽噺《とぎばなし》みたいな雰囲気にひたってみるのも一興と思われて、実は、東遊記の二三の記事をここに抜書きしたというわけでもあったのだが、ついでにもう一つ、小説の好きな人には殊にも面白く感ぜられるのではあるまいかと思われる記事があるから紹介しよう。

「奥州津軽の外ヶ浜に在りし頃、所の役人より丹後の人は居ずやと頻《しき》りに吟味せし事あり。いかなるゆえぞと尋ぬるに、津軽の岩城山《いわきやま》の神はなはだ丹後の人を忌嫌《いみきら》う、もし忍びても丹後の人此地に入る時は天気大きに損じて風雨打続き船の出入無く、津軽領はなはだ難儀に及ぶとなり。余が遊びし頃も打続き風悪《あ》しかりければ、丹後の人の入りて居るにやと吟味せしこととぞ。天気あしければ、いつにても役人よりきびしく吟味して、もし入込み居る時は急に送り出すこととなり。丹後の人、津軽領の界《さかい》を出れば、天気たちまち晴て風静に成《なる》なり。土俗の、いいならわしにて忌嫌うのみならず、役人よりも毎度改むる事、珍らしき事なり。青森、三馬屋、そのほか外ヶ浜通り港々、最も甚敷丹後の人を忌嫌う。あまりあやしければ、いかなるわけのありてかくはいう事ぞと委敷《くわしく》尋ね問うに、当国岩城山の神と云うは、安寿姫《あんじゆひめ》出生の地なればとて安寿姫を祭る。此姫は丹後の国にさまよいて、三庄太夫《さんしょうだゆう》にくるしめられしゆえ、今に至り、其国の人といえば忌嫌いて風雨を起し岩城の神荒れ玉うとなり。外ヶ浜通り九十里余、皆多くは漁猟又は船の通行にて世渡ることなれば、常々最も順風を願う。然るに、差当りたる天気にさわりあることなれば、一国こぞって丹後の人を忌嫌う事にはなりぬ。此説、隣境にも及びて松前南部等にても港々にては多くは丹後人を忌みて送り出す事なり。かばかり人の恨は深きものにや。」へんな話である。丹後の人こそ、いい迷惑である。丹後の国は、いまの京都府の北部であるが、あの辺の人は、この時代に津軽へ来たら、ひどいめに遭わなければならなかったわけである。安寿姫と厨子王《ずしおう》の話は、私たちも子供の頃から絵本などで知らされているし、また鷗外《おうがい》の傑作「山椒大夫《さんしようだゆう》」の事は、小説の好きな人なら誰でも知っている。けれども、あの哀話の美しい姉弟が津軽の生れで、そうして死後岩木山に祭られているという事は、あまり知られていないようであるが、実は、私はこれも何だか、あやしい話だと思っているのである。義経が津軽に来たとか、三里の大魚が泳いでいるとか、石の色が溶けて川の水も魚の鱗《うろこ》も赤いとかということを、平気で書いている南谿氏の事だから、これも或いはれいの「強いて其事の虚実を正さず」式の無責任な記事かも知れない。もっとも、この安寿厨子王津軽人説は、和漢三才図会《さんざいずえ》の岩城山権現《いわきさんごんげん》の条《くだり》にも出ている。三才図会は漢文で少し読みにくいが、「相伝う、昔、当国（津軽）の領主、岩城判官正氏という者あり。永保元年の冬、在京中、讒者《ざんしゃ》の為に西海に謫《たく》せらる。本国に二子あり。姉を安寿と名づく。弟を津志王丸と名づく。母と共にさまよい、出羽を過ぎ、越後《えちご》に到り直江の浦云々《しかじか》」などと自信ありげに書き出しているが、おしまいのほうに到って、「岩城と津軽の岩城山とは南北百余里を隔て之を祭るはいぶかし」とおのずから語るに落ちるような工合《ぐあい》になってしまっている。鷗外の「山椒大夫」には、「岩代《いわしろ》の信夫郡《しのぶごおり》の住家を出て」と書いている。つまりこれは、岩城という字を、「いわき」と読んだり「いわしろ」と読んだりして、ごちゃまぜになって、とうとう津軽の岩木山がその伝説を引受ける事になったのではないかと思われる。しかし、昔の津軽の人たちは、安寿厨子王が津軽の子供である事を堅く信じ、にっくき山椒大夫を呪うあまりに、丹後の人が入込めば津軽の天候が悪化するとまで思いつめていたとは、私たち安寿厨子王の同情者にとっては、痛快でない事もないのである。

外ヶ浜の昔噺《むかしばなし》は、これ位にしてやめて、さて、私たちのバスはお昼頃、Mさんのいる今別に着いた。今別は前にも言ったように、明るく、近代的とさえ言いたいくらいの港町である。人口も、四千に近いようである。N君に案内されて、Mさんのお家を訪れたが、奥さんが出て来られて、留守です、とおっしゃる。ちょっとお元気が無いように見受けられた。よその家庭のこのような様子を見ると、私はすぐに、ああ、これは、僕の事で喧嘩をしたんじゃないかな？と思ってしまう癖がある。当っている事もあるし、当っていない事もある。作家や新聞記者等の出現は、善良の家庭に、とかく不安の感を起させ易《やす》いものである。その事は、作家にとっても、かなりの苦痛になっている筈である。この苦痛を体験した事のない作家は、馬鹿である。

「どちらへ、いらっしゃったのですか？」とN君はのんびりしている。リュックサックをおろして、「とにかく、ちょっと休ませていただきます。」玄関の式台に腰をおろした。

「呼んでまいります。」

「はあ、すみませんですな。」N君は泰然たるものである。「病院のほうですか？」

「え、そうかと思います。」美しく内気そうな奥さんは、小さい声で言って下駄をつっかけ外へ出て行った。Mさんは、今別の或る病院に勤めているのである。

私もN君と並んで式台に腰をおろし、Mさんを待った。

「よく、打合せて置いたのかね。」

「うん、まあね。」N君は、落ちついて煙草をふかしている。

「あいにく昼飯時で、いけなかったね。」私は何かと気をもんでいた。

「いや、僕たちもお弁当を持って来たんだから。」と言って澄ましている。西郷隆盛もかくやと思われるくらいであった。

Mさんが来た。はにかんで笑いながら、

「さ、どうぞ。」と言う。

「いや、そうしても居られないんです。」とN君は腰をあげて、「船が出るようだったら、すぐに船で竜飛まで行きたいと思っているのです。」

「そう。」Mさんは軽く首肯《うなず》き、「じゃあ、出るかどうか、ちょっと聞いて来ます。」

Mさんがわざわざ波止場まで聞きに行ってくれたのだが、船はやはり欠航という事であった。

「仕方が無い。」たのもしい私の案内者は別に落胆した様子も見せず、「それじゃ、ここでちょっと休ませてもらって弁当を食べるか。」

「うん、ここで腰かけたままでいい。」私はいやらしく遠慮した。

「あがりませんか。」Mさんは気弱そうに言う。

「あがらしてもらおうじゃないか。」N君は平気でゲートルを解きはじめた。「ゆっくり、次の旅程を考えましょう。」

私たちはMさんの書斎に通された。小さい囲炉裏があって、炭火がパチパチ言っておこっていた。書棚には本がぎっしりつまっていて、ヴァレリイ全集や鏡花全集も揃《そろ》えられてあった。「礼儀文華のいまだ開けざるはもっともの事なり」と自信ありげに断案を下した南谿氏も、ここに到って或いは失神するかも知れない。

「お酒は、あります。」上品なMさんは、かえってご自分のほうで顔を赤くしてそう言った。「飲みましょう。」

「いやいや、ここで飲んでは、」と言いかけて、N君は、うふふと笑ってごまかした。

「それは大丈夫。」とMさんは敏感に察して、「竜飛へお持ちになる酒は、また別に取って置いてありますから。」

「ほほ、」とN君は、はしゃいで、「いや、しかし、いまから飲んでは、きょうのうちに竜飛に到着する事が出来なくなるかも、」などと言っているうちに、奥さんが黙ってお銚子を持って来た。この奥さんは、もとから無口な人なのであって、別に僕たちに対して怒っているのでは無いかも知れない、と私は自分に都合のいいように考え直し、

「それじゃ酔わない程度に、少し飲もうか。」とN君に向って提案した。

「飲んだら酔うよ。」N君は先輩顔で言って、「きょうは、これあ、三厩泊りかな？」

「それがいいでしょう。きょうは今別でゆっくり遊んで、三厩までだったら歩いて、まあ、ぶらぶら歩いて一時間かな？　どんなに酔ってたって楽に行けます。」とMさんもすすめる。きょうは三厩一泊ときめて、私たちは飲んだ。

私には、この部屋へはいった時から、こだわっていたものが一つあった。それは私が蟹田でつい悪口を言ってしまったあの五十年配の作家の随筆集が、Mさんの机の上にきちんと置かれている事であった。愛読者というものは偉いもので、私があの日、蟹田の観瀾山《かんらんざん》であれほど口汚くこの作家を罵倒しても、この作家に対するMさんの信頼はいささかも動揺しなかったものと見える。

「ちょっと、その本を貸して。」どうも気になって落ちつかないので、とうとう私は、Mさんからその本を借りて、いい加減にぱっと開いて、その箇所を鵜《う》の目鷹《たか》の目で読みはじめた。何かアラを拾って凱歌《がいか》を挙げたかったのであるが、私の読んだ箇所は、その作家も特別に緊張して書いたところらしく、さすがに打ち込むすきが無いのである。私は、黙って読んだ。一ページ読み、二ページ読み、三ページ読み、とうとう五ページ読んで、それから、本を投げ出した。

「いま読んだところは、少しよかった。しかし、他の作品には悪いところもある。」と私は負け惜しみを言った。

Mさんは、うれしそうにしていた。

「装釘《そうてい》が豪華だからなあ。」と私は小さい声で、さらに負け惜しみを言った。「こんな上等の紙に、こんな大きな活字で印刷されたら、たいていの文章は、立派に見えるよ。」

Mさんは相手にせず、ただ黙って笑っている。勝利者の微笑である。けれども私は本心は、そんなに口惜《くや》しくもなかったのである。いい文章を読んで、ほっとしていたのである。アラを拾って凱歌などを奏するよりは、どんなに、いい気持のものかわからない。ウソじゃない。私は、いい文章を読みたい。

今別には本覚寺という有名なお寺がある。貞伝和尚《ていでんおしょう》という偉い坊主が、ここの住職だったので知られているのである。貞伝和尚の事は、竹内運平氏著の青森県通史にも記載せられてある。すなわち、「貞伝和尚は、今別の新山甚左衛門の子で、早く弘前《ひろさき》誓願寺に弟子入して、のち磐城平《いわきだいら》、専称寺に修業する事十五年、二十九歳の時より津軽今別、本覚寺の住職となって、享保十六年四十二歳に到る間、其教化する処、津軽地方のみならず近隣の国々にも及び、享保十二年、金銅塔婆建立の供養の時の如きは、領内は勿論《もちろん》、南部、秋田、松前地方の善男善女の雲集参詣を見た」というような事が記されてある。そのお寺を、これから一つ見に行こうじゃないか、と外ヶ浜の案内者N町会議員は言い出した。「文学談もいいが、どうも、君の文学談は一般向きでないね。ヘンテコなところがある。だから、いつまで経っても有名にならん。貞伝和尚なんかはね、」とN君は、かなり酔っていた。「貞伝和尚なんかはね、仏の教えを説くのは後まわしにして、まず民衆の生活の福利増進を図ってやった。そうでもなくちゃ、民衆なんか、仏の教えも何も聞きやしないんだ。貞伝和尚は、或いは産業を興《おこ》し、或いは、」と言いかけて、ひとりで噴き出し、「まあ、とにかく行って見よう。今別へ来て本覚寺を見なくちゃ恥です。貞伝和尚は、外ヶ浜の誇りなんだ。そう言いながら、実は、僕もまだ見ていないんだ。いい機会だから、きょうは見に行きたい。みんなで一緒に見に行こうじゃないか。」

私は、ここで飲みながらMさんと、所謂《いわゆる》ヘンテコなところのある文学談をしていたかった。Mさんも、そうらしかった。けれども、N君の貞伝和尚に対する情熱はなかなかのもので、とうとう私たちの重い尻を上げさせてしまった。

「それじゃ、その本覚寺に立寄って、それからまっすぐに三厩まで歩いて行ってしまおう。」私は玄関の式台に腰かけてゲートルを巻き附けながら、「どうです、あなたも。」と、Mさんを誘った。

「はあ、三厩までお供させていただきます。」

「そいつあ有難い。この勢いじゃ、町会議員は今夜あたり、三厩の宿で蟹田町政に就いて長講一席やらかすんじゃないかと思って、実は、憂鬱だったんです。あなたが附合ってくれると、心強い。奥さん、御主人を今夜、お借りします。」

「はあ。」とだけ言って、微笑する。少しは慣れた様子であった。いや、あきらめたのかも知れない。

私たちはお酒をそれぞれの水筒につめてもらって、大陽気で出発した。そうして途中も、N君は、テイデン和尚、テイデン和尚、と言い、頗るうるさかったのである。お寺の屋根が見えて来た頃、私たちは、魚売の小母《おば》さんに出逢った。曳《ひ》いているリヤカーには、さまざまのさかなが一ぱい積まれている。私は二尺くらいの鯛《たい》を見つけて、

「その鯛は、いくらです。」まるっきり見当が、つかなかった。

「一円七十銭です。」安いものだと思った。

私は、つい、買ってしまった。けれども、買ってしまってから、仕末に窮した。これからお寺へ行くのである。二尺の鯛をさげてお寺へ行くのは奇怪の図である。私は途方にくれた。

「つまらんものを買ったねえ。」とN君は、口をゆがめて私を軽蔑した。「そんなものを買ってどうするの？」

「いや、三厩の宿へ行って、これを一枚のままで塩焼きにしてもらって、大きいお皿に載せて三人でつっこうと思ってね。」

「どうも、君は、ヘンテコな事を考える。それでは、まるでお祝言か何かみたいだ。」

「でも、一円七十銭で、ちょっと豪華な気分にひたる事も出来るんだから、有難いじゃないか。」

「有難かないよ。一円七十銭なんて、この辺では高い。実に君は下手な買い物をした。」

「そうかねえ。」私は、しょげた。

とうとう私は二尺の鯛をぶらさげたまま、お寺の境内にはいってしまった。

「どうしましょう。」と私は小声でMさんに相談した。「弱りました。」

「そうですね。」Mさんは真面目な顔して考えて、「お寺へ行って新聞紙か何かもらって来ましょう。ちょっと、ここで待っていて下さい。」

Mさんはお寺の庫裏《くり》のほうに行き、やがて新聞紙と紐《ひも》を持って来て、問題の鯛を包んで私のリュックサックにいれてくれた。私は、ほっとして、お寺の山門を見上げたりなどしたが、別段すぐれた建築とも見えなかった。

「たいしたお寺でもないじゃないか。」と私は小声でN君に言った。

「いやいや、いやいや。外観よりも内容がいいんだ。とにかく、お寺へはいって坊さんの説明でも聞きましょう。」

私は気が重かった。しぶしぶN君の後について行ったが、それから、実にひどいめに逢った。お寺の坊さんはお留守のようで、五十年配のおかみさんらしいひとが出て来て、私たちを本堂に案内してくれて、それから、長い長い説明がはじまった。私たちは、きちんと膝を折って、かしこまって拝聴していなければならぬのである。説明がちょっと一区切ついて、やれうれしやと立上ろうとすると、N君は膝をすすめて、

「しからば、さらにもう一つお尋ねいたしますが、」と言うのである。「いったい、このお寺はテイデン和尚が、いつごろお作りになったものなのでしょうか。」

「何をおっしゃっているのです。貞伝上人様はこのお寺を御草創なさったのではございませんよ。貞伝上人様は、このお寺の中興開山、五代目の上人様でございまして、――」と、またもや長い説明が続く。

「そうでしたかな。」とN君は、きょとんとして、「しからば、さらにお尋ねいたしますが、このテイザン和尚は、」テイザン和尚と言った。まったく滅茶苦茶《めちゃくちゃ》である。

N君は、ひとり熱狂して膝をすすめ膝をすすめ、ついにはその老婦人の膝との間隔が紙一重くらいのところまで進出して、一問一答をつづけるのである。そろそろ、あたりが暗くなって来て、これから三厩まで行けるかどうか、心細くなって来た。

「あそこにありまする大きな見事な額《がく》は、その大野九郎兵衛様のお書きになった額でございます。」

「さようでございますか。」とN君は感服し、「大野九郎兵衛様と申しますと、――」

「ご存じでございましょう。忠臣義士のひとりでございます。」忠臣義士と言ったようである。「あのお方は、この土地でおなくなりになりまして、おなくなりになったのは、四十二歳、たいへん御信仰の厚いお方でございましたそうで、このお寺にもたびたび莫大《ばくだい》の御寄進をなされ、――」

Mさんはこの時とうとう立ち上り、おかみさんの前に行って、内ポケットから白紙に包んだものを差出し、黙って丁寧にお辞儀をしてそれからN君に向って、

「そろそろ、おいとまを。」と小さい声で言った。

「はあ、いや、帰りましょう。」とN君は鷹揚に言い、「結構なお話を承りました。」とおかみさんにおあいそを言って、ようやく立ち上ったのであるが、あとで聞いて

みると、おかみさんの話を一つも記憶していないという。私たちは呆《あき》れて、「あんなに情熱的にいろんな質問を発していたじゃないか。」と言うと、「いや、すべて、うわのそらだった。何せ、ひどく酔ってたんだ。僕は君たちがいろいろ知りたいだろうと思って、がまんして、あのおかみの話相手になってやっていたんだ。僕は犠牲者だ。」つまらない犠牲心を発揮したものである。

三厩の宿に着いた時には、もう日が暮れかけていた。表二階の小綺麗な部屋に案内された。外ヶ浜の宿屋は、みな、町に不似合なくらい上等である。部屋から、すぐ海が見える。小雨が降りはじめて、海は白く凪《な》いでいる。

「わるくないね。鯛もあるし、海の雨を眺めながら、ゆっくり飲もう。」私はリュックサックから鯛の包みを出して、女中さんに渡し、「これは鯛ですけどね、これをこのまま塩焼きにして持って来て下さい。」

この女中さんは、あまり悧巧《りこう》でないような顔をしていて、ただ、はあ、とだけ言って、ぼんやりその包を受取って部屋から出て行った。

「わかりましたか。」N君も、私と同様すこし女中さんに不安を感じたのであろう。呼びとめて念を押した。「そのまま塩焼きにするんですよ。三人だからと言って、三つに切らなくてもいいのですよ。ことさらに、三等分の必要はないんですよ。わかりましたか。」N君の説明も、あまり上手とは言えなかった。女中さんは、やっぱり、はあ、と頼りないような返辞をしただけであった。

やがてお膳が出た。鯛はいま塩焼にしています、お酒はきょうは無いそうです、とにこりともせずに、れいの、悧巧そうでない女中さんが言う。

「仕方が無い。持参の酒を飲もう。」

「そういう事になるね。」とN君は気早く、水筒を引寄せ、「すみませんがお銚子を二本と盃を三つばかり。」

ことさらに三つとは限らないか、などと冗談を言っているうちに、鯛が出た。ことさらに三つに切らなくてもいいというN君の注意が、実に馬鹿々々しい結果になっていたのである。頭も尾も骨もなく、ただ鯛の切身の塩焼きが五片ばかり、何の風情も無く白茶けて皿に載っているのである。私は決して、たべものにこだわっているのではない。食いたくて、二尺の鯛を買ったのではない。読者は、わかってくれるだろうと思う。私はそれを一尾の原形のままで焼いてもらって、そうしてそれを大皿に載せて眺めたかったのである。食う食わないは主要な問題でないのだ。私は、それを眺めながらお酒を飲み、ゆたかな気分になりたかったのである。ことさらに三つに切らなくてもいい、というN君の言い方もへんだったが、そんなら五つに切りましょうと考えるこの宿の者の無神経が、癪《しゃく》にさわるやら、うらめしいやら、私は全く地団駄を踏む思いであった。

「つまらねえ事をしてくれた。」お皿に愚かしく積まれてある五切れのやきざかな（それはもう鯛では無い、単なる、やきざかなだ）を眺めて、私は、泣きたく思った。せめて、刺身にでもしてもらったのなら、まだ、あきらめもつくと思った。頭や骨はどうしたろう。大きい見事な頭だったのに、捨てちゃったのかしら。さかなの豊富な地方の宿は、かえって、さかなに鈍感になって、料理法も何も知りやしない。

「怒るなよ、おいしいぜ。」人格円満のN君は、平気でそのやきざかなに箸をつけて、そう言った。

「そうかね。それじゃ、君がひとりで全部たべたらいい。食えよ。僕は、食わん。こんなもの、馬鹿々々しくって食えるか。だいたい、君が悪いんだ。ことさらに三等分の必要は無い、なんて、そんな蟹田町会の予算総会で使うような気取った言葉で註釈を加えるから、あの間抜けの女中が、まごついてしまったんだ。君が悪いんだ。僕は、君を、うらむよ。」

N君はのんきに、うふふと笑い、

「しかし、また、愉快じゃないか。三つに切ったりなどしないように、と言ったら、五つに切った。しゃれている。しゃれているよ、ここの人は。さあ、乾盃。乾盃、乾盃。」

私は、わけのわからぬ乾盃を強いられ、鯛の鬱憤《うつぷん》のせいか、ひどく酩酊《めいてい》して、あやうく乱に及びそうになったので、ひとりでさっさと寝てしまった。いま思い出しても、あの鯛は、くやしい。だいたい、無神経だ。

翌る朝、起きたら、まだ雨が降っていた。下へ降りて、宿の者に聞いたら、きょうも船は欠航らしいという事であった。竜飛まで海岸伝いに歩いて行くより他は無い。雨のはれ次第、思い切って、すぐ出発しようという事になり、私たちは、また蒲団《ふとん》にもぐり込んで雑談しながら雨のはれるのを待った。

「姉と妹とがあってね、」私は、ふいとそんなお伽噺をはじめた。姉と妹が、母親から同じ分量の松毬《まつかさ》を与えられ、これでもって、ごはんとおみおつけを作って見よと言いつけられ、ケチで用心深い妹は、松毬を大事にして一個ずつ竈《かまど》にほうり込んで燃やし、おみおつけどころか、ごはんさえ満足に煮ることが出来なかった。姉はおっとりして、こだわらぬ性格だったので、与えられた松毬をいちどにどっと惜しげも無く竈にくべたところが、その火で楽にごはんが出来、そうして、あとに熾《おき》が残ったので、その熾で、おみおつけも出来た。「そんな話、知ってる？　ね、飲もうよ。竜飛へ持って行くんだって、ゆうべ、もう一つの水筒のお酒、残して置いたろう？　あれ、飲もうよ。ケチケチしてたって仕様が無いよ。こだわらずに、いちどにどっとやろうじゃないか。そうすると、あとに煥が残るかも知れない。いや、残らなくてもいい。竜飛へ行ったら、また、何とかなるさ。何も竜飛でお酒を飲まなくたって、いいじゃないか。死ぬわけじゃあるまいし。お酒を飲まずに寝て、静かに、来しかた行く末を考えるのも、わるくないものだよ。」

「わかった、わかった。」N君は、がばと起きて、「万事、姉娘式で行こう。いちどにどっと、やってしまおう。」

私たちは起きて囲炉裏をかこみ、鉄瓶にお燗《かん》をして、雨のはれるのを待ちながら、残りのお酒を全部、飲んでしまった。

お昼頃、雨がはれた。私たちは、おそい朝飯をたべ、出発の身仕度をした。うすら寒い曇天である。宿の前で、Mさんとわかれ、N君と私は北に向って発足した。

「登って見ようか。」N君は、義経寺《ぎけいじ》の石の鳥居の前で立ちどまった。松前の何某《なにがし》という鳥居の寄進者の名が、その鳥居の柱に刻み込まれていた。

「うん。」私たちはその石の鳥居をくぐって、石の段々を登った。頂上まで、かなりあった。石段の両側の樹々の梢《こずえ》から雨のしずくが落ちて来る。

「これか。」

石段を登り切った小山の頂上には、古ぼけた堂屋が立っている。堂の扉には、笹《ささ》竜胆《りんどう》の源家の紋が附いている。私はなぜだか、ひどくにがにがしい気持で、

「これか。」と、また言った。

「これだ。」N君は間抜けた声で答えた。

むかし源義経、高館をのがれ蝦夷へ渡らんと此所迄来り給いしに、渡るべき順風なかりしかば数日逗留し、あまりにたえかねて、所持の観音の像を海底の岩の上に置て順風を祈りしに、忽ち風かわり恙なく松前の地に渡り給いぬ。其像今に此所の寺にありて義経の風祈りの観音という。

れいの「東遊記」で紹介せられているのは、この寺である。

私たちは無言で石段を降りた。

「ほら、この石段のところどころに、くぼみがあるだろう? 弁慶《べんけい》の足あとだとか、義経の馬の足あとだとか、何だとかいう話だ。」N君はそう言って、力無く笑った。

私は信じたいと思ったが、駄目であった。鳥居を出たところに岩がある。東遊記にまた曰く、

「波打際に大なる岩ありて馬屋のごとく、穴三つ並べり。是義経の馬を立給いし所

となり。是によりて此地を三馬屋と称するなりとぞ。」

私たちはその巨岩の前を、ことさらに急いで通り過ぎた。故郷のこのような伝説は、奇妙に恥ずかしいものである。

「これは、きっと、鎌倉時代によそから流れて来た不良青年の二人組が、何を隠そうそれがしは九郎判官《ほうがん》、してまたこれなる髯男《ひげおとこ》は武蔵坊《むさしぼう》弁慶、一夜の宿をたのむぞ、なんて言って、田舎娘をたぶらかして歩いたのに違いない。どうも、津軽には、義経の伝説が多すぎる。鎌倉時代だけじゃなく、江戸時代になっても、そんな義経と弁慶が、うろついていたのかも知れない。」

「しかし、弁慶の役は、つまらなかったろうね。」N君は私よりも更に鬚《ひげ》が濃いので、或いは弁慶の役を押しつけられるのではなかろうかという不安を感じたらしかった。「七つ道具という重いものを背負って歩かなくちゃいけないのだから、やっかいだ。」

話しているうちに、そんな二人の不良青年の放浪生活が、ひどく楽しかったもののように空想せられ、うらやましくさえなって来た。

「この辺には、美人が多いね。」と私は小声で言った。通り過ぎる部落の、家の蔭《かげ》からちらと姿を見せてふっと消える娘さんたちは、みな色が白く、みなりも小ざっぱりして、気品があった。手足が荒れていない感じなのである。

「そうかね。そう言えば、そうだね。」N君ほど、女にあっさりしている人も少い。ただ、もっぱら、酒である。

「まさか、いま、義経だと言って名乗ったって、信じないだろうしね。」私は馬鹿な事を空想していた。

はじめは、そんなたわいない事を言い合って、ぶらぶら歩いていたのだが、だんだん二人の歩調が早くなって来た。まるで二人で足早《あしばや》を競っているみたいな形になって、そうして、めっきり無口になった。三厩の酒の酔いが醒《さ》めて来たのである。ひどく寒い。いそがざるを得ないのである。私たちは、共に厳粛な顔になって、せっせと歩いた。浜風が次第に勁《つよ》くなって来た。私は帽子を幾度も吹き飛ばされそうになって、その度毎《ごと》に、帽子の鍔《つば》をぐっと下にひっぱり、とうとうスフの帽子の鍔の附根が、びりりと破れてしまった。雨が時々、ぱらぱら降る。真黒い雲が低く空を覆っている。波のうねりも大きくなって来て、海岸伝いの細い路を歩いている私たちの頬にしぶきがかかる。

「これでも、道がずいぶんよくなったのだよ。六、七年前は、こうではなかった。波のひくのを待って素早く通り抜けなければならぬところが幾箇処もあったのだからね。」

「でも、いまでも、夜は駄目だね。とても、歩けまい。」

「そう、夜は駄目だ。義経でも弁慶でも駄目だ。」

私たちは真面目な顔をしてそんな事を言い、尚《なお》もせっせと歩いた。

「疲れないか。」N君は振返って言った。「案外、健脚だね。」

「うん、未《いま》だ老いずだ。」

二時間ほど歩いた頃から、あたりの風景は何だか異様に凄《すご》くなって来た。凄愴《せいそう》とでもいう感じである。それは、もはや、風景でなかった。風景というものは、永い年月、いろんな人から眺められ形容せられ、謂《い》わば、人間の眼《め》で舐《な》められて軟化し、人間に飼われてなついてしまって、高さ三十五丈の華厳《けごん》の滝にでも、やっぱり檻《おり》の中の猛獣のような、人くさい匂いが幽かに感ぜられる。昔から絵にかかれ歌によまれ俳句に吟ぜられた名所難所には、すべて例外なく、人間の表情が発見せられるものだが、この本州北端の海岸は、てんで、風景にも何も、なってやしない。点景人物の存在もゆるさない。強いて、点景人物を置こうとすれば、白いアッシを着たアイヌの老人でも借りて来なければならない。むらさきのジャンパーを着たにやけ男などは、一も二も無くはねかえされてしまう。絵にも歌にもなりゃしない。ただ岩石と、水である。ゴンチャロフであったか、大洋を航海して時化《しけ》に遭った時、老練の船長が、「まあちょっと甲板に出てごらんなさい。この大きい波を何と形容したらいいのでしょう。あなたがた文学者は、きっとこの波に対して、素晴らしい形容詞を与えて下さるに違いない。」ゴンチャロフは、波を見つめてやがて、溜息をつき、ただ一言、「おそろしい。」

大洋の激浪や、砂漠の暴風に対しては、どんな文学的な形容詞も思い浮ばないのと同様に、この本州の路のきわまるところの岩石や水も、ただ、おそろしいばかりで、私はそれらから眼をそらして、ただ自分の足もとばかり見て歩いた。もう三十分くらいで竜飛に着くという頃に、私は幽かに笑い、

「こりゃどうも、やっぱりお酒を残して置いたほうがよかったね。竜飛の宿に、お酒があるとは思えないし、どうもこう寒くてはね。」と思わず愚痴をこぼした。

「いや、僕もいまその事を考えていたんだ。も少し行くと、僕の昔の知合いの家があるんだが、ひょっとするとそこに配給のお酒があるかも知れない。そこは、お酒を飲まない家なんだ。」

「当ってみてくれ。」

「うん、やっぱり酒が無くちゃいけない。」

竜飛の一つ手前の部落に、その知合いの家があった。N君は帽子を脱いでその家へはいり、しばらくして、笑いを噛《か》み殺しているような顔をして出て来て、

「悪運つよし。水筒に一ぱいつめてもらって来た。五合以上はある。」

「燠が残っていたわけだ。行こう。」

もう少しだ。私たちは腰を曲げて烈風に抗し、小走りに走るようにして竜飛に向って突進した。路がいよいよ狭くなったと思っているうちに、不意に、鶏小舎《とりごや》に頭を突込んだ。一瞬、私は何が何やら、わけがわからなかった。

「竜飛だ。」とN君が、変った調子で言った。

「ここが？」落ちついて見廻すと、鶏小舎と感じたのが、すなわち竜飛の部落なのである。兇暴《きようぼう》の風雨に対して、小さい家々が、ひしとひとかたまりになって互いに庇護《ひご》し合って立っているのである。ここは、本州の極地である。この部落を過ぎて路は無い。あとは海にころげ落ちるばかりだ。路が全く絶えているのである。ここは、本州の袋小路だ。読者も銘肌《めいき》せよ。諸君が北に向って歩いている時、その路をどこまでも、さかのぼり、さかのぼり行けば、必ずこの外ヶ浜街道に到り、路がいよいよ狭くなり、さらにさかのぼれば、すぽりとこの鶏小舎に似た不思議な世界に落ち込み、そこに於いて諸君の路は全く尽きるのである。

「誰だって驚くよ。僕もね、はじめてここへ来た時、や、これはよその台所へはいってしまった、と思ってひやりとしたからね。」とN君も言っていた。

けれども、ここは国防上、ずいぶん重要な土地である。私はこの部落に就いて、これ以上語る事は避けなければならぬ。露路《ろじ》をとおって私たちは旅館に着いた。お婆さんが出て来て、私たちを部屋に案内した。この旅館の部屋もまた、おや、と眼をみはるほど小綺麗で、そうして普請《ふしん》も決して薄っぺらでない。まず、どてらに着換えて、私たちは小さい囲炉裏を挟んであぐらをかいて坐り、やっと、どうやら、人心地を取かえした。

「ええと、お酒はありますか。」N君は、思慮分別ありげな落ちついた口調で婆さんに尋ねた。答えは、案外であった。

「へえ、ございます。」おもながの、上品な婆さんである。そう答えて、平然としている。N君は苦笑して、

「いや、おばあさん。僕たちは少し多く飲みたいんだ。」

「どうぞ、ナンボでも。」と言って微笑《ほほえ》んでいる。

私たちは顔を見合せた。このお婆さんは、このごろお酒が貴重品になっているという事実を、知らないのではなかろうかとさえ疑われた。

「きょう配給がありましてな、近所に、飲まないところもかなりありますから、そんなのを集めて、」と言って、集めるような手つきをして、それから一升瓶をたくさんかかえるように腕をひろげて、「さっき内の者が、こんなに一ぱい持ってまいりました。」

「それくらいあれば、たくさんだ。」と私は、やっと安心して、「この鉄瓶でお燗をしますから、お銚子にお酒をいれて、四、五本、いや、めんどうくさい、六本、すぐに持って来て下さい。」お婆さんの気の変らぬうちに、たくさん取寄せて置いたほうがいいと思った。「お膳は、あとでもいいから。」

お婆さんは、言われたとおりに、お盆へ、お銚子を六本載せて持って来た。一、二本、飲んでいるうちにお膳も出た。

「どうぞ、まあ、ごゆっくり。」

「ありがとう。」

六本のお酒が、またたく間に無くなった。

「もう無くなった。」私は驚いた。「ばかに早いね。早すぎるよ。」

「そんなに飲んだかね。」とN君も、いぶかしそうな顔をして、からのお銚子を一本ずつ振って見て、「無い。何せ寒かったもので、無我夢中で飲んだらしいね。」

「どのお銚子にも、こぼれるくらい一ぱいお酒がはいっていたんだぜ。こんなに早く飲んでしまって、もう六本なんて言ったら、お婆さんは僕たちを化物じゃないかと思って警戒するかも知れない。つまらぬ恐怖心を起させて、もうお酒はかんべんして下さいなどと言われてもいけないから、ここは、持参の酒をお燗して飲んで、少し間《ま》をもたせて、それから、もう六本ばかりと言ったほうがよい。今夜は、この本州の北端の宿で、一つ飲み明かそうじゃないか。」と、へんな策略を案出したのが失敗の基であった。

私たちは、水筒のお酒をお銚子に移して、こんどは出来るだけゆっくり飲んだ。そのうちにN君は、急に酔って来た。

「こりゃいかん。今夜は僕は酔うかも知れない。」酔うかも知れないじゃない。既にひどく酔ってしまった様子である。「こりゃ、いかん。今夜は、僕は酔うぞ。いいか。酔ってもいいか。」

「かまわないとも。僕も今夜は酔うつもりだ。ま、ゆっくりやろう。」

「歌を一つやらかそうか。僕の歌は、君、聞いた事が無いだろう。めったにやらないんだ。でも、今夜は一つ歌いたい。ね、君、歌ってもいいだろう。」

「仕方がない。拝聴しよう。」私は覚悟をきめた。

いくら、山河あ、と、れいの牧水《ぼくすい》の旅の歌を、N君は眼をつぶって低く吟じはじめた。想像していたほどは、ひどくない。黙って聞いていると、身にしみるものがあった。

「どう？　へんかね。」

「いや、ちょっと、ほろりとした。」

「それじゃ、もう一つ。」

こんどは、ひどかった。彼も本州の北端の宿へ来て、気宇が広大になったのか、仰天するほどのおそろしい蛮声を張り上げた。

とうかいのう、小島のう、磯《いそ》のう、と、啄木《たくぼく》の歌をはじめたのだが、その声の荒々しく大きい事、外の風の音も、彼の声のために打消されてしまったほどであった。

「ひどいなあ。」と言ったら、

「ひどいか。それじゃ、やり直し。」大きく深呼吸を一つして、さらに蛮声を張り上げるのである。東海の磯の小島、と間違って歌ったり、また、どういうわけか突如として、今もまた昔を書けば増鏡《ますかがみ》、なんて増鏡の歌が出たり、呻《うめ》くが如く、喚《わめ》くが如く、おらぶが如く、実にまずい事になってしまった。私は、奥のお婆さんに聞えなければいいが、とはらはらしていたのだが、果せる哉《かな》、襖《ふすま》がすっとあいて、お

婆さんが出て来て、

「さ、歌コも出たようだし、そろそろ、お休みになりせえ。」と言って、お膳をさげ、さっさと蒲団をひいてしまった。さすがに、N君の気宇広大の蛮声には、度胆《どぎも》を抜かれたものらしい。私はまだまだ、これから、大いに飲もうと思っていたのに、実に、馬鹿らしい事になってしまった。

「まずかった。歌は、まずかった。一つか二つでよせばよかったのだ。あれじゃあ、誰だっておどろくよ。」と私は、ぶつぶつ不平を言いながら、泣寝入りの形であった。

翌る朝、私は寝床の中で、童女のいい歌声を聞いた。翌る日は風もおさまり、部屋には朝日がさし込んでいて、童女が表の路で手毬歌《てまりうた》を歌っているのである。私は、頭をもたげて、耳をすました。

せッせッせ
夏もちかづく
八十八夜
野にも山にも
新緑の

風に藤波
さわぐ時

私は、たまらない気持になった。いまでも中央の人たちに蝦夷の土地と思い込まれて軽蔑されている本州の北端で、このような美しい発音の爽やかな歌を聞こうとは思わなかった。かの佐藤理学士の言説の如く、「人もし現代の奥州に就いて語らんと欲すれば、まず文芸復興直前のイタリヤに於いて見受けられたあの鬱勃たる擡頭力を、この奥州の地に認めなければならぬ。文化に於いて、はたまた産業に於いて然り、かしこくも明治大帝の教育に関する大御心はまことに神速に奥州の津々浦々にまで浸透して、奥州人特有の聞きぐるしき鼻音の減退と標準語の進出とを促し、嘗ての原始的状態に沈淪した蒙昧な蛮族の居住地に教化の御光を与え、而して、いまや見よ云々《うんぬん》。」というような、希望に満ちた曙光《しょこう》に似たものを、その可憐な童女の歌声に感じて、私はたまらない気持であった。

四　津軽平野

「津軽」本州の東北端日本海方面の古称。斉明天皇の御代、越《コシ》の国司、阿倍比羅夫《アベノヒラフ》出羽方面の蝦夷《エゾ》地を経略して齶田《アキタ》（今の秋田）渟代《ヌシロ》（今の能代）津軽に到り、遂《ツイ》に北海道に及ぶ。これ津軽の名の初見なり。乃《スナワ》ち其地の酋長《シュウチョウ》を以《モツ》て津軽郡領とす。此《コノ》際《サイ》、遣唐使坂合部連石布《サカイベノムラジイワシキ》、蝦夷を以て唐の天子に示す。随行の官人、伊吉連博徳《ユキノムラジハカトコ》、下問に応じて蝦夷の種類を説いて云わく、類に三種あり近きを熟蝦夷《ニギエゾ》、次を麁蝦夷《アラエゾ》、遠きを都加留《ツガル》と名くと。其他の蝦夷は、おのずから別種として認められしものの如し。津軽蝦夷の称は、元慶二年出羽の夷《エビス》反乱の際にも、屢《シバシバ》散見す。当時の将軍藤原保則、乱を平《タイラ》げて津軽より渡島《ワタリジマ》に至り、雑種の夷人《イジン》前代未《イマ》だ嘗《カツ》て帰附せざるもの、悉《コトゴト》く内属すとあり。渡島は今の北海道なり。津軽の陸奥《ムツ》に属せしは、源頼朝奥羽を定め、陸奥の守護の下に附せし以来の事なるべし。

「青森県沿革」本県の地は、明治の初年に到るまで岩手・宮城・福島諸県の地と共に一個国を成し、陸奥といい、明治の初年には此地に弘前《ヒロサキ》・黒石・八戸《ハチノヘ》・七戸《シチノヘ》および斗南《トナミ》の五藩ありしが、明治四年七月列藩を廃して悉く県となし、同年九月府県廃合の事あり。一時みな弘前県に合併せしが、同年十一月弘前県を廃し、青森県を置き、前記の各藩を以て其管下とせしも、後二戸《ニノヘ》郡を岩手県に附し、以て今日に到れり。

「津軽氏」藤原氏より出でたる氏。鎮守府将軍秀郷《ヒデサト》より八世秀栄《ヒデシゲ》、康和の頃陸奥津軽郡の地を領し、後に津軽十三の湊《ミナト》に城《キズ》きて居り、津軽を氏とす。明応年中、近衛《コノエ》尚通《ヒサミチ》の子政信、家を継ぐ。政信の孫為信に到りて大に著わる。其子孫わかれて弘前・黒石の旧藩主たりし諸家等となる。

「津軽為信」戦国時代の武将。父は大浦甚三郎守信、母は堀越城主武田重信の女なり。天文十九年正月生る。幼名扇。永禄十年三月、十八歳の時、伯父津軽為則の養子となり、近衛前久の猶子《ユウシ》となれり。妻は為則の女なり。元亀二年五月、南部高信と戦いこれを斬り、天正六年七月二十七日、波岡城主北畠顕村《アキムラ》を伐《ウ》ち其領を併せ、尋《ツイ》で近傍の諸邑《ショユウ》を略し、十三年には凡《オヨ》そ津軽を一統し、十五年豊臣秀吉に謁《エツ》せんとして発途せしも、秋田城介安倍《アベ》実季《サネスエ》、道を遮《サエギ》り果さずして還る。十七年、鷹、馬等を秀吉に贈り好《ヨシミ》を通ず。されば十八年の小田原征伐にも早く秀吉の軍に応じたりしを以て、津軽及合浦《ガッポ》・外ヶ浜一円を安堵《アンド》せり。十九年の九戸乱にも兵を出し、文禄二年四月上洛して秀吉に謁し、又近衛家に謁《マミ》え、牡丹花《ボタンカ》の徽章《キショウ》を用うるを許さる。尋で使を肥前名護屋に遣わし、秀吉の陣を犒《ネギラ》い、三年正月には従四位下右京大夫となり、慶長五年関ヶ原の役には、兵を出して徳川家康の軍に従い、西上して大垣に戦い、上野国《コウズケノクニ》大館二千石を加増す。十二年十二月五日、京都にて卒す。年五十八。

「津軽平野」陸奥国、南・中・北、三津軽郡に亘《ワタ》る平野。岩木川の河谷なり。東は十和田湖の西より北走する津軽半島の脊梁《セキリヨウ》をなす山脈を限とし、南は羽後境の矢立峠・立石越等により分水線を劃《カク》し、西は岩木山塊と海岸一帯の砂丘（屏風《ビヨウブ》山と称す）に擁蔽《ヨウヘイ》せらる。岩木川は其本流西方よりし、南より来る平《ヒラ》川及び東より来る浅《アサ》瀬石《セイシ》川と弘前市の北にて会合し、正北に流れ、十三潟に注ぎて後、海に入る。平野の広袤《コウボウ》、南北約十五里、東西の幅約五里、北するに随《シタガ》って幅は縮小し、木造・五所川原の線にて三里、十三潟の岸に到れば僅かに一里なり。此間土地低平、支流溝渠《コウキヨ》網の如く通じ、青森県産米は、大部分此平野より出ず。

（以上、日本百科大辞典に拠《よ》る）

津軽の歴史は、あまり人に知られていない。陸奥も青森県も津軽と同じものだと思っている人さえあるようである。無理もない事で、私たちの学校で習った日本歴史の教科書には、津軽という名詞が、たった一箇所に、ちらと出ているだけであった。すなわち、阿倍比羅夫の蝦夷討伐のところに、「孝徳天皇が崩ぜられて、斉明天皇がお立ちになるや、中大兄皇子《なかのおおえのおうじ》は、引続き皇太子として政をお輔《たす》けになり、阿倍比羅夫をして、今の秋田・津軽の地方を平げしめられた」というような文章があって、津軽の名前も出て来るが、本当にもう、それっきり、小学校の教科書にも、また中学校の教科書にも、高等学校の講義にも、その比羅夫のところの他には津軽なんて名前は出て来ない。皇紀五百七十三年の四道将軍の派遣も、北方は今の福島県あたり迄《まで》だったようだし、それから約二百年後の日本武尊《やまとたけるのみこと》の蝦夷御平定も北は日高見国《ひだかみのくに》までのようで、日高見国というのは今の宮城県の北部あたりらしく、それから約五百五十年くらい経《た》って大化改新があり、阿倍比羅夫の蝦夷征伐に依《よ》って、はじめて津軽の名前が浮び上り、また、それっ切り沈んで、奈良時代には多賀城（今の仙台市附近）秋田城（今の秋田市）を築いて蝦夷を鎮められたと伝えられているだけで津軽の名前はも早や出て来ない。平安時代になって、坂上田村麻呂《さかのうえのたむらまろ》が遠く北へ進んで蝦夷の根拠地をうち破り、胆沢城《いざわじょう》（今の岩手県水沢町附近）を築いて鎮所となしたとあるが、津軽まではやって来なかったようである。その後、弘仁年間には文室綿麻呂《ふんやのわたまろ》の遠征があり、また元慶二年には出羽蝦夷の叛乱《はんらん》があり藤原保《やす》則《のり》その平定に赴き、その叛乱には津軽蝦夷も荷担していたとかいう事であるが、専門家でもない私たちは、蝦夷征伐といえば田村麻呂、その次には約二百五十年ばかり飛んで源平時代初期の、前九年後三年の役を教えられているばかりである。この前九年後三年の役だって、舞台は今の岩手県・秋田県であって、安倍氏清原氏などの所謂《いわゆる》熟蝦夷が活躍するばかりで、都加留などという奥地の純粋の蝦夷の動静に就いては、私たちの教科書には少しも記されていなかった。それから藤原氏三代百余年間の平泉の栄華《えいが》があり、文治五年、源頼朝に依って奥州は平定せられ、もうその頃から、私たちの教科書はいよいよ東北地方から遠ざかり、明治維新にも奥州諸藩は、ただちょっと立って裾をはたいて坐《すわ》り直したというだけの形で、薩長土の各藩に於《お》けるが如《ごと》き積極性は認められない。まあ、大過なく時勢に便乗した、と言われても、仕方の無いようなところがある。結局、もう、何も無い。私たちの教科書、神代の事は申すもかしこし、神武天皇以来現代まで、阿倍比羅夫ただ一個所に於いて「津軽」の名前を見つける事が出来るだけだというのは、まことに心細い。いったい、その間、津軽では何をしていたのか。ただ、裾をはたいて坐り直し、また裾をはたいて坐り直し、二千六百年間、一歩も外へ出ないで、眼《め》をぱちくりさせていただけの事なのか。いやいやそうではないらしい。ご当人に言わせると、「こう見えても、これでなかなか忙がしくてねえ。」というようなところらしい。

「奥羽とは奥州、出羽の併称で、奥州とは陸奥《むつ》州の略称である。陸奥とは、もと白河、勿来《なこそ》の二関以北の総称であった。名義は『道の奥』で、略されて『みちのく』

となった。その『みち』の国の名を、古い地方音によって『むつ』と発音し、『むつ』の国となった。この地方は東海東山両道の末をうけて、一番奥にある異民族住居の国であったから、漠然と道の奥と呼んだに他ならぬ。漢字『陸』は『道』の義である。

次に出羽は『いでは』で、出端《いではし》の義と解せられる。古《いにしえ》は本州中部から東北の日本海方面地方を、漠然と越《こし》の国と呼んだ。これも奥の方は、陸奥《みちのく》と同じく、久しく異民族住居の化外《かがい》の地で、これを出端と言ったのであろう。即ち太平洋方面なる陸奥と共に、もと久しく王化の外に置かれた僻陬《へきすう》であったことを、その名に示している。」というのは、喜田博士の解説であるが、簡明である。解説は簡単で明瞭なるに越した事はない。出羽奥州すでに化外の僻陬と見なされていたのだから、その極北の津軽半島などに到っては熊や猿の住む土地くらいに考えられていたかも知れない。喜田博士は、さらに奥羽の沿革を説き、「頼朝の奥羽平定以後と雖《いえど》も、その統治に当り自然他と同一なること能《あた》わず、『出羽陸奥に於いては夷《えびす》の地たるにより『て』との理由のもとに、一旦実施しかけた田制改革の処分をも中止して、すべて秀衡《ひでひら》、泰衡《やすひら》の旧規に従うべきことを命ずるのやむを得ざる程であった。随《したが》って最北の津軽地方の如きは、住民まだ蝦夷の旧態を存するもの多く、直接鎌倉武士を以てしては、これを統治し難い事情があったと見えて、土豪安東《あんどう》氏を代官に任じ、蝦夷管領としてこれを鎮撫《ちんぶ》せしめた」というような事を記している。この安東氏の頃あたりから、まあ、少しは津軽の事情もわかって来る。その前は、何が何やら、アイヌがうろうろしていただけの事かも知れない。しかし、このアイヌは、ばかに出来ない。所謂日本の先住民族の一種であるが、いま北海道に残ってしょんぼりしているアイヌとは、根本的にたちが違っていたものらしい。その遺物遺跡を見るに、世界のあらゆる石器時代の土器に比して優位をしめている程であるとも言われ、今の北海道アイヌの祖先は、古くから北海道に住んで、本州の文化に触れること少く、土地隔絶、天恵少く、随って石器時代にも、奥羽地方の同族に見るが如き発達を遂げるに到らず、殊に近世は、松前藩以来、内地人の圧迫を被《こうむ》ること多く、甚しく去勢されて、堕落の極に達しているのに反し、奥羽のアイヌは、潑剌《はつらつ》と独自の文化を誇り、或《ある》いは内地諸国に移住し、また内地人も奥羽へ盛んに入り込んで来て、次第に他の地方と区別の無い大和《やまと》民族になってしまった。それに就いて理学博士小川琢治《たくじ》氏も、次のように論断しているようである。「続日本紀《しよくにほんぎ》には奈良朝前後に粛慎人《しゆくしんじん》及び渤海人《ぼつかいじん》が、日本海を渡って来朝した記載がある。そのうち特に著しいのは聖武天皇の天平十八年（一四〇六年）及び光仁天皇の宝亀二年（一四三一年）の如く渤海人千余人、つぎに三百余人の多人数が、それぞれ今の秋田地方に来着した事実で、満洲地方と交通が頗《すこぶ》る自由に行われたのは想像し難くない。秋田附近から五銖銭《しゅせん》が出土したことがあり、東北には漢文帝武帝を祀《まつ》った神社があったらしいのは、いずれも直接の交通が大陸とこの地方との間に行われたことを推測せしめる。今昔物語に、安倍頼時《よりとき》が満洲に渡って見聞したことを載せたのは、これらの考古学及び土俗学上の資料と併せ考えて、決して一場の説話として捨てるべきものでない。われわれは、更に一歩を進めて、当時の東北蕃族《ばんぞく》は皇化東漸《とうぜん》以前に、大陸との直接の交通に依って得たる文華の程度が、不充分なる中央に残った史料から推定する如く、低級ではなかったことを同時に確信し得られるのである。田村麻呂、頼義、義家などの武将が、これを綏服《すいふく》するに頗る困難であったのも、敵手が単に無智なるがために精悍《せいかん》なる台湾生蕃《せいばん》の如き土族でなかったと考えて、はじめて氷解するのである。」

そうして、小川博士は、大和朝廷の大官たちが、しばしば蝦夷《えみし》、東人《あずまびと》、毛人《けびと》などと名乗ったのは、一つには、奥羽地方人の勇猛、またはその異国的なハイカラな情緒にあやかりたいという意味もあったのではなかろうかと考えてみるのも面白いではないか、というような事も言い添えている。こうして見ると、津軽人の祖先も、本州の北端で、決してただうろうろしていたわけでは無かったようでもあるが、けれども、中央の歴史には、どういうものか、さっぱり出て来ない。わずかに、前述の安東氏あたりから、津軽の様子が、ほのかに分明して来る。喜田博士の曰《いわ》く、「安東氏は自ら安倍貞任《さだとう》の子高星《たかぼし》の後と称し、その遠祖は長髄彦《ながすねひこ》の兄安日《あび》なりと言っている。長髄彦、神武天皇に抗して誅《ちゅう》せられ、兄安日は奥州外ヶ浜に流されて、その子孫安倍氏となったというのである。いずれにしても鎌倉時代以前よりの、北奥の大豪族であったに相違ない。津軽に於いて、口三郡は鎌倉役であり、奥三郡は御内裏《ごだいり》様御領で、天下の御帳に載らざる無役の地だったと伝えられているのは、鎌倉幕府の威力もその奥地に及ばず、安東氏の自由に委《まか》して、謂《い》わゆる守護不入の地となっていたことを語ったものであろう。

鎌倉時代の末、津軽に於いて安東氏一族の間に内訌《ないこう》あり、遂に蝦夷の騒乱となるに到って、幕府の執権北条高時《たかとき》、将を遣《つか》わしてこれを鎮撫せしめたが、鎌倉武士の威力を以てしてこれに勝つ能わず、結局和談の儀を以て引き上げたとある。」

さすがの喜田博士も津軽の歴史を述べるに当っては、少し自信のなさそうな口振りである。まったく、津軽の歴史は、はっきりしないらしい。ただ、この北端の国は、他国と戦い、負けた事が無いというのは本当のようだ。服従という観念に全く欠けていたらしい。他国の武将もこれには呆《あき》れて、見て見ぬ振りをして勝手に振舞わせていたらしい。昭和文壇に於ける誰かと似ている。それはともかく、他国が相手にせぬので、仲間同志で悪口を言い合い格闘をはじめる。安東氏一族の内訌に端を発した津軽蝦夷の騒擾《そうじょう》などその一例である。津軽の人、竹内運平氏の青森県通史に拠れば、「この安東一族の騒乱は、引いて関八州の騒動となり、所謂北条九代記の『是《これ》ぞ天地の命の革《あらた》むべき危機の初め』となってやがては元弘《げんこう》の変となり、建武《けんむ》の中興となった」とあるが、或いはその御大業の遠因の一つに数えられてしかるべきものかも知れない。まことならば、津軽が、ほんの少しでも中央の政局を動かしたのは、実にこれ一つという事になって、この安東氏一族の内訌は、津軽の歴史に特筆大書すべき光栄ある記録とでも言わなければならなくなる。いまの青森県の太平洋寄りの地方は古くから糠部《ぬかのぶ》と称する蝦夷地であったが、鎌倉時代以後、ここに甲州武田氏の一族南部氏が移り住み、その勢い頗る強大となり、吉野、室町時代を経て、秀吉の全国統一に到るまで、津軽はこの南部と争い、津軽に於いては安東氏のかわりに津軽氏が立ち、どうやら津軽一国を安堵《あんど》し、津軽氏は十二代つづいて、明治維新、藩主承昭《つぐあきら》は藩籍を謹んで奉還したというのが、まあ、津軽の歴史の大略である。この津軽氏の遠祖に就いては諸説がある。喜田博士もそれに触れて、「津軽に於いては、安東氏没落し、津軽氏独立して南部氏と境を接して長く相敵視するの間柄となった。津軽氏は近衛関白尚通《ひさみち》の後裔《こうえい》と称している。しかし一方では南部氏の分れであるといい、或いは藤原基衡《もとひら》の次男秀栄《ひでしげ》の後だとも、或いは安東氏の一族であるかの如くにも伝え、諸説紛々適従するところを知らぬ。」と言っている。

また、竹内運平氏もその事に就いて次のように述べている。「南部家と津軽家とは江戸時代を通じ、著しく感情の疎隔を有しつつ終始した。右の原因は、南部氏が津軽家を以て祖先の敵であり旧領を押領せるものと見做《みな》す事、及び津軽家はもと南部の一族であり、被官の地位にあったのに其主に背いたと称し、また一方、津軽家にては、わが遠祖は藤原氏であり、中世に於いても近衛家の血統の加われるものである、と主張する事等から起って居るらしい。勿論《もちろん》、事実に於いて南部高信《たかのぶ》は津軽為《ため》信《のぶ》のために亡ぼされ、津軽郡中の南部方の諸城は奪取せられて居るのみならず、為信数代の祖大浦光信《みつのぶ》の母は、南部久慈備前守《びぜんのかみ》の女であり、以後数代南部信濃守《しなののかみ》と称して居る家柄であったから、南部氏の津軽家に対し一族の裏切者として深怨《しんえん》を含んで居る事も無理のない事と思う。なお、津軽家はその遠祖を藤原、近衛家などに求めているが、現在より見ては、必ずしも吾等《われら》を首肯《しゅこう》せしむる根本証拠を伴うて居るものではない。南部氏に非《あら》ず、との弁護の立場を取って居る可足記の如きも、甚だ力弱い論旨を示して居る。古くは津軽に於いても高屋家記の如きは、大浦氏を以て南部家の支族とし、木立日記にも『南部様津軽様御家は御一体なり』と云《い》い、近来出版になった読史備要《とくしびよう》等も為信を久慈氏（南部氏一族）として居る事に対し、それを否定すべき確実なる資料は、今のところ無いように思う。しかし津軽には過去にこそ南部の血統もあり、また被官ではあっても、血統の他の一面にはどんな由緒のものもないとは云えない。」と喜田博士同様、断乎《だんこ》たる結論は避けている。それを簡明直截《ちょくせつ》に疑わず規定しているのは、日本百科大辞典だけであったから、一つの参考としてこの章のはじめに載せて置いた。

以上くだくだしく述べて来たが、考えてみると、津軽というのは、日本全国から見てまことに渺《びょう》たる存在である。芭蕉《ばしょう》の「奥の細道」には、その出発に当り、「前途三千里のおもい胸にふさがりて」と書いてあるが、それだって北は平泉、いまの岩手県の南端に過ぎない。青森県に到達するには、その二倍歩かなければならぬ。そうして、その青森県の日本海寄りの半島たった一つが津軽なのである。昔の津軽は、全流程二十二里八町の岩木川に沿うてひらけた津軽平野を中心に、東は青森、浅虫《あさむし》あたり迄、西は日本海々岸を北から下ってせいぜい深浦《ふかうら》あたり迄、そうして南は、まあ弘前《ひろさき》迄といっていいだろう。分家の黒石藩が南にあるが、この辺にはまた黒石藩としての独自の伝統もあり、津軽藩とちがった所謂文化的な気風も育成せられているようだから、これは除いて、そうして、北端は竜飛《たっぴ》である。まことに心細いくらいに狭い。これでは、中央の歴史に相手にされなかったのも無理はないと思われて来る。私は、その「道の奥」の奥の極点の宿で一夜を明し、翌《あく》る日、やっぱりまだ船が出そうにも無いので、前日歩いて来た路《みち》をまた歩いて三厩《みんまや》まで来て、三厩で昼食をとり、それからバスでまっすぐに蟹田《かにた》のN君の家へ帰って来た。歩いてみると、しかし、津軽もそんなに小さくはない。その翌々日の昼頃、私は定期船でひとり蟹田を発《た》ち、青森の港に着いたのは午後の三時、それから奥羽線で川部まで行き、川部で五能線に乗りかえて五時頃五所川原《ごしょがわら》に着き、それからすぐ津軽鉄道で津軽平野を北上し、私の生れた土地の金木《かなぎ》町に着いた時には、もう薄暗くなっていた。蟹田と金木と相隔たる事、四角形の一辺に過ぎないのだが、その間に梵珠《ぼんじゅ》山脈があって山中には路らしい路も無いような有様らしいので、仕方なく四角形の他の三辺を大迂回《だいうかい》して行かなければならぬのである。金木の生家に着いて、まず仏間へ行き、嫂《あによめ》がついて来て仏間の扉を一ぱいに開いてくれて、私は仏壇の中の父母の写真をしばらく眺め、ていねいにお辞儀をした。それから、常居《じょい》という家族の居間にさがって、改めて嫂に挨拶した。

「いつ、東京を？」と嫂は聞いた。

私は東京を出発する数日前、こんど津軽地方を一周してみたいと思っていますが、ついでに金木にも立寄り、父母の墓参をさせていただきたいと思っていますから、その折にはよろしくお願いします、というような葉書を嫂に差上げていたのである。

「一週間ほど前です。東海岸で、手間どってしまいました。蟹田のN君には、ずいぶんお世話になりました。」N君の事は、嫂も知っている筈《はず》だった。

「そう。こちらではまた、お葉書が来ても、なかなかご本人がお見えにならないので、どうしたのかと心配していました。陽子や光《みっ》ちゃんなどは、とても待って、毎日交代に停車場へ出張していたのですよ。おしまいには、怒って、もう来たって知らない、と言っていた人もありました。」

陽子というのは長兄の長女で、半年ほど前に弘前の近くの地主の家へお嫁に行き、その新郎と一緒にちょいちょい金木へ遊びに来るらしく、その時も、お二人でやって来ていたのである。光ちゃんというのは、私たちの一ばん上の姉の末娘で、まだ嫁がず金木の家へいつも手伝いに来ている素直な子である。その二人の姪《めい》が、からみ合いながら、えへへ、なんておどけた笑い方をして出て来て、酒飲みのだらしない叔父さんに挨拶した。陽子は女学生みたいで、まだ少しも奥さんらしくない。

「おかしい恰好《かっこう》。」と私の服装をすぐに笑った。

「ばか。これが、東京のはやりさ。」

嫂に手をひかれて、祖母も出て来た。八十八歳である。

「よく来た。ああ、よく来た。」と大声で言う。元気な人だったが、でも、さすがに少し弱って来ているようにも見えた。

「どうしますか。」と嫂は私に向って、「ごはんは、ここで食べますか。二階に、みんないるんですけど。」

陽子のお婿《むこ》さんを中心に、長兄や次兄が二階で飲みはじめている様子である。

兄弟の間では、どの程度に礼儀を保ち、またどれくらい打ち解けて無遠慮にしたらいいものか、私にはまだよくわかっていない。

「お差支《さしつか》えなかったら、二階へ行きましょうか。」ここでひとりで、ビールなど飲んでいるのも、いじけているみたいで、いやらしい事だと思った。

「どちらだって、かまいませんよ。」嫂は笑いながら、「それじゃ、二階へお膳を。」と光ちゃんたちに言いつけた。

私はジャンパー姿のままで二階に上って行った。金襖《きんぶすま》の一ばんいい日本間《にほんま》で、兄たちは、ひっそりお酒を飲んでいた。私はどたばたとはいり、

「修治です。はじめて。」と言って、まずお婿さんに挨拶して、それから長兄と次

兄に、ごぶさたのお詫《わ》びをした。長兄も次兄も、あ、と言って、ちょっと首肯《うなず》いたきりだった。わが家の流儀である。いや、津軽の流儀と言っていいかも知れない。私は慣れているので平気でお膳について、光ちゃんと嫂のお酌で、黙ってお酒を飲んでいた。お婿さんは、床柱をうしろにして坐って、もうだいぶお顔が赤くなっている。兄たちも、昔はお酒に強かったようだが、このごろは、めっきり弱くなったようで、さ、どうぞ、もうひとつ、いいえ、いけません、そちらさんこそ、どうぞ、などと上品にお互いゆずり合っている。外ヶ浜で荒っぽく飲んで来た私には、まるで竜宮か何か別天地のようで、兄たちと私の生活の雰囲気の差異に今更のごとく愕《がく》然《ぜん》とし、緊張した。

「蟹は、どうしましょう。あとで？」と嫂は小声で私に言った。私は蟹田の蟹を少しお土産に持って来たのだ。

「さあ。」蟹というものは、どうも野趣がありすぎて上品のお膳をいやしくする傾きがあるので私はちょっと躊躇《ちゆうちよ》した。嫂も同じ気持だったのかも知れない。

「蟹？」と長兄は聞きとがめて、「かまいませんよ。持って来なさい。ナプキンも一緒に。」

今夜は、長兄もお婿さんがいるせいか、機嫌がいいようだ。

蟹が出た。

「おあがり、なさいませんか。」と長兄はお婿さんにもすすめて、自身まっさきに蟹の甲羅《こうら》をむいた。

私は、ほっとした。

「失礼ですが、どなたです。」お婿さんは、無邪気そうな笑顔で私に言った。はっと思った。無理もないとすぐに思い直して、

「はあ、あのう、英治さん（次兄の名）の弟です。」と笑いながら答えたが、しょげてしまって、これあ、英治さんの名前を出してもいけなかったかしら、と卑屈に気を使って、次兄の顔色を伺ったが、次兄は知らん顔をしているので、取りつく島も無かった。ま、いいや、と私は膝を崩して、光ちゃんに、こんどはビールをお酌させた。

金木の生家では、気疲れがする。また、私は後で、こうして書くからいけないのだ。肉親を書いて、そうしてその原稿を売らなければ生きて行けないという悪い宿業を背負っている男は、神様から、そのふるさとを取りあげられる。所詮、私は、東京のあばらやで仮寝して、生家のなつかしい夢を見て慕い、あちこちうろつき、そうして死ぬのかも知れない。

翌る日は、雨であった。起きて二階の長兄の応接間へ行ってみたら、長兄はお婿さんに絵を見せていた。金屏風《きんびようぶ》が二つあって、一つには山桜、一つには田園の山水とでもいった閑雅《かんが》な風景が画《か》かれている。私は落款を見た。が、読めなかった。

「誰です。」と顔を赤らめ、おどおどしながら聞いた。

「スイアン。」と兄は答えた。

「スイアン。」まだわからなかった。

「知らないのか。」兄は別に叱りもせず、おだやかにそう言って、「百穂《ひやくすい》のお父さんです。」

「へえ?」百穂のお父さんもやっぱり画家だったという事は聞いて知っていたが、そのお父さんが穂庵《すいあん》という人で、こんないい絵をかくとは知らなかった。私だって、絵はきらいではないし、いや、きらいどころか、かなり通《つう》のつもりでいたのだが、穂庵を知らなかったとは、大失態であった。屏風をひとめ見て、おや? 穂庵、と軽く言ったなら、長兄も少しは私を見直したかも知れなかったのに、間抜けた声で、誰です、は情ない。取返しのつかぬ事になってしまった、と身悶《みもだ》えしたが、兄は、そんな私を問題にせず、

「秋田には、偉い人がいます。」とお婿さんに向って低く言った。

「津軽の綾足《あやたり》はどうでしょう。」名誉恢復《かいふく》と、それから、お世辞のつもりもあって、私は、おっかなびっくり出しゃばってみた。津軽の画家といえば、まあ、綾足くらいのものらしいが、実はこれも、この前に金木へ来た時、兄の持っている綾足の画《え》を見せてもらって、はじめて、津軽にもこんな偉い画家がいたという事を知った次第なのである。

「あれは、また、べつのもので。」と兄は全く気乗りのしないような口調で呟《つぶや》いて、椅子に腰をおろした。私たちは皆、立って屛風の絵を眺めていたのだが、兄が坐ったので、お婿さんもそれと向い合った椅子に腰をかけ、私は少し離れて、入口の傍のソファに腰をおろした。

「この人などは、まあ、これで、ほんすじでしょうから。」とやはりお婿さんのほうを向いて言った。兄は前から、私には、あまり直接話をしない。

そう言えば、綾足のぼってりした重量感には、もう少しどうかするとゲテモノに落ちそうな不安もある。

「文化の伝統、といいますか、」兄は背中を丸めてお婿さんの顔を見つめ、「やっぱり、秋田には、根強いものがあると思います。」

「津軽は、だめか。」何を言っても、ぶざまな結果になるので、私はあきらめて、笑いながらひとりごとを言った。

「こんど、津軽の事を何か書くんだって？」と兄は、突然、私に向って話しかけた。

「ええ、でも、何も、津軽の事なんか知らないので、」と私はしどろもどろになり、

「何か、いい参考書でも無いでしょうか。」

「さあ、」と兄は笑い、「わたしも、どうも、郷土史にはあまり興味が無いので。」

「津軽名所案内といったような極く大衆的な本でも無いでしょうか。まるで、もう、何も知らないのですから。」

「無い、無い。」と兄は私のずぼらに呆れたように苦笑しながら首を振って、それから立ち上ってお婿さんに、

「それじゃあ、わたしは農会へちょっと行って来ますから、そこらにある本でも御覧になって、どうも、きょうはお天気がわるくて。」と言って出かけて行った。

「農会も、いま、いそがしいのでしょうね。」と私はお婿さんに尋ねた。

「ええ、いま、ちょうど米の供出割当の決定があるので、たいへんなのです。」とお婿さんは若くても、地主だから、その方面の事はよく知っている。いろいろこまかい数字を挙げて説明してくれたが、私には、半分もわからなかった。

「僕などは、いままで米の事などむきになって考えた事は無かったようなものなの

ですが、でも、こんな時代になって来ると、やはり汽車の窓から水田をそれこそ、わが事のように一喜一憂して眺めているのですね。ことしは、いつまでも、こんなにうすら寒くて、田植えもおくれるんじゃないでしょうか。」私は、れいに依って専門家に向い、半可通を振りまわした。

「大丈夫でしょう。このごろは寒ければ寒いで、対策も考えて居りますから。苗の発育も、まあ、普通のようです。」

「そうですか。」と私は、もっともらしい顔をして首肯き、「僕の知識は、きのう汽車の窓からこの津軽平野を眺めて得ただけのものなのですが、馬耕というんですか、あの馬に挽《ひ》かせて田を打ちかえすあれを、牛に挽かせてやっているのがずいぶん多いようですね。僕たちの子供の頃には、馬耕に限らず、荷車を挽かせるのでも何でも、全部、馬で、牛を使役するという事は、ほとんど無かったんですがね。僕なんか、はじめて東京へ行った時、牛が荷車を挽いているのを見て、奇怪に感じた程です。」

「そうでしょう。馬はめっきり少くなりました。たいてい、出征したのです。それから、牛は飼養するのに手数がかからないという関係もあるでしょうね。でも、仕事の能率の点では、牛は馬の半分、いや、もっともっと駄目かも知れません。」

「出征といえば、もう、――」

「僕ですか？　もう、二度も令状をいただきましたが、二度とも途中でかえされて、面目ないんです。」健康な青年の、くったくない笑顔はいいものだ。「こんどは、かえされたくないと思っているんですが。」自然な口調で、軽く言った。

「この地方に、これは偉い、としんから敬服出来るような、隠れた大人物がいないものでしょうか。」

「さあ、僕なんかには、よくわかりませんけど、篤農家《とくのうか》などと言われている人の中に、ひょっとしたら、あるんじゃないでしょうか。」

「そうでしょうね。」私は大いに同感だった。「僕なんかも、理窟は下手だし、まあ篤文家とでもいったような痴《こけ》の一念で生きて行きたいと思っているのですが、どうも、つまらぬ虚栄などもあって、常識的な、きざったらしい事になってしまって、ものになりません。しかし、篤農家も、篤農家としてあまり大きいレッテルをはられると、だめになりはしませんか。」

「そう。そうです。新聞社などが無責任に矢鱈《やたら》に騒ぎ立て、ひっぱり出して講演をさせたり何かするので、せっかくの篤農家も妙な男になってしまうのです。有名になってしまうと、駄目になります。」

「まったくですね。」私はそれにも同感だった。「男って、あわれなものですからね。

名声には、もろいものです。ジャアナリズムなんて、もとをただせば、アメリカあたりの資本家の発明したもので、いい加減なものですからね。毒薬ですよ。有名になったとたんに、たいてい腑《ふ》抜《ぬ》けになっていますからね。」私は、へんなところで自分の一身上の鬱憤《うつぷん》をはらした。こんな不平家は、しかし、そうは言っても、内心では有名になりたがっているというような傾向があるから、注意を要する。

ひるすぎ、私は傘さして、雨の庭をひとりで眺めて歩いた。一木一草も変っていない感じであった。こうして、古い家をそのまま保持している兄の努力も並たいていではなかろうと察した。池のほとりに立っていたら、「チャボリと小さい音がした。見ると、蛙《かえる》が飛び込んだのである。つまらない、あさはかな音である。とたんに私は、あの、芭蕉翁の古池の句を理解できた。私には、あの句がわからなかった。どこがいいのか、さっぱり見当もつかなかった。名物にうまいものなし、と断じていたが、それは私の受けた教育が悪かったせいであった。あの古池の句に就いて、私たちは学校で、どんな説明を与えられていたか。森閑《しんかん》たる昼なお暗きところに蒼然《そうぜん》たる古池があって、そこに、どぶうんと（大川へ身投げじゃあるまいし）蛙が飛び込み、ああ、余韻嫋々《じようじよう》、一鳥啼《な》きて山さらに静かなりとはこの事だ、と教えられていたのである。なんという、思わせぶりたっぷりの、月並な駄句であろう。いやみったらしくて、ぞくぞくするわい。鼻持ちならん、と永い間、私はこの句を敬遠していたのだが、いま、いや、そうじゃないと思い直した。どぶうん、なんて説明をするから、わからなくなってしまうのだ。余韻も何も無い。ただの、チャボリだ。謂《い》わば世の中のほんの片隅の、実にまずしい音なのだ。貧弱な音なのだ。芭蕉はそれを聞き、わが身につまされるものがあったのだ。古池や蛙《かわず》飛び込む水の音。そう思ってこの句を見直すと、わるくない。いい句だ。当時の檀林《だんりん》派《は》のにやけたマンネリズムを見事に蹴飛ばしている。謂わば破格の着想である。月も雪も花も無い。風流もない。ただ、まずしいものの、まずしい命だけだ。当時の風流宗匠たちが、この句に愕然《がくぜん》としたわけも、それでよくわかる。在来の風流の概念の破壊である。革新である。いい芸術家は、こう来なくっちゃ嘘《うそ》だ、とひとりで興奮して、その夜、旅の手帖《てちょう》にこう書いた。

「山吹や蛙飛び込む水の音。其角《きかく》、ものかは。なんにも知らない。われと来て遊べや親の無い雀《すずめ》。すこし近い。でも、あけすけでいや味《み》。古池や、無類なり。」

翌る日は、上天気だった。姪の陽子と、そのお婿さんと、私と、それからアヤが皆のお弁当を背負って、四人で、金木町から一里ほど東の高流《たかながれ》と称する二百メートル足らずの、なだらかな小山に遊びに行った。アヤ、と言っても、女の名前ではない。じいや、という程の意味である。お父さん、という意味にも使われる。アヤに対するFemmeは、アパである。アバとも言う。どういうところから、これらの言葉が起って来たのか、私には、わからない。オヤ、オバの訛《なま》りか、などと当てずっぽうしてみたってはじまらない。諸家の諸説がある事であろう。高流という山の名前も、姪の説に依ると、高長根《たかながね》というのが正しい呼び方で、なだらかに裾のひろがっているさまが、さながら長根の感じとか何とかという事であったが、これにもまた諸家の諸説があるのであろう。諸家の諸説が紛々として帰趨《きすう》の定まらぬところに、郷土学の妙味がある様子である。姪とアヤは、お弁当や何かで手間取っているので、お婿さんと私とだけ、一足さきに家を出た。よい天気である。津軽の旅行は、五、六月に限る。れいの「東遊記」にも、「昔より北地に遊ぶ人は皆夏ばかりなれば、草木も青み渡り、風も南風に変り、海づらものどかなれば、恐ろしき名にも立ざる事と覚ゆ。我北地に到りしは、九月より三月の頃なれば、途中にて旅人には絶えて逢《あ》う事なかりし。我旅行は医術修行の為《ため》なれば、格別の事なり。只《ただ》名所をのみ探らんとの心にて行く人は必ず四月以後に行くべき国なり。」としてあるが、旅行の達人の言として、読者もこれだけは信じて、覚えて置くがよい。津軽では、梅、桃、桜、林檎《りんご》、梨、すもも、一度にこの頃、花が咲くのである。自信ありげに、私が先に立って町はずれまで歩いて来たが、高流へ行く路がわからない。小学校の頃に二、三度行った事があるきりなのだから、忘れるのも無理はないとも思ったが、しかし、その辺の様子が、幼い頃の記憶とまるで違っている。私は当惑して、

「停車場や何か出来て、この辺は、すっかり変って、高流には、どう行けばいいのか、わからなくなりました。あの山なんですがね。」と私は、前方に見える、への字形に盛りあがった薄みどり色の丘陵を指差して言った。「この辺で、少しぶらぶらして、アヤたちを待つ事にしましょう。」とお婿さんに笑いながら提案した。

「そうしましょう。」とお婿さんも笑いながら、「この辺に、青森県の修錬農場があるとか聞きましたけど。」私よりも、よく知っている。

「そうですか。捜してみましょう。」

修錬農場は、その路から半丁ほど右にはいった小高い丘の上にあった。農村中堅人物の養成と拓士訓練の為に設立せられたもののようであるが、この本州の北端の原野に、もったいないくらいの堂々たる設備である。秩父の宮様が弘前の八師団に御勤務あそばされていらっしゃった折に、かしこくも、この農場にひとかたならず御助勢下されたとか、講堂もその御蔭《おかげ》で、地方稀《まれ》に見る荘厳の建物になって、その他、作業場あり、家畜小屋あり、肥料蓄積所、寄宿舎、私は、ただ、眼を丸くして

驚くばかりであった。

「へえ？　ちっとも、知らなかった。金木には過ぎたるものじゃないですか。」そう言いながら、私は、へんに嬉《うれ》しくて仕方が無かった。やっぱり自分の生れた土地には、ひそかに、力こぶをいれているものらしい。

農場の入口に、大きい石碑が立っていて、それには、昭和十年八月、朝香宮様の御成、同年九月、高松宮様の御成、同年十月、秩父宮様ならびに同妃宮様の御成、昭和十三年八月に秩父宮様ふたたび御成、という幾重もの光栄を謹んで記しているのである。金木町の人たちは、この農場を、もっともっと誇ってよい。金木だけではない、これは、津軽平野の永遠の誇りであろう。実習地とでもいうのか、津軽の各部落から選ばれた模範農村青年たちの作った畑や果樹園、水田などが、それらの建築物の背後に、実に美しく展開していた。お婿さんはあちこち歩いて耕地をつくづく眺め、

「たいしたものだなあ。」と溜息《ためいき》をついて言った。お婿さんは地主だから、私などより、ずいぶんいろいろ、わかるところがあるのであろう。

「や！　富士。いいなあ。」と私は叫んだ。富士ではなかった。津軽富士と呼ばれている一千六百二十五メートルの岩木山が、満目の水田の尽きるところに、ふわり

と浮んでいる。実際、軽く浮んでいる感じなのである。したたるほど真蒼《まつさお》で、富士山よりもっと女らしく、十二単衣《じゆうにひとえ》の裾を、銀杏《いちよう》の葉をさかさに立てたようにぱらりとひらいて左右の均斉も正しく、静かに青空に浮んでいる。決して高い山ではないが、けれども、なかなか、透きとおるくらいに嬋娟《せんけん》たる美女ではある。

「金木も、どうも、わるくないじゃないか。」私は、あわてたような口調で言った。

「わるくないよ。」口をとがらせて言っている。

「いいですな。」お婿さんは落ちついて言った。

私はこの旅行で、さまざまの方面からこの津軽富士を眺めたが、弘前から見るといかにも重くどっしりして、岩木山はやはり弘前のものかも知れないと思う一方、また津軽平野の金木、五所川原、木造《きづくり》あたりから眺めた岩木山の端正で華奢《きやしや》な姿も忘れられなかった。西海岸から見た山容は、まるで駄目である。崩れてしまって、もはや美人の面影は無い。岩木山の美しく見える土地には、米もよくみのり、美人も多いという伝説もあるそうだが、米のほうはともかく、この北津軽地方は、こんなにお山が綺麗《きれい》に見えながら、美人のほうは、どうも、心細いように、私には見受けられたが、これは或いは私の観察の浅薄なせいかも知れない。

「アヤたちは、どうしたでしょうね。」ふっと私は、その事が心配になり出した。

「どんどんさきに行ってしまったんじゃないかしら。」アヤたちの事を、つい忘却しているほど、私たちは、修錬農場の設備や風景に感心してしまっていたのである。私たちは、もとの路に引返して、あちこち見廻《みまわ》していると、アヤが、思いがけない傍系の野路からひょっこり出て来て、わしたちは、いままであなたたちを手わけしてさがしていた、と笑いながら言う。アヤは、この辺の野原を捜し廻り、姪は、高流へ行く路をまっすぐにどんどん後を追っかけるようにして行ったという。

「そいつあ気の毒だったな。陽ちゃんは、それじゃあ、ずいぶん遠くまで行ってしまったろうね。おうい。」と前方に向って大声で呼んだが、何の返辞も無い。

「まいりましょう。」とアヤは背中の荷物をゆすり上げて、「どうせ、一本道ですから。」

空には雲雀《ひばり》がせわしく囀《さえず》っている。こうして、故郷の春の野路を歩くのも、二十年振りくらいであろうか。一面の芝生《しばふ》で、ところどころに低い灌木《かんぼく》の繁《しげ》みがあったり、小さい沼があったり、土地の起伏もゆるやかで、一昔前だったら都会の人たちは、絶好のゴルフ場とでも言ってほめたであろう。しかも、見よ、いまはこの原野にも着々と開墾の鍬《くわ》が入れられ、人家の屋根も美しく光り、あれが更生部落、あれが隣村の分村、とアヤの説明を聞きながら、金木も発展して、賑《にぎ》やかになったものだと、しみじみ思った。そろそろ、山の登り坂にさしかかっても、まだ姪の姿が見えない。

「どうしたのでしょうね。」私は、母親ゆずりの苦労性である。

「いやあ、どこかにいるでしょう。」新郎は、てれながらも余裕を見せた。

「とにかく、聞いてみましょう。」私は路傍の畑で働いているお百姓さんに、スフの帽子をとってお辞儀をして、「この路を、洋服を着た若いアネサマがとおりませんでしたか。」と尋ねた。とおった、という答えである。何だか、走るように、ひどくいそいでとおったという。春の野路を、走るようにいそいで新郎の後を追って行く姪の姿を想像して、わるくないと思った。しばらく山を登って行くと、並木の落葉松《からまつ》の蔭に姪が笑いながら立っていた。ここまで追っかけて来てもいないから、あとから来るのだろうと思って、ここでワラビを取っていたという。別に疲れた様子も見えない。この辺は、ワラビ、ウド、アザミ、タケノコなど山菜の宝庫らしい。秋には、初茸《はったけ》、土かぶり、なめこなどのキノコ類が、アヤの形容に依れば「敷《し》かさっているほど」一ぱい生えて、五所川原、木造あたりの遠方から取りに来る人もあるという。

「陽ちゃまは、きのこ取りの名人です。」と言い添えた。また、山を登りながら、

「金木へ、宮様がおいでになったそうだね。」と私が言うと、アヤは、改まった口

調で、はい、と答えた。

「ありがたい事だな。」

「はい。」と緊張している。

「よく、金木みたいなところに、おいで下さったものだな。」

「はい。」

「自動車で、おいでになったか。」

「はい。自動車でおいでになりました。」

「アヤも、拝んだか。」

「はい。拝ませていただきました。」

「アヤは、仕合せだな。」

「はい。」と答えて、首筋に巻いているタオルで顔の汗を拭いた。

鶯《うぐいす》が鳴いている。スミレ、タンポポ、野菊、ツツジ、白ウツギ、アケビ、野バラ、それから、私の知らない花が、山路の両側の芝生に明るく咲いている。背の低い柳、カシワも新芽を出して、そうして山を登って行くにつれて、笹《ささ》がたいへん多くなった。二百メートルにも足りない小山であるが、見晴しはなかなかよい。津軽平野全部、隅から隅まで見渡す事が出来ると言いたいくらいのものであった。私たちは立ちどまって、平野を見下し、アヤから説明を聞いて、また少し歩いて立ちどまり、津軽富士を眺めてほめて、いつのまにやら、小山の頂上に到達した。

「これが頂上か。」私はちょっと気抜けして、アヤに尋ねた。

「はい、そうです。」

「なあんだ。」とは言ったものの、眼前に展開している春の津軽平野の風景には、うっとりしてしまった。岩木川が細い銀線みたいに、キラキラ光って見える。その銀線の尽きるあたりに、古代の鏡のように鈍く光っているのは、田光沼《たっぴ》であろうか。さらにその遠方に模糊《もこ》と煙るが如く白くひろがっているのは、十三湖らしい。十三湖あるいは十三潟《がた》と呼ばれて、「津軽大小の河水凡《およ》そ十有三の派流、この地に落合いて大湖となる。しかも各河川固有の色を失わず」と「十三往来」に記され、津軽平野北端の湖で、岩木川をはじめ津軽平野を流れる大小十三の河川がここに集り、周囲は約八里、しかし、河川の運び来る土砂の為に、湖底は浅く、最も深いところでも三メートルくらいのものだという。水は、海水の流入によって鹹水《かんすい》であるが、岩木川からそそぎ這入《はい》る河水も少くないので、その河口のあたりは淡水で、魚類も淡水魚と鹹水魚と両方宿り住んでいるという。湖が日本海に開いている南口に、十三という小さい部落がある。この辺は、いまから七、八百年も前からひらけて、津軽の豪族、安東氏の本拠であったという説もあり、また江戸時代には、その北方の小泊《こどまり》港と共に、津軽の木材、米穀を積出し、殷盛《いんせい》を極めたとかいう話であるが、いまはその一片の面影も無いようである。その十三湖の北に権現崎が見える。しかし、この辺から、国防上重要の地域にはいる。私たちは眼を転じて、前方の岩木川のさらに遠方の青くさっと引かれた爽やかな一線を眺めよう。日本海である。七里長浜、一眸《ぼう》の内である。北は権現崎より、南は大戸瀬《おおどせ》崎まで、眼界を遮ぎる何物も無い。

「これはいい。僕だったら、ここへお城を築いて、」と言いかけたら、

「冬はどうします？」と陽子につっ込まれて、ぐっとつまった。

「これで、雪が降らなければなあ。」と私は、幽《かす》かな憂鬱を感じて歎息した。

山の陰の谷川に降りて、河原で弁当をひらいた。渓流にひやしたビールは、わるくなかった。姪とアヤは、リンゴ液を飲んだ。そのうちに、ふと私は見つけた。

「蛇！」

お婿さんは脱ぎ捨てた上衣《うわぎ》をかかえて腰をうかした。

「大丈夫、大丈夫。」と私は谷川の対岸の岩壁を指差して言った。「あの岩壁に這い上ろうとしているのです。」奔湍《ほんたん》から首をぬっと出して、見る見る一尺ばかり岩壁

によじ登りかけては、はらりと落ちる。また、するすると登りかけては、落ちる。執念深く二十回ほどそれを試みて、さすがに疲れてあきらめたか、流れに押流されるようにして長々と水面にからだを浮かせたままこちらの岸に近づいて来た。アヤは、この時、立ち上った。一間ばかりの木の枝を持ち、黙って走って行って、ざんぶと渓流に突入し、ずぶりとやった。私たちは眼をそむけ、

「死んだか、死んだか。」私は、あわれな声を出した。

「片附けました。」アヤは、木の枝も一緒に渓流にほうり投げた。

「まむしじゃないか。」私は、それでも、まだ恐怖していた。

「まむしなら、生捕りにしますが、いまのは、青大将でした。まむしの生胆《いきぎも》は薬になります。」

「まむしも、この山にいるのかね。」

「はい。」

私は、浮かぬ気持で、ビールを飲んだ。

アヤは、誰よりも早くごはんをすまして、それから大きい丸太を引ずって来て、それを渓流に投げ入れ、足がかりにして、ひょいと対岸に飛び移った。そうして、対岸の山の絶壁によじ登り、ウドやアザミなど、山菜を取り集めている様子である。

「あぶないなあ。わざわざ、あんな危いところへ行かなくったって、他のところにもたくさん生えているのに。」私は、はらはらしながらアヤの冒険を批評した。「あれはきっと、アヤは興奮して、わざとあんな危いところへ行き、僕たちにアヤの勇敢なところを大いに見せびらかそうという魂胆に違いない。」

「そうよ、そうよ。」と姪も大笑いしながら、賛成した。

「アヤあ！」と私は大声で呼びかけた。「もう、いい。あぶないから、もう、いい。」

「はい。」とアヤは答えて、するすると崖から降りた。私は、ほっとした。

帰りは、アヤの取り集めた山菜を、陽子が背負った。この姪は、もとから、なりも振りも、あまりかまわない子であった。帰途は、外ヶ浜に於ける「いまだ老いざる健脚家」も、さすがに疲れて、めっきり無口になってしまった。山から降りたら、郭公《かっこう》が鳴いている。町はずれの製材所には、材木がおびただしく積まれていて、トロッコがたえず右往左往している。ゆたかな里の風景である。

「金木も、しかし、活気を呈して来ました。」と、私はぽつんと言った。

「そうですか。」お婿さんも、少し疲れたらしい。もの憂そうに、そう言った。

私は急にてれて、

「いやあ、僕なんかには、何もわかりやしませんけど、でも、十年前の金木は、こうじゃなかったような気がします。だんだん、さびれて行くばかりの町のように見えました。いまのようじゃなかった。いまは何か、もりかえしたような感じがします。」家へ帰って兄に、金木の景色もなかなかいい、思いをあらたにしました、と言ったら、兄は、としをとると自分の生れて育った土地の景色が、京都よりも奈良よりも、佳《よ》くはないか、と思われて来るものです、と答えた。

翌る日は前日の一行に、兄夫婦も加わって、金木の東南方一里半くらいの、鹿《か》の子《こ》川溜池《ためいけ》というところへ出かけた。出発真際《まぎわ》に、兄のところへお客さんが見えたので、私たちだけ一足さきに出かけた。嫂は、モンペに白足袋に草履《ぞうり》といういでたちであった。二里ちかくも遠くへ出歩くなどは、嫂にとって、金木へお嫁に来てはじめての事かも知れない。その日も上天気で、前日よりさらに暖かかった。私たちは、アヤに案内されて金木川に沿うて森林鉄道の軌道をてくてく歩いた。軌道の枕木の間隔が、一歩には狭く、半歩には広く、ひどく意地悪く出来ていて、甚だ歩きにくかった。私は疲れて、早くも無口になり、汗ばかり拭いていた。お天気がよすぎると、旅人はぐったりなって、かえって意気があがらぬもののようである。

「この辺が、大水の跡です。」アヤは、立ちどまって説明した。川の附近の田畑数町歩一面に、激戦地の跡もかくやと思わせるほど、巨大の根株や、丸太が散乱している。その前のとし、私の家の八十八歳の祖母も、とんと経験が無い、と言っているほどの大洪水がこの金木町を襲ったのである。

「この木が、みんな山から流されて来たのです。」と言って、アヤは悲しそうな顔をした。

「ひどいなあ。」私は汗を拭きながら、「まるで、海のようだったろうね。」

「海のようでした。」

金木川にわかれて、こんどは鹿の子川に沿うてしばらくのぼり、やっと森林鉄道の軌道から解放されて、ちょっと右へはいったところに、周囲半里以上もあるかと思われる大きい溜池が、それこそ一鳥啼《な》いて更に静かな面持ちで、蒼々《そうそう》満々と水を湛《たた》えている。この辺は、荘右衛門沢という深い谷間だったそうであるが、谷間の底の鹿の子川をせきとめて、この大きい溜池を作ったのは、昭和十六年、つい最近の事である。溜池のほとりの大きい石碑には、兄の名前も彫り込まれていた。溜池の周囲に工事の跡の絶壁の赤土が、まだ生々しく露出しているので、所謂天然の荘厳を欠いてはいるが、しかし、金木という一部落の力が感ぜられ、このような人為の成果というものも、また、快適な風景とせざるを得ない、などと、おっちょこちょいの旅の批評家は、立ちどまって煙草《たばこ》をふかし、四方八方を眺めながら、いい加減の感想をまとめていた。私は自信ありげに、一同を引率し、溜池のほとりを歩いて、「ここがいい。この辺がいい。」と言って池の岬の木蔭に腰をおろした。「アヤ、ちょっと調べてくれ。これは、ウルシの木じゃないだろうな。」ウルシにかぶれては、私はこのさき旅をつづけるのに、憂鬱でたまらないだろう。ウルシの木ではないと言う。「じゃあ、その木は。なんだか、あやしい木だ。調べてくれ。」みんなは笑っていたが、私は真面目であった。それも、ウルシの木ではないと言う。私は全く安心して、この場所で弁当をひらく事にきめた。ビールを飲みながら、私はいい機嫌で少しおしゃべりをした。私は小学校二、三年の時、遠足で金木から三里半ばかり離れた西海岸の高山というところへ行って、はじめて海を見た時の興奮を話した。その時には引率の先生がまっさきに興奮して、私たちを海に向けて二列横隊にならばせ、「われは海の子」という唱歌を合唱させたが、生れてはじめて海を見たくせに、われは海の子白浪《しらなみ》の騒ぐ磯辺《いそべ》の松原に、とかいう海岸生れの子供の歌をうたうのは、いかにも不自然で、私は子供心にも恥かしく落ちつかない気持であった。そうして、私はその遠足の時には、奇妙に服装に凝って、鍔《つば》のひろい麦藁帽《むぎわらぼう》に兄が富士登山の時に使った神社の焼印の綺麗に幾つも押されてある白木の杖《つえ》、先生から出来るだけ身軽にして草鞋《わらじ》、と言われたのに私だけ不要の袴《はかま》を着け、長い靴下に編上の靴をはいて、なよなよと媚《こび》を含んで出かけたのだが、一里も歩かぬうちに、もうへたばって、まず袴と靴をぬがせられ、草履《ぞうり》、といっても片方は赤い緒の草履、片方は藁の緒の草履という、片ちんばの、すり切れたみじめな草履をあてがわれ、やがて帽子も取り上げられ、杖もおあずけ、とうとう病人用として学校で傭《やと》って行った荷車に載せられ、家へ帰った時の恰好ったら、出て行く時の輝かしさの片影も無く、靴を片手にぶらさげ、杖にすがり、などと私は調子づいて話して皆を笑わせていると、

「おうい。」と呼ぶ声。兄だ。

「おうい。」と私たちも口々に呼んだ。アヤは走って迎えに行った。やがて、兄は、ピッケルをさげて現われた。私はありったけのビールをみな飲んでしまっていたので、甚だ具合がわるかった。兄は、すぐにごはんを食べ、それから皆で、溜池の奥の方へ歩いて行った。バサッと大きい音がして、水鳥が池から飛び立った。私とお婿さんとは顔を見合せ、意味も無く、うなずき合った。雁《がん》だか鴨《かも》だか、口に出して言えるほどには、お互い自信がなかったようなふうなのだ。とにかく、野生の水鳥には違いなかった。深山幽谷の精気が、ふっと感ぜられた。兄は、背中を丸くして黙って歩いている。兄とこうして、一緒に外を歩くのも何年振りであろうか。十年ほど前、東京の郊外の或る野道を、兄はやはりこのように背中を丸くして黙って歩

いて、それから数歩はなれて私は兄のそのうしろ姿を眺めては、ひとりでめそめそ泣きながら歩いた事があったけれど、あれ以来はじめての事かも知れない。私は兄から、あの事件に就いてまだ許されているとは思わない。一生、だめかも知れない。ひびのはいった茶碗《ちゃわん》は、どう仕様も無い。どうしたって、もとのとおりにはならない。津軽人は特に、心のひびを忘れない種族である。この後、もう、これっきりで、ふたたび兄と一緒に外を歩く機会は、無いのかも知れないとも思った。水の落ちる音が、次第に高く聞えて来た。溜池の端に、鹿の子滝という、この地方の名所がある。ほどなく、その五丈ばかりの細い滝が、私たちの脚下に見えた。つまり私たちは、荘右衛門沢の縁《へり》に沿うた幅一尺くらいの心細い小路を歩いているのであって、右手はすぐ屏風《びょうぶ》を立てたような山、左手は足もとから断崖になっていて、その谷底に滝壺《たきつぼ》がいかにも深そうな青い色でとぐろを巻いているのである。

「これは、どうも、目まいの気味です。」と嫂は、冗談めかして言って、陽子の手にすがりついて、おっかなそうに歩いている。

右手の山腹には、ツツジが美しく咲いている。兄はピッケルを肩にかついで、ツツジの見事に咲き誇っている箇所に来るたんびに、少し歩調をゆるめる。藤の花も、そろそろ咲きかけている。路は次第に下り坂になって、私たちは滝口に降りた。一間ほどの幅の小さい谷川で、流れのまんなかあたりに、木の根株が置かれてあり、それを足がかりにして、ひょいひょいと二歩で飛び越せるようになっている。ひとりひとり、ひょいひょいと飛び越した。嫂が、ひとり残った。

「だめです。」と言って笑うばかりで飛び越そうとしない。足がすくんで、前に出ない様子である。

「おぶってやりなさい。」と兄は、アヤに言いつけた。アヤが傍へ寄っても、嫂は、ただ笑って、だめだめと手を振るばかりだ。この時、アヤは怪力を発揮し、巨大の根っこを抱きかかえて来て、ざんぶとばかり滝口に投じた。まあ、どうやら、橋が出来た。嫂は、ちょっと渡りかけたが、やはり足が前にすすまないらしい。アヤの肩に手を置いて、やっと半分くらい渡りかけて、あとは川も浅いので、即席の橋から川へ飛び降りて、じゃぶじゃぶと水の中を歩いて渡ってしまった。モンペの裾も白足袋も草履も、びしょ濡れになった様子である。

「まるで、もう、高山帰りの姿です。」嫂は、私のさっきの高山へ遠足してみじめな姿で帰った話をふと思い出したらしく、笑いながらそう言って、陽子もお婿さんも、どっと笑ったら、兄は振りかえって、

「え？　何？」と聞いた。みんな笑うのをやめた。兄がへんな顔をしているので、

説明してあげようかな、とも思ったが、あまり馬鹿々々しい話なので、あらたまって「高山帰り」の由来を説き起す勇気は私にも無かった。兄は黙って歩き出した。兄は、いつでも孤独である。

五　西海岸

前にも幾度となく述べて来たが、私は津軽に生れ、津軽に育ちながら、今日まで、ほとんど津軽の土地を知っていなかった。津軽の日本海方面の西海岸には、それこそ小学校二、三年の頃の「高山行き」以外、いちども行った事がない。高山というのは、金木《かなぎ》からまっすぐ西に三里半ばかり行き車力《しゃりき》という人口五千くらいのかなり大きい村をすぎて、すぐ到達できる海浜の小山で、そこのお稲荷《いなり》さんは有名なものだそうであるが、何せ少年の頃の記憶であるから、あの服装の失敗だけが色濃く胸中に残っているくらいのもので、あとはすべて、とりとめも無くぼんやりしてしまっている。この機会に、津軽の西海岸を廻《まわ》ってみようという計画も前から私にあったのである。鹿《か》の子《こ》川溜池《ためいけ》へ遊びに行ったその翌日、私は金木を出発して五所川原《ごしょがわら》に着いたのは、午前十一時頃、五所川原駅で五能線に乗りかえ、十分経《た》つか経たぬかのうちに、木造《きづくり》駅に着いた。ここは、まだ津軽平野の内である。私は、この町もちょっと見て置きたいと思っていたのだ。降りて見ると、古びた閑散な町である。人口四千余りで、金木町より少いようだが、町の歴史は古いらしい。精米所の機械の音が、どっどっと、だるげに聞えて来る。どこかの軒下で、鳩《はと》が鳴いている。ここは、私の父が生れた土地なのである。金木の私の家では代々、女ばかりで、たいてい婿養子を迎えている。父はこの町のMという旧家の三男かであったのを、私の家から迎えられて何代目かの当主になったのである。この父は、私の十四の時に死んだのであるから、私はこの父の「人間」に就いては、ほとんど知らないと言わざるを得ない。また自作の「思い出」の中の一説を借りるが、「私の父は非常に忙しい人で、うちにいることがあまりなかった。うちにいても子供らと一緒には居《お》らなかった。私は此《こ》の父を恐れていた。父の万年筆をほしがっていながらそれを言い出せないで、ひとり色々と思い悩んだ末、或《あ》る晩に床の中で眼《め》をつぶったまま寝言のふりして、まんねんひつ、まんねんひつ、と隣部屋で客と対談中の父へ低く呼びかけた事があったけれど、勿論《もちろん》それは父の耳にも心にもはいらなかったらしい。私と弟とが米俵のぎっしり積まれたひろい米蔵に入って面白く遊んでいると、父が入口に立ちはだかって、坊主、出ろ、出ろ、と叱った。光を背から受けているので父の大きい姿がまっくろに見えた。私は、あの時の恐怖を惟《おも》うと今でも、いやな気がする。（中略）その翌春、雪のまだ深く積っていた頃、私の父は東京の病院で血を吐いて死んだ。ちかくの新聞社は父の訃《ふ》を号外で報じた。私は父の死よりも、こういうセンセイションの方に興奮を感じた。遺族の名にまじって私の名も新聞に出ていた。父の死骸は大きい寝棺に横たわり橇《そり》に乗って故郷へ帰って来た。私は大勢のまちの人たちと一緒に隣村近くまで迎えに行った。やがて森の蔭《かげ》から幾台となく続いた橇の幌《ほろ》が月光を受けつつ滑って出て来たのを眺めて私は美しいと思った。つぎの日、私のうちの人たちは父の寝棺の置かれてある仏間に集った。棺《ひつぎ》の蓋が取りはらわれるとみんな声をたてて泣いた。父は眠っているようであった。高い鼻筋がすっと青白くなっていた。私は皆の泣声を聞き、さそわれて涙を流した。」まあ、だいたいこんな事だけが父に関する記憶と言っていいくらいのもので、父が死んでからは、私は現在の長兄に対して父と同様のおっかなさを感じ、またそれゆえ安心して寄りかかってもいたし、父がいないから淋《さび》しいなどと思った事はいちども無かったのである。しかし、だんだんとしを取るにつれて、いったい父は、どんな性格の男だったのだろう、などと無礼な忖度《そんたく》をしてみるようになって、東京の草屋に於《お》ける私の仮寝の夢にも、父があらわれ、実は死んだのではなくて或る政治上の意味で姿をかくしていたのだという事がわかり、思い出の父の面影よりは少し老い疲れていて、私はその姿をひどくなつかしく思ったり、夢の話はつまらないが、とにかく、父に対する関心は最近非常に強くなって来たのは事実である。父の兄弟は皆、肺がわるくて、父も肺結核ではないが、やはり何か呼吸器の障《さわ》りで吐血などして死んだのである。五十三で死んで、私は子供心には、そのとしがたいへんな老齢のように感ぜられ、まず大往生と思っていたのだが、いまは五十三の死歿《しぼつ》を頽齢《たいれい》の大往生どころか、ひどい若死にと考えるようになった。も少し父を生かして置いたら、津軽のためにも、もっともっと偉い事業をしたのかも知れん、などと生意気な事など考えている。その父が、どんな家に生れて、どんな町に育ったか、私はそれを一度見て置きたいと思っていたのだ。木造の町は、一本路《みち》の両側に家が立ち並んでいるだけだ。そうして、家々の背後には、見事に打返された水田が展開している。水田のところどころにポプラの並木が立っている。こんど津軽へ来て、私は、ここではじめてポプラを見た。他でもたくさん見たに違いないのであるが、木造のポプラほど、あざやかに記憶に残ってはいない。薄みどり色のポプラの若葉が可憐《かれん》に微風にそよいでいた。ここから見た津軽富士も、金木から見た姿と少しも違わず、華奢《きやしや》で頗《すこぶ》る美人である。このように山容が美しく見えるところからは、お米と美人が産出するという伝説があるとか。この地方は、お米はたしかに豊富らしいが、もう一方の、美人の件は、どうであろう。これも、金木地方と同様にちょっと心細いのではあるまいか。その件に関してだけは、あの伝説は、むしろ逆じゃないかとさえ私には疑われた。岩木山の美しく見える土地には、いや、もう言うまい。こんな話は、えてして差しさわりの多いものだから、ただ町を一巡しただけの、ひやかしの旅人のにわかに断定を下すべき筋合のものではないかも知れない。その日も、ひどくいい天気で、停車場からただまっすぐの一本街のコンクリート路の上には薄い春霞《はるがすみ》のようなものが、もやもや煙っていて、ゴム底の靴で猫のように足音も無くのこのこ歩いているうちに春の温気《うんき》にあてられ、何だか頭がぼんやりして来て、木造警察署の看板を、木造《もくぞう》警察署と読んで、なるほど木造《もくぞう》の建築物、と首肯《うなず》き、はっと気附《きづ》いて苦笑したりなどした。

木造は、また、コモヒの町である。コモヒというのは、むかし銀座で午後の日差しが強くなれば、各商店がこぞって店先に日よけの天幕を張ったろう、そうして、読者諸君は、その天幕の下を涼しそうな顔をして歩いたろう、そうして、これはまるで即席の長い廊下みたいだと思ったろう、つまり、あの長い廊下を、天幕なんかでなく、家々の軒を一間ほど前に延長させて頑丈に永久的に作ってあるのが、北国のコモヒだと思えば、たいして間違いは無い。しかも之《これ》は、日ざしをよけるために作ったのではない。そんな、しゃれたものではない。冬、雪が深く積った時に、家と家との聯絡《れんらく》に便利なように、各々の軒をくっつけ、長い廊下を作って置くのである。吹雪の時などには、風雪にさらされる恐れもなく、気楽に買い物に出掛けられるので、最も重宝だし、子供の遊び場としても東京の歩道のような危険はなし、雨の日もこの長い廊下は通行人にとって大助かりだろうし、また、私のように、春の温気にまいった旅人も、ここへ飛び込むと、ひやりと涼しく、店に坐《すわ》っている人達からじろじろ見られるのは少し閉口だが、まあ、とにかく有難い廊下である。コモヒというのは、小店《こみせ》の訛《なま》りであると一般に信じられているようだが、私は、隠瀬《こもせ》あるいは隠日《こもひ》とでもいう漢字をあてはめたほうが、早わかりではなかろうか、などと考えてひとりで悦にいっている次第である。そのコモヒを歩いていたら、M薬品問屋の前に来た。私の父の生れた家だ。立ち寄らず、そのままとおり過ぎて、やはりコモヒをまっすぐに歩いて行きながら、どうしようかなあ、と考えた。この町のコモヒは、実に長い。津軽の古い町には、たいていこのコモヒというものがあるらしいけれども、この木造町みたいに、町全部がコモヒに依《よ》って貫通せられているといったようなところは少いのではあるまいか。いよいよ木造は、コモヒの町にきまった。しばらく歩いて、ようやくコモヒも尽きたところで私は廻れ右して、溜息《ためいき》ついて引返した。私は今まで、Mの家に行った事は、いちども無い。木造町へ来た事も無い。或《ある》いは私の幼年時代に、誰かに連れられて遊びに来た事はあったかも知れないが、いまの私の記憶には何も残っていない。Mの家の当主は、私よりも四つ五つ年上の、にぎやかな人で、昔からちょいちょい金木へも遊びに来て私とは顔馴染《かおなじみ》である。私がいま、たずねて行っても、まさか、いやな顔はなさるまいが、どうも、しかし、私の訪ね方が唐突である。こんな薄汚いなりをして、Mさんしばらく、などと何の用も無いのに卑屈に笑って声をかけたら、Mさんはぎょっとして、こいついよいよ東京を食いつめて、金でも借りに来たんじゃないか、などと思やすまいか。死ぬまえにいちど、父の生れた家を見たくて、というのも、おそろしいくらいに気障《きざ》だ。男が、いいとしをして、そんな事はとても言えたもんじゃない。いっそこのまま帰ろうか、などと悶《もだ》えて歩いているうちに、またもとのM薬品問屋の前に来た。もう二度と、来る機会はないのだ。恥をかいてもかまわない。はいろう。私は、とっさに覚悟をきめて、ごめん下さい、と店の奥のほうに声をかけた。Mさんが出て来て、やあ、ほう、これは、さあさあ、とたいへんな勢いで私には何も言わせず、引っぱり上げるように座敷へ上げて、床の間の前に無理矢理坐らせてしまった。ああ、これ、お酒、とお家の人たちに言いつけて、二、三分も経たぬうちに、もうお酒が出た。実に、久し振素早かった。

「久し振り。久し振り。り。」とMさんはご自分でもぐいぐい飲んで、

「木造は何年振りくらいです。」

「さあ、もし子供の時に来た事があるとすれば、三十年振りくらいでしょう。」

「そうだろうとも、そうだろうとも。さあさ、飲みなさい。木造へ来て遠慮する事はない。よく来た。実に、よく来た。」

この家の間取りは、金木の家の間取りとたいへん似ている。金木のいまの家は、私の父が金木へ養子に来て間もなく自身の設計で大改築したものだという話を聞いているが、何の事は無い、父は金木へ来て自分の木造の生家と同じ間取りに作り直しただけの事なのだ。私には養子の父の心理が何かわかるような気がして、微笑《ほほえ》ましかった。そう思って見ると、お庭の木石の配置なども、どこやら似ている。私はそんなつまらぬ一事を発見しただけでも、死んだ父の「人間」に触れたような気がして、このMさんのお家へ立寄った甲斐《かい》があったと思った。Mさんは、何かと私をもてなそうとする。

「いや、もういいんだ。一時の汽車で、深浦《ふかうら》へ行かなければいけないのです。」

「深浦へ？　何しに？」

「べつに、どうってわけも無いけど、いちど見て置きたいのです。」

「書くのか？」

「ええ、それもあるんだけど。」いつ死ぬかわからんし、などと相手に興覚めさせるような事は言えなかった。

「じゃあ、木造の事も書くんだな。木造の事を書くんだったらね、」とMさんは、少しもこだわるところがなく、「まず第一に、米の供出高を書いてもらいたいね。警察署管内の比較では、この木造署管内は、全国一だ。どうです、日本一ですよ。これは、僕たちの努力の結晶と言っても、差支え無いと思う。この辺一帯の田の、水が枯れた時に、僕は隣村へ水をもらいに行って、ついに大成功して、大トラ変じて水虎大明神という事になったのです。僕たちも、地主だからって、遊んでは居られない。僕は脊髄《せきずい》がわるいんだけど、でも、田の草取りをしましたよ。まあ、こんどは東京のあんた達にも、おいしいごはんがどっさり配給されるでしょう。」たのもしい限りである。Mさんは、小さい頃から、闊達《かったつ》な気性のひとであった。子供っぽいくりくりした丸い眼に魅力があって、この地方の人たち皆に敬愛せられているようだ。私は、心の中でMさんの仕合せを祈り、なおも引きとめられるのを汗を流して辞去し、午後一時の深浦行きの汽車にやっと間に合う事が出来た。

木造から、五能線に依って約三十分くらいで鳴沢《なるさわ》、鰺ヶ沢《あじがさわ》を過ぎ、その辺で津軽平野もおしまいになって、それから列車は日本海岸に沿うて走り、右に海を眺め左にすぐ出羽丘陵北端の余波の山々を見ながら一時間ほど経つと、右の窓に大戸瀬《おおどせ》の奇勝が展開する。この辺の岩石は、すべて角稜質凝灰岩《かくりょうしつぎょうかいがん》とかいうものだそうで、その海蝕《かいしょく》を受けて平坦になった斑緑《はんりょく》色の岩盤が江戸時代の末期にお化けみたいに海上に露出して、数百人の宴会を海浜に於いて催す事が出来るほどのお座敷になったので、これを千畳敷と名附け、またその岩盤のところどころが丸く窪《くぼ》んで海水を湛《たた》え、あたかもお酒をなみなみと注《つ》いだ大盃《おおさかずき》みたいな形なので、これを盃沼《さかずきぬま》と称するのだそうだけれど、直径一尺から二尺くらいのたくさんの大穴をことごとく盃と見たてるなど、よっぽどの大酒飲みが名附けたものに違いない。この辺の海岸には奇岩削立し、怒濤《どとう》にその脚を絶えず洗われている、と、まあ、名所案内記ふうに書けば、そうもなるのだろうが、外ヶ浜北端の海浜のような異様な物凄《ものすご》さは無く、謂《い》わば全国到るところにある普通の「風景」になってしまっていて、津軽独得の佶《きっ》屈《くつ》とでもいうような他国の者にとって特に難解の雰囲気は無い。つまり、ひらけているのである。人の眼に、舐《な》められて、明るく馴《な》れてしまっているのである。れいの竹内運平氏は「青森県通史」に於いて、この辺以南は、昔からの津軽領ではなく、秋田領であったのを、慶長八年に隣藩佐竹氏と談合の上、これを津軽領に編入したというような記録もあると言っている。私などただ旅の風来坊の無責任な直感だけで言うのだが、やはり、もうこの辺から、何だか、津軽ではないような気がするのである。津軽の不幸な宿命は、ここには無い。あの、津軽特有の「要領の悪さ」は、もはやこの辺には無い。山水を眺めただけでも、わかるような気がする。すべて、充分に聡明《そうめい》である。所謂《いわゆる》、文化的である。ばかな傲慢《ごうまん》な心は持っていない。大戸瀬から約四十分で、深浦へ着くのだが、この港町も、千葉の海岸あたりの漁村によく見受けられるような、決して出しゃばろうとせぬつつましい温和な表情、悪く言えばお利巧《りこう》なちゃっかりした表情をして、旅人を無言で送迎している。つまり、旅人に対しては全く無関心のふうを示しているのである。私は、深浦のこのような雰囲気を深浦の欠点として挙げて言っているのでは決してない。そんな表情でもしなければ、人はこの世に生きて行き切れないのではないかとも思っている。これは、成長してしまった大人の表情なのかも知れない。何やら自信が、奥底深く沈潜している。津軽の北部に見受けられるような、子供っぽい悪あがきは無い。津軽の北部は、生煮えの野菜みたいだが、ここはもう透明に煮え切っている。ああ、そうだ。こうして較《くら》べてみるとよくわかる。津軽の奥の人たちには、本当のところは、歴史の自信というものがないのだ。まるっきりないのだ。だから、矢鱈《やたら》に肩をいからして、「かれは賤《いや》しきものなるぞ」などと人の悪口ばかり言って、傲慢な姿勢を執らざるを得なくなるのだ。あれが、津軽人の反骨となり、剛情となり、佶屈となり、そうして悲しい孤独の宿命を形成するという事になったのかも知れない。津軽の人よ、顔を挙げて笑えよ。ルネッサンス直前の鬱勃《うつぼつ》たる擡頭《たいとう》力をこの地に認めると断言してはばからぬ人さえあったではないか。日本の文華が小さく完成して行きづまっている時、この津軽地方の大きい未完成が、どれだけ日本の希望になっているか、一夜しずかに考えて、などというとすぐ、それそれそんなに不自然に肩を張る。人からおだてられて得た自信なんてなんにもならない。知らん振りして、信じて、しばらく努力を続けて行こうではないか。

深浦町は、現在人口五千くらい、旧津軽領西海岸の南端の港である。江戸時代、青森、鰺ヶ沢、十三などと共に四浦の町奉行の置かれたところで、津軽藩の最も重要な港の一つであった。丘間に一小湾をなし、水深く波穏やか、吾妻《あづま》浜の奇巌《きがん》、弁天嶋、行合《ゆきあい》岬など一とおり海岸の名勝がそろっている。しずかな町だ。漁師の家の庭には、大きい立派な潜水服が、さかさに吊《つる》されて干《ほ》されている。何かあきらめた、底落ちつきに落ちついている感じがする。駅からまっすぐに一本路をとおって、町のはずれに、円覚寺の仁王門がある。この寺の薬師堂は、国宝に指定せられているという。私は、それにおまいりして、もうこれで、この深浦から引上げようかと思った。完成されている町は、また旅人に、わびしい感じを与えるものだ。私は海浜に降りて、岩に腰をかけ、どうしようかと大いに迷った。まだ日は高い。東京の草屋の子供の事など、ふと思った。なるべく思い出さないようにしているのだが、心の空虚の隙をねらって、ひょいと子供の面影が胸に飛び込む。私は立ち上って町の郵便局へ行き、葉書を一枚買って、東京の留守宅へ短いたよりを認《したた》めた。子供は百《ひゃく》日咳《にちぜき》をやっているのである。そうして、その母は、二番目の子供を近く生むのである。たまらない気持がして私は行きあたりばったりの宿屋へ這入《はい》り、汚い部屋に案内され、ゲートルを解きながら、お酒を、と言った。すぐにお膳とお酒が出た。意外なほど早かった。私はその早さに、少し救われた。部屋は汚いが、お膳の上には鯛《たい》と鮑《あわび》の二種類の材料でいろいろに料理されたものが豊富に載せられてある。鯛と鮑がこの港の特産物のようである。お酒を二本飲んだが、まだ寝るには早い。津軽へやってきて以来、人のごちそうにばかりなっていたが、きょうは一つ、自力で、うんとお酒を飲んで見ようかしら、とつまらぬ考えを起し、さっきお膳を持って来た十二、三歳の娘さんを廊下でつかまえ、お酒はもう無いか、と聞くと、ございません、という。どこか他に飲むところは無いかと聞くと、ございます、と言下に答えた。ほっとして、その飲ませる家はどこだ、と聞いて、その家を教わり、行って見ると、意外に小綺麗《こぎれい》な料亭であった。二階の十畳くらいの、海の見える部屋に案内され、津軽塗の食卓に向って大あぐらをかき、酒、酒、と言った。お酒だけ、すぐに持って来た。これも有難かった。たいてい料理で手間取って、客をぽつんと待たせるものだが、四十年配の前歯の欠けたおばさんが、お銚子《ちょうし》だけ持ってすぐに来た。私は、そのおばさんから深浦の伝説か何か聞こうかと思った。

「深浦の名所は何です。」

「観音さんへおまいりなさいましたか。」

「観音さん？　あ、円覚寺の事を、観音さんと言うのか。そう。」このおばさんから、何か古めかしい話を聞く事が出来るかも知れないと思った。しかるに、その座敷に、ぶってり太った若い女があらわれて、妙にきざな洒落《しゃれ》など飛ばし、私は、いやで仕様が無かったので、男子すべからく率直たるべしと思い、

「君、お願いだから下へ行ってくれないか。」と言った。私は読者に忠告する。男子は料理屋へ行って率直な言い方をしてはいけない。私は、ひどいめに逢《あ》った。そ

の若い女中が、ふくれて立ち上ると、おばさんも一緒に立ち上り、二人ともいなくなってしまった。ひとりが部屋から追い出されたのに、もうひとりが黙って坐っているなどは、朋輩《ほうばい》の仁義からいっても義理が悪くて出来ないものらしい。私はその広い部屋でひとりでお酒を飲み、深浦港の燈台《とうだい》の灯を眺め、さらに大いに旅愁を深めたばかりで宿へ帰った。翌《あく》る朝、私がわびしい気持で朝ごはんを食べていたら、主人がお銚子と、小さいお皿を持って来て、

「あなたは、津島さんでしょう。」と言った。

「ええ。」私は宿帳に、筆名の太宰を書いて置いたのだ。

「そうでしょう。どうも似ていると思った。私はあなたの英治兄さんとは中学校の同期生でね、太宰と宿帳にお書きになったからわかりませんでしたが、どうも、あんまりよく似ているので。」

「でも、あれは、偽名でもないのです。」

「ええ、ええ、それも存じて居ります。お名前を変えて小説を書いている弟さんがあるという事は聞いていました。どうも、ゆうべは失礼しました。さあ、お酒を、めし上れ。この小皿のものは、鮑のはらわたの塩辛《しおから》ですが、酒の肴《さかな》にはいいものです。」

私はごはんをすまして、それから、塩辛を肴にしてその一本をごちそうになった。

塩辛は、おいしいものだった。実に、いいものだった。こうして、津軽の端まで来ても、やっぱり兄たちの力の余波のおかげをこうむっている。結局、私の自力では何一つ出来ないのだと自覚して、珍味もひとしお腹綿にしみるものがあった。要するに、私がこの津軽領の南端の港で得たものは、自分の兄たちの勢力の範囲を知ったという事だけで、私は、ぼんやりまた汽車に乗った。

鰺ヶ沢。私は、深浦からの帰りに、この古い港町に立寄った。この町あたりが、津軽の西海岸の中心で、江戸時代には、ずいぶん栄えた港らしく、津軽の米の大部分はここから積出され、また大阪廻りの和船の発着所でもあったようだし、水産物も豊富で、ここの浜にあがったさかなは、御城下をはじめ、ひろく津軽平野の各地方に於ける家々の食膳を賑《にぎ》わしたものらしい。けれども、いまは、人口も四千五百くらい、木造、深浦よりも少いような具合で、往年の隆々たる勢力を失いかけているようだ。鰺ヶ沢というからには、きっと昔の或る時期に、見事な鰺がたくさんとれたところかとも思われるが、私たちの幼年時代には、ここの鰺の話はちっとも聞かず、ただ、ハタハタだけが有名であった。ハタハタは、このごろ東京にも時たま配給されるようであるから、読者もご存じの事と思うが、鰰、または鱩などという字を書いて、鱗《うろこ》の無い五、六寸くらいのさかなで、まあ、海の鮎《あゆ》とでも思っていただいたら大過ないのではあるまいか。西海岸の特産で、秋田地方がむしろ本場のようである。東京の人たちは、あれを油っこくていやだと言っているようだけれど、私たちには非常に淡泊な味のものに感ぜられる。津軽では、あたらしいハタハタを、そのまま薄醬油《うすじょうゆ》で煮て片端から食べて、二十四三十四を平気でたいらげる人は決して珍らしくない。ハタハタの会などがあって、一ばん多く食べた人には賞品、などという話もしばしば聞いた。東京へ来るハタハタは古くなっているし、それに料理法も知らないだろうから、ことさらまずいものに感ぜられるのであろう。俳句の歳時記などにも、ハタハタが出ているようだし、また、ハタハタの味は淡いという意味の江戸時代の俳人の句を一つ読んだ記憶もあるし、あるいは江戸の通人には、珍味とされていたものかも知れない。いずれにもせよ、このハタハタを食べる事は、津軽の冬の炉辺のたのしみの一つであるという事には間違いない。私は、そのハタハタに依って、幼年時代から鯵ヶ沢の名を知ってはいたのだが、その町を見るのは、いまがはじめてであった。山を背負い、片方はすぐ海の、おそろしくひょろ長い町である。市中はものの匂いや、とかいう凡兆《ぼんちょう》の句を思い出させるような、妙によどんだ甘酸っぱい匂いのする町である。川の水も、どろりと濁っている。どこか、疲れている。木造町のように、ここにも長い「コモヒ」があるけれども、少し崩れかかっている、木造町のコモヒのような涼しさが無い。その日も、ひどくいい天気だったが、日ざしを避けて、コモヒを歩いていても、へんに息づまるような気持がする。飲食店が多いようである。昔は、ここは所謂銘酒屋のようなものが、ずいぶん発達したところではあるまいかと思われる。今でも、そのなごりか、おそばやが四、五軒、軒をつらねて、今の時代には珍らしく「やすんで行きせえ」などと言って道を通る人に呼びかけている。ちょうどお昼だったので、私は、そのおそばやの一軒にはいって、休ませてもらった。おそばに、焼ざかなが二皿ついて、四十銭であった。おそばのおつゆも、まずくなかった。それにしても、この町は長い。海岸に沿うた一本街で、どこ迄《まで》行っても、同じような家並が何の変化もなく、だらだらと続いているのである。私は、一里歩いたような気がした。やっと町のはずれに出て、また引返した。町の中心というものが無いのである。たいていの町には、その町の中心勢力が、ある箇所にかたまり、町の重《おもし》になっていて、その町を素通りする旅人にも、ああ、この辺がクライマックスだな、と感じさせるように出来ているものだが、鰺ヶ沢にはそれが無い。扇のかなめがこわれて、ばらばらに、ほどけている感じだ。これでは町の勢力あらそいなど、ごたごたあるのではなかろうかと、れいのドガ式政談さえ胸中に往来したほど、どこか、かなめの心細い町であった。こう書きながら、私は幽《かす》かに苦笑しているのであるが、深浦といい鰺ヶ沢といい、これでも私の好きな友人なんかがいて、ああよく来てくれた、と言ってよろこんで迎えてくれて、あちこち案内し説明などしてくれたならば、私はまた、たわいなく、自分の直感を捨て、深浦、鰺ヶ沢こそ、津軽の粋である、と感激の筆致でもって書きかねまいものでもないのだから、実際、旅の印象記などあてにならないものである。深浦、鰺ヶ沢の人は、もしこの私の本を読んでも、だから軽く笑って見のがしてほしい。私の印象記は、決して本質的に、君たちの故土を汚すほどの権威も何も持っていないのだから。

鰺ヶ沢の町を引上げて、また五能線に乗って五所川原町に帰り着いたのは、その日の午後二時。私は駅から、まっすぐに、中畑さんのお宅へ伺った。中畑さんの事は、私も最近、「帰去来」「故郷」など一聯《れん》の作品によく書いて置いた筈《はず》であるから、ここにはくどく繰り返さないが、私の二十代に於けるかずかずの不仕鱈《ふしだら》の後仕末を、少しもいやな顔をせず引受けてくれた恩人である。しばらく振りの中畑さんは、いたましいくらいに、ひどくふけていた。昨年、病気をなさって、それから、こんなに痩せたのだそうである。

「時代だじゃあ。あんたが、こんな姿で東京からやって来るようになったもののう。」と、それでも嬉《うれ》しそうに、私の乞食《こじき》にも似たる姿をつくづく眺め、「や、靴下が切れているな。」と言って、自分で立って箪笥《たんす》から上等の靴下を一つ出して私に寄こした。

「これから、ハイカラ町《ちょう》へ行きたいと思ってるんだけど。」

「あ、それはいい。行っていらっしゃい。それ、けい子、御案内。」と中畑さんは、めっきり痩せても、気早やな性格は、やはり往年のままである。五所川原の私の叔母の家族が、そのハイカラ町に住んでいるのである。私の幼年の頃に、その街がハイカラ町という名前であったのだけれども、いまは大町とか何とか、別な名前のようである。五所川原町に就いては、序編に於いて述べたが、ここには私の幼年時代の思い出がたくさんある。四、五年前、私は五所川原の或る新聞に次のような随筆を発表した。

「叔母が五所川原にいるので、小さい頃よく五所川原へ遊びに行きました。旭座《あさひざ》の舞台開きも見に行きました。小学校の三、四年の頃だったと思います。たしか、友右衛門だった筈です。梅の由兵衛に泣かされました。廻舞台を、その時、生れてはじめて見て、思わず立ち上ってしまった程に驚きました。あの旭座は、その後間もなく火事を起し、全焼しました。その時の火焔《かえん》が、金木から、はっきり見えました。

映写室から発火したという話でした。そうして、映画見物の小学生が十人ほど焼死しました。映写の技師が、罪に問われました。過失傷害致死とかいう罪名でした。子供心にも、どういうわけだか、その技師の罪名と、運命を忘れる事が出来ませんでした。旭座という名前が『火《ひ》』の字に関係があるから焼けたのだという噂《うわさ》も聞きました。二十年も前の事です。

七つか、八つの頃、五所川原の賑やかな通りを歩いて、どぶに落ちました。かなり深くて、水が顎のあたりまでありました。三尺ちかくあったのかも知れません。夜でした。上から男の人が手を差し出してくれたので、それにつかまりました。ひき上げられて衆人環視の中で裸にされたので、実に困りました。ちょうど古着屋のまえでしたので、その店の古着を早速着せられました。女の子の浴衣《ゆかた》でした。帯も、緑色の兵児帯《へこおび》でした。ひどく恥かしく思いました。叔母が顔色を変えて走って来ました。私は叔母に可愛《かわい》がられて育ちました。私は、男ぶりが悪いので、何かと人にからかわれて、ひとりでひがんでいましたが、叔母だけは、私を、いい男だと言ってくれました。他の人が、私の器量の悪口を言うと、叔母は、本気に怒りました。みんな、遠い思い出になりました。」

中畑さんのひとり娘のけいちゃんと一緒に中畑さんの家を出て、

「僕は岩木川を、ちょっと見たいんだけどな。ここから遠いか。」

すぐそこだという。

「それじゃ、連れて行って。」

けいちゃんの案内で町を五分も歩いたかと思うと、もう大川である。子供の頃、叔母に連れられて、この河原に何度も来た記憶があるが、もっと町から遠かったように覚えている。子供の足には、これくらいの道のりでも、ひどく遠く感ぜられたのであろう。それに私は、家の中にばかりいて、外へ出るのがおっかなくて、外出の時には目まいするほど緊張していたものだから、なおさら遠く思われたのだろう。橋がある。これは、記憶とそんなに違わず、いま見てもやっぱり同じ様に、長い橋だ。

「いぬいばし、と言ったかしら。」

「ええ、そう。」

「いぬい、って、どんな字だったかしら。方角の乾《いぬい》だったかかな?」

「さあ、そうでしょう。」笑っている。

「自信無し、か。どうでもいいや。渡ってみよう。」

私は片手で欄干を撫《な》でながらゆっくり橋を渡って行った。いい景色だ。東京近郊の川では、荒川放水路が一ばん似ている。河原一面の緑の草から陽炎《かげろう》がのぼって、何だか眼がくるめくようだ。そうして岩木川が、両岸のその緑の草を舐めながら、白く光って流れている。

「夏には、ここへみんな夕涼みにまいります。他に行くところもないし。」

五所川原の人たちは遊び好きだから、それはずいぶん賑わう事だろうと思った。

「あれが、こんど出来た招魂堂です。」けいちゃんは、川の上流のほうを指差して教えて、「父の自慢の招魂堂。」と笑いながら小声で言い添えた。

なかなか立派な建築物のように見えた。中畑さんは在郷軍人の幹部なのである。この招魂堂改築に就いても、れいの俠気《きようき》を発揮して大いに奔走《ほんそう》したに違いない。橋を渡りつくしたので、私たちは橋の袂《たもと》に立って、しばらく話をした。

「林檎《りんご》はもう、間伐《かんばつ》というのか、少しずつ伐《き》って、伐ったあとに馬鈴薯《ばれいしよ》だか何だか植えるって話を聞いたけど。」

「土地によるのじゃないんですか。この辺では、まだ、そんな話は。」

大川の土手の陰に、林檎畑があって、白い粉っぽい花が満開である。私は林檎の花を見ると、おしろいの匂いを感ずる。

「けいちゃんからも、ずいぶん林檎を送っていただいたね。こんど、おむこさんをもらうんだって？」

「ええ。」少しもわるびれず、真面目に首肯いた。

「いつ？　もう近いの？」

「あさってよ。」

「へえ？」私は驚いた。けれども、けいちゃんは、まるでひと事のように、けろりとしている。「帰ろう。いそがしいんだろう？」

「いいえ、ちっとも。」ひどく落ちついている。ひとり娘で、そうして養子を迎え、家系を嗣《つ》ごうとしているひとは、十九や二十の若さでも、やっぱりどこか違っている、と私はひそかに感心した。

「あした小泊《こどまり》へ行って、」引返して、また長い橋を渡りながら、私は他の事を言った。「たけに逢おうと思っているんだ。」

「たけ。あの、小説に出て来るたけですか。」

「うん。そう。」

「よろこぶでしょうねえ。」

「どうだか。逢えるといいけど。」

このたび私が津軽へ来て、ぜひとも、逢ってみたいひとがいた。私はその人を、自分の母だと思っているのだ。三十年ちかくも逢わないでいるのだが、私は、そのひとの顔を忘れない。私の一生は、その人に依って確定されたといっていいかも知れない。以下は、自作「思い出」の中の文章である。「六つ七つになると思い出もはっきりしている。私がたけという女中から本を読むことを教えられ二人で様々の本を読み合った。たけは私の教育に夢中であった。私は病身だったので、寝ながらたくさん本を読んだ。読む本がなくなれば、たけは村の日曜学校などから子供の本をどしどし借りて来て私に読ませた。私は黙読することを覚えていたので、いくら本を読んでも疲れないのだ。たけは又、私に道徳を教えた。お寺へ屢々《しばしば》連れて行って、地獄極楽の御絵掛地《おえかけじ》を見せて説明した。火を放《つ》けた人は赤い火のめらめら燃えている籠《かご》を背負わされ、めかけ持った人は二つの首のある青い蛇にからだを巻かれて、せつながっていた。血の池や、針の山や、無間奈《むけんな》落《らく》という白い煙のたちこめた底知れぬ深い穴や、到るところで、蒼白《あおじろ》く痩せたひとたちが口を小さくあけて泣き叫んでいた。嘘《うそ》を吐《つ》けば地獄へ行ってこのように鬼のために舌を抜かれるのだ、と聞かされたときには恐ろしくて泣き出した。

そのお寺の裏は小高い墓地になっていて、山吹かなにかの生垣に沿うてたくさんの卒堵婆《そとば》が林のように立っていた。卒堵婆には、満月ほどの大きさで車のような黒い鉄の輪のついているのがあって、その輪をからから廻して、やがて、そのまま止ってじっと動かないならその廻した人は極楽へ行き、一旦とまりそうになってから、又からんと逆に廻れば地獄へ落ちる、とたけは言った。たけが廻すと、いい音をたててひとしきり廻って、かならずひっそりと止るのだけれど、私が廻すと後戻りすることがたまたまあるのだ。秋のころと記憶するが、私がひとりでお寺へ行ってその金輪のどれを廻して見ても皆言い合せたようにからんからんと逆廻りした日があったのである。私は破れかけるかんしゃくだまを抑えつつ何十回となく執拗《しつよう》に廻しつづけた。日が暮れかけて来たので、私は絶望してその墓地から立ち去った。（中略）やがて私は故郷の小学校へ入ったが、追憶もそれと共に一変する。たけは、いつの間にかいなくなっていた。或漁村へ嫁に行ったのであるが、私がそのあとを追うだろうという懸念からか、私には何も言わずに突然いなくなった。その翌年だかのお盆のとき、たけは私のうちへ遊びに来たが、なんだかよそよそしくしていた。私に学校の成績を聞いた。私は答えなかった。ほかの誰かが代って知らせたようだ。たけは、油断大敵でせえ、と言っただけで格別ほめもしなかった。」

　私の母は病身だったので、私は母の乳は一滴も飲まず、生れるとすぐ乳母に抱かれ、三つになってふらふら立って歩けるようになった頃、乳母にわかれて、その乳母の代りに子守としてやとわれたのが、たけである。私は夜は叔母に抱かれて寝たが、その他はいつも、たけと一緒に暮したのである。三つから八つまで、私はたけに教育された。そうして、或る朝、ふと眼をさまして、たけを呼んだが、たけは来ない。はっと思った。何か、直感で察したのだ。私は大声挙げて泣いた。たけいない、たけいない、と断腸の思いで泣いて、それから、二、三日、私はしゃくり上げてばかりいた。いまでも、その折の苦しさを、忘れてはいない。それから、一年ほど経って、ひょっくりたけと逢ったが、たけは、へんによそよそしくしているので、私にはひどく怨《うら》めしかった。それっきり、たけと逢っていない。四、五年前、私は「故郷に寄せる言葉」のラジオ放送を依頼されて、その時、あの「思い出」の中のたけの箇所を朗読した。故郷といえば、たけを思い出すのである。たけは、あの時の私の朗読放送を聞かなかったのであろう。何のたよりも無かった。そのまま今日に到っているのであるが、こんどの津軽旅行に出発する当初から、私は、たけにひとめ逢いたいと切に念願をしていたのだ。いいところは後廻しという、自制をひそかにたのしむ趣味が私にある。私はたけのいる小泊の港へ行くのを、私のこんどの旅行の最後に残して置いたのである。いや、小泊へ行く前に、五所川原からすぐ弘前へ行き、弘前の街を歩いてそれから大鰐《おおわに》温泉へでも行って一泊して、そうして、それから最後に小泊へ行こうと思っていたのだが、東京からわずかしか持って来ない私の旅費も、そろそろ心細くなっていたし、それに、さすがに旅の疲れも出て来たのか、これからまたあちこち廻って歩くのも大儀になって来て、大鰐温泉はあきらめ、弘前市には、いよいよ東京へ帰る時に途中でちょっと立寄ろうという具合に予定を変更して、きょうは五所川原の叔母の家に一泊させてもらって、あす、五所川原からまっすぐに、小泊へ行ってしまおうと思い立ったのである。けいちゃんと一緒にハイカラ町の叔母の家へ行ってみると、叔母は不在であった。叔母のお孫さんが病気で弘前の病院に入院しているので、それの附添に行っているというのである。

「あなたが、こっちへ来ているという事を、母はもう知って、ぜひ逢いたいから弘前へ寄こしてくれって電話がありましたよ。」と従姉《いとこ》が笑いながら言った。叔母はこの従姉にお医者さんの養子をとって家を嗣がせているのである。

「あ、弘前には、東京へ帰る時に、ちょっと立ち寄ろうと思っていますから、病院にもきっと行きます。」

「あすは小泊の、たけに逢いに行くんだそうです。」けいちゃんは、何かとご自分の支度でいそがしいだろうに、家へ帰らず、のんきに私たちと遊んでいる。

「たけに。」従姉は、真面目な顔になり、「それは、いい事です。たけも、なんぼう、よろこぶか、わかりません。」従姉は、私がたけを、どんなにいままで慕っていたか知っているようであった。

「でも、逢えるかどうか。」私には、それが心配であった。もちろん打合せも何もしているわけではない。小泊の越野たけ。ただそれだけをたよりに、私はたずねて行くのである。

「小泊行きのバスは、一日に一回とか聞いていましたけど、」とけいちゃんは立って、台所に貼りつけられてある時間表を調べ、「あしたの一番の汽車でここをお立ちにならないと、中里からのバスに間に合いませんよ。大事な日に、朝寝坊をなさらないように。」ご自分の大事な日をまるで忘れているみたいであった。一番の八時の汽車で五所川原を立って、津軽鉄道を北上し、金木を素通りして、津軽鉄道の終点の中里に九時に着いて、それから小泊行きのバスに乗って約二時間。あすのお昼頃までには小泊へ着けるという見込みがついた。日が暮れて、けいちゃんがやっとお家へ帰ったのと入違いに、先生（お医者さんの養子を、私たちは昔から固有名詞みたいに、そう呼んでいた）が病院を引上げて来られ、それからお酒を飲んで、私は何だかかたわいない話ばかりして夜を更かした。

翌る朝、従姉に起こされ、大急ぎでごはんを食べて停車場に駈《か》けつけ、やっと一番の汽車に間に合った。きょうもまた、よいお天気である。私の頭は朦朧《もうろう》としている。二日酔いの気味である。ハイカラ町の家には、こわい人もいないので、前夜、少し飲みすぎたのである。脂汗《あぶらあせ》が、じっとりと額に涌《わ》いて出る。爽かな朝日が汽車の中に射込んで、私ひとりが濁って汚れて腐敗しているようで、どうにも、かなわない気持である。このような自己嫌悪を、お酒を飲みすぎた後には必ず、おそらくは数千回、繰り返して経験しながら、未《いま》だに酒を断然廃す気持にはなれないのである。この酒飲みという弱点のゆえに、私はとかく人から軽んぜられる。世の中に、酒というものさえなかったら、私は或いは聖人にでもなれたのではなかろうか、と馬鹿らしい事を大真面目で考えて、ぼんやり窓外の津軽平野を眺め、やがて金木を過ぎ、蘆野《あしの》公園という踏切番の小屋くらいの小さい駅に着いて、金木の町長が東京からの帰りに上野で蘆野公園の切符を求め、そんな駅は無いと言われ憤然として、津軽鉄道の蘆野公園を知らんかと言い、駅員に三十分も調べさせ、とうとう蘆野公園の切符をせしめたという昔の逸事を思い出し、窓から首を出してその小さい駅を見ると、いましも久留米絣《くるめがすり》の着物に同じ布地のモンペをはいた若い娘さんが、大きい風呂敷包みを二つ両手にさげて切符を口に咥《くわ》えたまま改札口に走って来て、眼を軽くつぶって改札の美少年の駅員に顔をそっと差し出し、美少年も心得て、その真白い歯列の間にはさまれてある赤い切符に、まるで熟練の歯科医が前歯を抜くような手つきで、器用にぱちんと鋏《はさみ》を入れた。少女も美少年も、ちっとも笑わぬ。当り前の事のように平然としている。少女が汽車に乗ったとたんに、ごとんと発車だ。まるで、機関手がその娘さんの乗るのを待っていたように思われた。こんなのどかな駅は、全国にもあまり類例が無いに違いない。金木町長は、こんどまた上野駅で、もっと大声で、蘆野公園と叫んでもいいと思った。汽車は、落葉松《からまつ》の林の中を走る。この辺は、金木の公園になっている。沼が見える。蘆の湖という名前である。この沼に兄は、むかし遊覧のボートを一艘《いっそう》寄贈した筈である。すぐに、中里に着く。人口、四千くらいの小邑《しょうゆう》である。この辺から津軽平野も狭小になり、この北の内潟《うちがた》、相内《あいうち》、脇元《わきもと》などの部落に到ると水田もめっきり少くなるので、まあ、ここは津軽平野の北門と言っていいかも知れない。私は幼年時代に、ここの金丸《かなまる》という親戚の呉服屋さんへ遊びに来た事があるが、四つくらいの時であろうか、村のはずれの滝の他には、何も記憶に残っていない。

「修っちゃあ。」と呼ばれて、振り向くと、その金丸の娘さんが笑いながら立っている。私より一つ二つ年上だった筈であるが、あまり老けていない。

「久し振りだのう。どこへ。」

「いや、小泊だ。」私はもう、早くたけに逢いたくて、他の事はみな上の空である。

「このバスで行くんだ。それじゃあ、失敬。」

「そう。帰りには、うちへも寄って下さいよ。こんどあの山の上に、あたらしい家を建てましたから。」

指差された方角を見ると、駅から右手の緑の小山の上に新しい家が一軒立っている。たけの事さえ無かったら、私はこの幼馴染との奇遇をよろこび、あの新宅にもきっと立寄らせていただき、ゆっくり中里の話でも伺ったのに違いないが、何せ一刻を争うみたいに意味も無く気がせいていたので、

「じゃ、また。」などと、いい加減なわかれかたをして、さっさとバスに乗ってしまった。バスは、かなり込んでいた。私は小泊まで約二時間、立ったままであった。中里から以北は、全く私の生れてはじめて見る土地だ。津軽の遠祖と言われる安東《あんどう》氏一族は、この辺に住んでいて、十三港の繁栄などに就いては前にも述べたが、津軽平野の歴史の中心は、この中里から小泊までの間に在ったものらしい。バスは山路をのぼって北に進む。路が悪いと見えて、かなり激しくゆれる。私は網棚の横の棒にしっかりつかまり、背中を丸めてバスの窓から外の風景を覗《のぞ》き見る。やっぱり、北津軽だ。深浦などの風景に較べて、どこやら荒い。人の肌の匂いが無いのである。山の樹木も、いばらも、笹《ささ》も、人間と全く無関係に生きている。東海岸の竜飛《たっぴ》など

に較べると、ずっと優しいけれど、でも、この辺の草木も、やはり「風景」の一歩手前のもので、少しも旅人と会話をしない。やがて、十三湖が冷え冷えと白く目前に展開する。浅い真珠貝に水を盛ったような、気品はあるがはかない感じの湖である。波一つない。船も浮んでいない。ひっそりしていて、そうして、なかなかひろい。人に捨てられた孤独の水たまりである。流れる雲も飛ぶ鳥の影も、この湖の面には写らぬというような感じだ。十三湖を過ぎると、まもなく日本海の海岸に出る。この辺からそろそろ国防上たいせつな箇所になるので、れいに依って以後は、こまかい描写を避けよう。お昼すこし前に、私は小泊港に着いた。ここは、本州の西海岸の最北端の港である。この北は、山を越えてすぐ東海岸の竜飛である。西海岸の部落は、ここでおしまいになっているのだ。つまり私は、五所川原あたりを中心にして、柱時計の振子のように、旧津軽領の西海岸南端の深浦港からふらりと舞いもどってこんどは一気に同じ海岸の北端の小泊港まで来てしまったというわけなのである。ここは人口二千五百くらいのささやかな漁村であるが、中古の頃から既に他国の船舶の出入があり、殊に蝦夷《えぞ》通いの船が、強い東風を避ける時には必ずこの港にはいって仮泊する事になっていたという。江戸時代には、近くの十三港と共に米や木材の積出しがさかんに行われた事など、前にもしばしば書いて置いたつもりだ。

いまでも、この村の築港だけは、村に不似合いなくらい立派である。水田は、村のはずれに、ほんの少しあるだけだが、水産物は相当豊富なようで、ソイ、アブラメ、イカ、イワシなどの魚類の他に、コンブ、ワカメの類の海草もたくさんとれるらしい。

「越野たけ、という人を知りませんか。」私はバスから降りて、その辺を歩いている人をつかまえ、すぐに聞いた。

「こしの、たけ、ですか。」国民服を着た、役場の人か何かではなかろうかと思われるような中年の男が、首をかしげ、「この村には、越野という苗字の家がたくさんあるので。」

「前に金木にいた事があるんです。そうして、いまは、五十くらいのひとなんです。」私は懸命である。

「ああ、わかりました。その人なら居ります。」

「いますか。どこにいます。家はどの辺です。」

私は教えられたとおりに歩いて、たけの家を見つけた。間口三間くらいの小ぢんまりした金物屋である。東京の私の草屋よりも十倍も立派だ。店先にカアテンがおろされてある。いけない、と思って入口のガラス戸に走り寄ったら、果して、その戸に小さい南京錠《ナンキンじょう》が、ぴちりとかかっているのである。他のガラス戸にも手をかけてみたが、いずれも固くしまっている。留守だ。私は途方にくれて、汗を拭った。引越した、なんて事は無かろう。どこかへ、ちょっと外出したのか。いや、東京と違って、田舎ではちょっとの外出に、店にカアテンをおろし、戸じまりをするなどという事は無い。二、三日あるいはもっと永い他出か。こいつあ、だめだ。たけは、どこか他の部落へ出かけたのだ。あり得る事だ。家さえわかったら、もう大丈夫と思っていた僕は馬鹿であった。私は、ガラス戸をたたき、越野さん、越野さん、と呼んでみたが、もとより返事のある筈は無かった。溜息をついてその家から離れ、少し歩いて筋向いの煙草屋《たばこ》にはいり、越野さんの家には誰もいないようですが、行先きをご存じないかと尋ねた。そこの痩せこけたおばあさんは、運動会へ行ったんだろう、と事もなげに答えた。私は勢い込んで、

「それで、その運動会は、どこでやっているのです。この近くですか、それとも。」

すぐそこだという。この路をまっすぐに行くと田圃《たんぼ》に出て、それから学校があって、運動会はその学校の裏でやっているという。

「けさ、重箱をさげて、子供と一緒に行きましたよ。」

「そうですか。ありがとう。」

教えられたとおりに行くと、なるほど田圃があって、その畦道《あぜみち》を伝って行くと砂

丘があり、その砂丘の上に国民学校が立っている。その学校の裏に廻ってみて、私は、呆然《ぼうぜん》とした。こんな気持をこそ、夢見るような気持というのであろう。本州の北端の漁村で、昔と少しも変らぬ悲しいほど美しく賑やかな祭礼が、いま目の前で行われているのだ。まず、万国旗。着飾った娘たち。あちこちに白昼の酔っぱらい。そうして運動場の周囲には、百に近い掛小屋がぎっしりと立ちならび、いや、運動場の周囲だけでは場所が足りなくなったと見えて、運動場を見下せる小高い丘の上にまで筵《むしろ》で一つ一つきちんとかこんだ小屋を立て、そうしていまはお昼の休憩時間らしく、その百軒の小さい家のお座敷に、それぞれの家族が重箱をひろげ、大人は酒を飲み、子供と女は、ごはん食べながら、大陽気で語り笑っているのである。日本は、ありがたい国だと、つくづく思った。たしかに、日出《い》ずる国だと思った。国運を賭《と》しての大戦争のさいちゅうでも、本州の北端の寒村で、このように明るい不思議な大宴会が催されて居る。古代の神々の豪放な笑いと闊達な舞踏をこの本州の僻陬《へきすう》に於いて直接に見聞する思いであった。海を越え山を越え、母を捜して三千里歩いて、行き着いた国の果の砂丘の上に、華麗なお神楽《かぐら》が催されていたというようなお伽噺《とぎばなし》の主人公に私はなったような気がした。さて、私は、この陽気なお神楽の群集の中から、私の育ての親を捜し出さなければならぬ。わかれてから、もはや三十年近くなるのである。眼の大きい頬ぺたの赤いひとであった。右か、左の眼蓋《まぶた》の上に、小さい赤いほくろがあった。私はそれだけしか覚えていないのである。逢えば、わかる。その自信はあったが、この群集の中から捜し出す事は、むずかしいなあ、と私は運動場を見廻してべそをかいた。どうにも、手の下しようが無いのである。私はただ、運動場のまわりを、うろうろ歩くばかりである。

「越野たけというひと、どこにいるか、ご存じじゃありませんか。」私は勇気を出して、ひとりの青年にたずねた。「五十くらいのひとで、金物屋の越野ですが。」それが私のたけに就いての知識の全部なのだ。

「金物屋の越野。」青年は考えて、「あ、向うのあのへんの小屋にいたような気がするな。」

「そうですか。あのへんですか？」

「さあ、はっきりは、わからない。何だか、見かけたような気がするんだが、まあ、捜してごらん。」

その捜すのが大仕事なのだ。まさか、三十年振りで云々《しかじか》と、青年にきざったらしく打明け話をするわけにも行かぬ。私は青年にお礼を言い、その漠然と指差された方角へ行ってまごまごしてみたが、そんな事でわかる筈は無かった。とうとう私は、

昼食さいちゅうの団欒《だんらん》の掛小屋の中に、ぬっと顔を突き入れ、

「おそれいります。あの、失礼ですが、越野たけ、あの、金物屋の越野さんは、こちらじゃございませんか。」

「ちがいますよ。」ふとったおかみさんは不機嫌そうに眉をひそめて言う。

「そうですか。失礼しました。どこか、この辺で見かけなかったでしょうか。」

「さあ、わかりませんねえ。何せ、おおぜいの人ですから。」

私は更にまた別の小屋を覗いて聞いた。わからない。更にまた別の小屋。まるで何かに憑《つ》かれたみたいに、たけはいませんか、金物屋のたけはいませんか、と尋ね歩いて、運動場を二度もまわったが、わからなかった。二日酔いの気味なので、のどがかわいてたまらなくなり、学校の井戸へ行って水を飲み、それからまた運動場へ引返して、砂の上に腰をおろし、ジャンパーを脱いで汗を拭き、老若男女の幸福そうな賑わいを、ぼんやり眺めた。この中に、いるのだ。たしかに、いるのだ。いまごろは、私のこんな苦労も何も知らず、重箱をひろげて子供たちに食べさせているのであろう。いっそ、学校の先生にたのんで、メガホンで「越野たけさん、御面会」とでも叫んでもらおうかしら、とも思ったが、そんな暴力的な手段は何としてもイヤだった。そんな大袈裟《おおげさ》な悪ふざけみたいな事までして無理に自分の喜びをで

っち上げるのはイヤだった。縁が無いのだ。神様が逢うなとおっしゃっているのだ。帰ろう。私は、ジャンパーを着て立ち上った。また畦道を伝って歩き、村へ出た。運動会のすむのは四時頃か。もう四時間、その辺の宿屋で寝ころんで、たけの帰宅を待っていたっていいじゃないか。そうも思ったが、その四時間、宿屋の汚い一室でしょんぼり待っているうちに、もう、たけなんかどうでもいいような、腹立たしい気持になりやしないだろうか。私は、いまのこの気持のままでたけに逢いたいのだ。しかし、どうしても逢う事が出来ない。つまり、縁が無いのだ。はるばるここまでたずねて来て、すぐそこに、いまいるという事がちゃんとわかっていながら、逢えずに帰るというのも、私のこれまでの要領の悪かった生涯にふさわしい出来事なのかも知れない。私が有頂天で立てた計画は、いつでもこのように、かならず、ちぐはぐな結果になるのだ。私には、そんな具合のわるい宿命があるのだ。帰ろう。考えてみると、いかに育ての親とはいっても、露骨に言えば使用人だ。女中じゃないか。お前は、女中の子か。男が、いいとしをして、昔の女中を慕って、ひとめ逢いたいだのなんだの、それだからお前はだめだというのだ。兄たちがお前を、下品なめめしい奴《やつ》と情無く思うのも無理がないのだ。お前は兄弟中でも、ひとり違って、どうしてこんなにだらしなく、きたならしく、いやしいのだろう。しっかりせんかい。私はバスの発着所へ行き、バスの出発する時間を聞いた。一時三十分に中里行きが出る。もう、それっきりで、あとは無いという事であった。一時三十分のバスで帰る事にきめた。もう三十分くらいあいだがある。少しおなかもすいて来ている。私は発着所の近くの薄暗い宿屋へ這入って、「大急ぎでひるめしを食べたいのですが」と言い、また内心は、やっぱり未練のようなものがあって、もしこの宿が感じがよかったら、ここで四時頃まで休ませてもらって、などと考えてもいたのであるが、断られた。きょうは内の者がみな運動会へ行っているので、何も出来ませんと病人らしいおかみさんが、奥の方からちらと顔をのぞかせて冷い返辞をしたのである。いよいよ帰ることにきめて、バスの発着所のベンチに腰をおろし、十分くらい休んでまた立ち上り、ぶらぶらその辺を歩いて、それじゃあ、もういちど、たけの留守宅の前まで行って、ひと知れず今生《こんじょう》のいとま乞いでもして来ようと苦笑しながら、金物屋の前まで行き、ふと見ると、入口の南京錠がはずれている。そうして戸が二、三寸あいている。天のたすけ！　と勇気百倍、グヮラリという品の悪い形容でも使わなければ間に合わないほど勢い込んでガラス戸を押しあけ、

「ごめん下さい、ごめん下さい。」

「はい。」と奥から返事があって、十四、五の水兵服を着た女の子が顔を出した。

私は、その子の顔によって、たけの顔をはっきり思い出した。もはや遠慮をせず、土間の奥のその子のそばまで寄って行って、

「金木の津島です。」と名乗った。

少女は、あ、と言って笑った。津島の子供を育てたという事を、たけは、自分の子供たちにもかねがね言って聞かせていたのかも知れない。もうそれだけで、私とその少女の間に、一切の他人行儀が無くなった。ありがたいものだと思った。私は、たけの子だ。女中の子だって何だってかまわない。私は大声で言える。私は、たけの子だ。兄たちに軽蔑されたっていい。私は、この少女ときょうだいだ。

「ああ、よかった。」私は思わずそう口走って、「たけは？　まだ、運動会？」

「そう。」少女も私に対しては毫末《ごうまつ》の警戒も含羞《がんしゅう》もなく、落ちついて首肯き、「私は腹がいたくて、いま、薬をとりに帰ったの。」気の毒だが、その腹いたが、よかったのだ。腹いたに感謝だ。この子をつかまえたからには、もう安心。大丈夫たけに逢える。もう何が何でもこの子に縋《すが》って、離れなければいいのだ。

「ずいぶん運動場を捜し廻ったんだが、見つからなかった。」

「そう。」と言ってかすかに首肯き、おなかをおさえた。

「まだ痛いか。」

「すこし。」と言った。

「薬を飲んだか。」

黙って首肯く。

「ひどく痛いか。」

笑って、かぶりを振った。

「それじゃあ、たのむ。僕を、これから、たけのところへ連れて行ってくれよ。お前もおなかが痛いだろうが、僕だって、遠くから来たんだ。歩けるか。」

「うん。」と大きく首肯いた。

「偉い、偉い。じゃあ一つたのむよ。」

うん、うんと二度続けて首肯き、すぐ土間へ降りて下駄《げた》をつっかけ、おなかをおさえて、からだをくの字に曲げながら家を出た。

「運動会で走ったか。」

「走った。」

「賞品をもらったか。」

「もらわない。」

おなかをおさえながら、とっとと私の先に立って歩く。また畦道をとおり、砂丘に出て、学校の裏へまわり、運動場のまんなかを横切って、それから少女は小走りになり、一つの掛小屋へはいり、すぐそれと入違いに、たけが出て来た。たけは、うつろな眼をして私を見た。

「修治だ。」私は笑って帽子をとった。

「あらあ。」それだけだった。笑いもしない。まじめな表情である。でも、すぐにその硬直の姿勢を崩して、さりげないような、へんに、あきらめたような弱い口調で、「さ、はいって運動会を。」と言って、たけの小屋に連れて行き、「ここさお坐りになりせえ。」とたけの傍に坐らせ、たけはそれきり何も言わず、きちんと正座してそのモンペの丸い膝にちゃんと両手を置き、子供たちの走るのを熱心に見ている。けれども、私には何の不満もない。まるで、もう、安心してしまっている。足を投げ出して、ぼんやり運動会を見て、胸中に一つも思う事が無かった。もう、何がどうなってもいいんだ、というような全く無憂無風の情態である。平和とは、こんな気持の事を言うのであろうか。もし、そうなら、私はこの時、生れてはじめて心の平和を体験したと言ってもよい。先年なくなった私の生みの母は、気品高くおだやかな立派な母であったが、このような不思議な安堵《あんど》感を私に与えてはくれなかった。世の中の母というものは、皆、その子にこのような甘い放心の憩《いこ》いを与えてやっているものなのだろうか。そうだったら、これは、何を置いても親孝行をしたくなるにきまっている。そんな有難い母というものがありながら、病気になったり、なまけたりしているやつの気が知れない。親孝行は自然の情だ。倫理ではなかった。たけの頬は、やっぱり赤くて、そうして、右の眼蓋の上には、小さい罌粟粒《けしつぶ》ほどの赤いほくろが、ちゃんとある。髪には白髪もまじっているが、でも、いま私のわきにきちんと坐っているたけは、私の幼い頃の思い出のたけと、少しも変っていない。あとで聞いたが、たけが私の家へ奉公に来て、私をおぶったのは、私が三つで、たけが十四の時だったという。それから六年間ばかり私は、たけに育てられ教えられたのであるが、けれども、私の思い出の中のたけは、決してそんな、若い娘ではなく、いま眼の前に見るこのたけと寸分もちがわない老成した人であった。これもあとで、たけから聞いた事だが、その日、たけの締めていたアヤメの模様の紺色の帯は、私の家に奉公していた頃にも締めていたもので、また、薄い紫色の半襟も、やはり同じ頃、私の家からもらったものだという事である。そのせいもあったのかも知れないが、たけは、私の思い出とそっくり同じ匂いで坐っている。たぶん贔屓《ひいき》目《め》であろうが、たけはこの漁村の他のアバ（アヤのFemme）たちとは、まるで違った気位を持っているように感ぜられた。着物は、縞《しま》の新しい手織木綿であるが、それと同じ布地のモンペをはき、その縞柄は、まさか、いきではないが、でも、選択がしっかりしている。おろかしくない。全体に、何か、強い雰囲気を持っている。私も、いつまでも黙っていたら、しばらく経ってたけは、まっすぐ運動会を見ながら、肩に波を打たせて深い長い溜息をもらした。たけも平気ではないのだな、と私にはその時はじめてわかった。でも、やはり黙っていた。

たけは、ふと気がついたようにして、

「何か、たべないか。」と私に言った。

「要らない。」と答えた。本当に、何もたべたくなかった。

「餅があるよ。」たけは、小屋の隅に片づけられてある重箱に手をかけた。

「いいんだ。食いたくないんだ。」

たけは軽く首肯いてそれ以上すすめようともせず、

「餅のほうでないんだものな。」と小声で言って微笑んだ。三十年ちかく互いに消息が無くても、私の酒飲みをちゃんと察しているようである。不思議なものだ。私がにやにやしていたら、たけは眉をひそめ、

「たばこも飲むのう。さっきから、立てつづけにふかしている。たけは、お前に本を読む事だば教えたけれども、たばこだの酒だのは、教えねきゃのう。」と言った。

油断大敵のれいである。私は笑いを収めた。

私が真面目な顔になってしまったら、こんどは、たけのほうで笑い、立ち上って、

「竜神様《りゆうじんさま》の桜でも見に行くか。どう？」と私を誘った。

「ああ、行こう。」

私は、たけの後について掛小屋のうしろの砂山に登った。砂山には、スミレが咲いていた。背の低い藤の蔓《つる》も、這い拡《ひろ》がっている。たけは黙ってのぼって行く。私も何も言わず、ぶらぶら歩いてついて行った。砂山を登り切って、だらだら降りると竜神様の森があって、その森の小路のところどころに八重桜が咲いている。たけは、突然、ぐいと片手をのばして八重桜の小枝を折り取って、歩きながらその枝の花をむしって地べたに投げ捨て、それから立ちどまって、勢いよく私のほうに向き直り、にわかに、堰《せき》を切ったみたいに能弁になった。

「久し振りだなあ。はじめは、わからなかった。金木の津島と、うちの子供は言ったが、まさかと思った。まさか、来てくれるとは思わなかった。小屋から出てお前の顔を見ても、わからなかった。修治だ、と言われて、あれ、と思ったら、それから、口がきけなくなった。運動会も何も見えなくなった。三十年ちかく、たけはお前に逢いたくて、逢えるかな、逢えないかな、とそればかり考えて暮していたのを、

こんなにちゃんと大人になって、たけを見たくて、はるばると小泊までたずねて来てくれたかと思うと、ありがたいのだか、うれしいのだか、かなしいのだか、そんな事は、どうでもいいじゃ、まあ、よく来たなあ、お前の家に奉公に行った時には、お前は、ぱたぱた歩いてはころび、ぱたぱた歩いてはころび、まだよく歩けなくて、ごはんの時には茶碗《ちゃわん》を持ってあちこち歩きまわって、庫《くら》の石段の下でごはんを食べるのが一ばん好きで、たけに昔噺《むがしこ》語らせて、たけの顔をとっくと見ながら一匙《さじ》ずつ養わせて、手かずもかかったが、愛《め》ごくてのう、それがこんなにおとなになって、みな夢のようだ。金木へも、たまに行ったが、金木のまちを歩きながら、もしやお前がその辺に遊んでいないかと、お前と同じ年頃の男の子供をひとりひとり見て歩いたものだ。よく来たなあ。」と一語、一語、言うたびごとに、手にしている桜の小枝の花を夢中で、むしり取っては捨て、むしり取っては捨てている。

「子供は？」とうとうその小枝もへし折って捨て、両肘《りょうひじ》を張ってモンペをゆすり上げ、「子供は、幾人。」

私は小路の傍の杉の木に軽く寄りかかって、ひとりだ、と答えた。

「男？　女？」

「女だ。」

「いくつ?」

次から次と矢継早に質問を発する。私はたけの、そのように強くて不遠慮な愛情のあらわし方に接して、ああ、私は、たけに似ているのだと思った。きょうだい中で、私ひとり、粗野で、がらっぱちのところがあるのは、この悲しい育ての親の影響だったという事に気附いた。私は、この時はじめて、私の育ちの本質をはっきり知らされた。私は断じて、上品な育ちの男ではない。どうりで、金持ちの子供らしくないところがあった。見よ、私の忘れ得ぬ人は、青森に於けるT君であり、五所川原に於ける中畑さんであり、金木に於けるアヤであり、そうして小泊に於けるたけである。アヤは現在も私の家に仕えているが、他の人たちも、そのむかし一度は、私の家にいた事がある人だ。私は、これらの人と友である。

さて、古聖人の獲麟《かくりん》を気取るわけでもないけれど、聖戦下の新津軽風土記も、作者のこの獲友の告白を以て、ひとまずペンをとどめて大過ないかと思われる。まだまだ書きたい事が、あれこれとあったのだが、津軽の生きている雰囲気は、以上でだいたい語り尽したようにも思われる。私は虚飾を行わなかった。読者をだましはしなかった。さらば読者よ、命あらばまた他日。元気で行こう。絶望するな。では、失敬。

初出一覧

思い出……1933年4月〜7月「海豹」初出。

富嶽百景……1939年2月〜3月「文体」初出。

帰去来……1943年6月「八雲」初出。

（1942年11月刊行予定が遅れて発売された）

故　郷……1943年1月「新潮」初出。

津　軽……1944年11月『津軽』（小山書店）書下し。


〈お断り〉

本書は1988〜89年に筑摩書房より発刊された文庫「太宰治全集」1、2、5、7巻を底本としております。

あきらかに間違いと思われるものについては訂正いたしましたが、基本的には底本にしたがっております。

本文中には女中、めかけ、坊主、あんま、乞食、老婆、めくら、裏日本、百姓、部落、蛮族、酋長、片ちんば、踏切番、めめしいなどの言葉や人種・身分・職業・身体等に関する表現で、現在からみれば、不当、不適切と思われる箇所がありますが、著者に差別的意図のないこと、時代背景と作品価値とを鑑み、著者が故人でもあるため、原文のままにしております。差別や侮蔑の助長、温存を意図するものでないことをご理解下さい。

【解説】桜桃忌が来る

鈴木るりか

〈命あらばまた他日。元気で行こう。絶望するな。〉

この文庫本のゲラが届いた日、厚みのあるそれを手に取り、パラパラッとめくる私の目に飛び込んできたのは『津軽』の最後の部分だった。そこだけ金文字で浮かび上がってきているようだった。ああ、これだから多くの人が太宰にやられてしまうのだな。一瞬にして心を摑まれる。何度もそこだけ読み返す。胸に刻む。自分はこれからことあるごとに、この文章を思い起こすだろうという確信を持ちながら。〈元気で行こう。絶望するな。〉それを「あの」太宰が言うのか、とも思うが、太宰が言うからこそのこの文言なのだ。時代を超え、どの世代にも響くが、特に私と同じ若い人たちは、これからの長い道のりの中で、絶望の闇に幾度沈んでも、その度にこの一文を自分の内に蘇らせ、立ち上がって欲しい。私もそうする。そうやって生きていく。

「これ、本当のことですか？」

デビュー作を出した後、何人もの人に聞かれた。正直ちょっとうんざりするほどに。小説に書かれたことが、本当にあったかどうかを、読んだ人はこんなに気にするものかと驚いた。創作でもそうなのだから、ましてや「私小説」とされている作品は、もう完全に作家の実体験、事実を描いたものとして、読者は受け取るだろう。

この文庫は太宰の私小説を集めた一冊になっている。『思い出』は作品名の通り、幼少期から少年時代の思い出を綴ったものだが、裕福な家に生まれながらも〈父母の思い出は生憎《あいにく》と一つも持ち合せない。〉仕事で忙しい父は、家にいることがあまりなく、ひたすら恐ろしい存在で、母に対しても親しめず〈母への追憶は侘《わび》しいものが多い。〉学校の綴り方で〈父母が私を愛して呉《く》れない〉と不平を書き、教員室に呼ばれ叱られたりもしている。その上、祖母も苦手で〈好いてはいなかった。〉

こうなったのには理由がある。太宰の父は入婿であったから、祖母と母は実の親子なのだが、この二人、太宰が子供の頃、兄弟たちとお膳の前に座っているときに、太宰の顔のわるいことを真面目に言い合うのだ。冗談ではなく「真面目に」というところがなかなかにキツい。いくら子供でもこれは傷つく。こういう痛みは生涯尾を引くものだ。

姉たちは太宰にやさしかったが、兄たちには度々意地悪をされた。そんな中で太宰を慈しんだのは、叔母と女中の「たけ」だった。とくにこのたけは、太宰に本を読むことを教え、道徳を説いた。太宰の作家としての素地を作ってくれたと言ってもいい。たけが太宰の世話をしたのは、三歳から八歳までのわずか数年だが、たけと過ごしたこの濃密な歳月が『津軽』の最終幕に繫《つな》がっていく。

数ある太宰の作品の中で「この一冊」を選ぶなら、それは『津軽』である、と聞いたことがあったが、正直途中までは、どうしてそう言われるのかわからなかった。旅という非日常の中で、張り切り過ぎて空回りするという、旅先でありがちなエピソードの数々は面白いし、紀行文として興味深い箇所はあるが「そこまで言われるほどかなあ」と思っていた。ところが終盤、太宰がたけの嫁ぎ先を訪ね、たけへの思いが溢《あふ》れ出す場面で一気に揺さぶられる。

〈私は、たけの子だ。女中の子だって何だってかまわない。私は大声で言える。私は、たけの子だ。〉

ふたりが過ごしたのは六年ほどだった。なのにここまで思われるたけ。血よりもっと篤《あつ》い結びつきを感じさせられる。更に八重桜の咲く、竜神様の森で、たけが太宰に語った言葉。ここだけでも母子の美しく尊い情愛を綴った一篇《ぺん》の詩のようだ。

〈たけはお前に逢いたくて、逢えるかな、逢えないかな、とそればかり考えて暮していた（中略）手かずもかかったが、愛《め》ごくてのう、それがこんなにおとなになって、みな夢のようだ。〉

朴訥《ぼくとつ》な語りが、余計に胸を打つ。研究者のその後の調べで、実際には、たけと太宰との間に、このような会話はなかったとされているが、この会話が事実かどうかは、さほど重要ではない。

〈私は虚飾を行わなかった。読者をだましはしなかった。〉と書いている通り、これは「嘘《うそ》」ではない。太宰が再会したたけから感じ取った「思い」であり、たけにそう思っていて欲しいという太宰の「願い」なのだ。事実を超えた真実の心がここにある。すべて嘘偽りのない、その時の太宰の心情、真実なのだ。

小説は所詮嘘、作り事なのでしょう、と言われることがあるが、私は小説を書いている時、嘘を書いているとは微塵《みじん》も思ってない。全部本当のこととして書いている。実際にあったかどうかではなく、小説を舞台に、自分の思う、信じる真実を書いているのだ。

『帰去来』の中でも、太宰は〈私は絶対に嘘を書いてはいけない。〉と、自分を戒めるように書いている。私生活はともかく、太宰は小説の前では、常に嘘のない、誠実な人であろうとした。

展開や台詞《せりふ》に創作の部分はあるが、私小説の登場人物は実在している。この作品集の中にも、実名やイニシャルで実在の人物が多数出てくる。

『帰去来』の冒頭に〈人の世話にばかりなって来ました。〉〈実に多くの人の世話になった。本当に世話になった。〉とある。自殺未遂や心中事件を度々起こし、面倒迷惑をかける厄介な人物だったにも拘わらず、東京でも故郷でも、様々な人が太宰のことを気にかけ、「世話」をしてくれている。太宰がいかに愛されていたか、愛すべき人物であったかがわかる。作品と同様、人を惹《ひ》きつけてやまない何かを持っていたのだろう。

『津軽』で〈元気で行こう。絶望するな。〉と書いた数年後、太宰はこの世を去る。太宰に関わった人々はどんなに衝撃を受けただろう。特にたけ、太宰に〈私は、たけの子だ。〉とまで書かれたたけの悲しみと喪失感はいかばかりか。

本を閉じた後も、残された人々の人生は続く。私小説と現実は地続きなのだ。ここに私小説の残酷さと凄《すご》みがある。

そうして今年も雨が果実の色を密《ひそ》やかに濃くする頃、また桜桃忌が来るのだ。

（すずきるりか／現役高校生作家）

―本書のプロフィール―

本書は、二〇一九年六月に小学館P＋DBOOKSより刊行された『帰去来』を改題し文庫化したものです。

小学館文庫

今《いま》読《よ》みたい太《だ》宰《ざい》治《おさむ》私《し》小《しょう》説《せつ》集《しゅう》

著者　太《だ》宰《ざい》　治《おさむ》

二〇二一年六月十二日　初版第一刷発行

発行人　飯田昌宏
発行所　株式会社　小学館
〒一〇一-八〇〇一
東京都千代田区一ツ橋二-三-一
電話　編集〇三-三二三〇-五八二七
販売〇三-五二八一-三五五五
印刷所――大日本印刷株式会社

この文庫の詳しい内容はインターネットで24時間ご覧になれます。
小学館公式ホームページ　https://www.shogakukan.co.jp

ISBN978-4-09-407026-2